O CLUBE DE ESCRITA DE

Jane Austen

Rebecca Smith

Jane Austen

Inspiração, técnicas e conselhos
da autora mais querida do mundo
para quem quer escrever

Tradução
Roberto Muggiati

Ilustrações
Sarah J. Coleman

1ª edição

Rio de Janeiro | 2017

Publicado originalmente na Grã-Bretanha em 2016 por Bloomsbury Publishing Plc

Título original: *The Jane Austen writers' club*

Trechos das obras de Jane Austen: *A Abadia de Northanger*, tradução de Julia Romeu; *Emma*, tradução de Therezinha Monteiro Deutsch; *Mansfield Park*, tradução de Mariana Menezes Neumann; *Orgulho e preconceito*, tradução de Lúcio Cardoso; *Persuasão*, tradução de Mariana Menezes Neumann e *Razão e sensibilidade*, tradução de Therezinha Monteiro Deutsch. Direitos de tradução cedidos pela Editora Best Seller, uma empresa do Grupo Editorial Record.

Texto revisado segundo o novo Acordo Ortográfico da Língua Portuguesa

2017
Impresso no Brasil
Printed in Brazil

CIP-BRASIL. CATALOGAÇÃO NA PUBLICAÇÃO
SINDICATO NACIONAL DOS EDITORES DE LIVROS, RJ

S649c

Smith, Rebecca
O clube de escrita de Jane Austen / Rebecca Smith; ilustração de Sarah J. Coleman; tradução de Roberto Muggiati. – 1ª ed. – Rio de Janeiro: Bertrand Brasil, 2017.
294 p. ; 23 cm.

Tradução de: The Jane Austen writers' club
Inclui bibliografia e índice
ISBN 978-85-286-2222-5

1. Austen, Jane, 1775–1817 – Livros e leitura. I. Coleman, Sarah J. II. Muggiati, Roberto. III. Título.

17-42596

CDD: 823
CDU: 821.111-3

EDITORA BERTRAND BRASIL LTDA.
Rua Argentina, 171 – 2º andar – São Cristóvão
20921-380 – Rio de Janeiro – RJ
Tel.: (21) 2585-2000 – Fax: (21) 2585-2084

Atendimento e venda direta ao leitor:
mdireto@record.com.br ou (21) 2585-2002

Aos funcionários, voluntários e curadores,
do passado e do presente, da Casa-Museu
de Jane Austen.

SUMÁRIO

NOTA DA AUTORA

Faz muito tempo que acompanho Jane Austen. Como acontece a tantas pessoas, fui apresentada à sua obra na escola — *Orgulho e preconceito* — quando eu tinha quatorze anos, a idade perfeita. A escola ficava em Dorking, ou "a Cidade de D...", como escreve a autora em *Os Watsons*. Uma curta caminhada a separava de Box Hill, local do desastroso piquenique em *Emma*. Não notei nenhum Sr. Darcy ou Sr. Knightley na oitava série, mas não faltavam aspirantes a heroínas como Catherine Morland. *Orgulho e preconceito* foi um dos primeiros romances para adultos por que me apaixonei. Ele me transportou de um mundo de garotos que torturavam marimbondos até Pemberley. Lembro-me de lê-lo no jardim de nossa casa, que ficava em Reigate, e não em Dorking, na companhia de um infame gato ruivo, assassino de rãs, que pertencia ao vizinho. Batizei-o de Ginger Wickham.

Sou sobrinha-neta de quinto grau de Jane Austen, o que é uma coisa boa, mas não garante a ninguém um passaporte para a fama. Os irmãos de Jane Austen tiveram trinta e três filhos ao todo; então, passados duzentos anos, deve haver milhares de descendentes de Austen. Mas, quando visitei minha tia-avó em Winchester, adorei olhar para os pequenos retratos dos irmãos marinheiros de Jane Austen, Francis (meu antepassado) e Charles, e para o que descobri ser uma imagem rara de seu pai, o reverendo George Austen. Hoje, esses retratos se encontram em exibição na Casa-Museu de Jane Austen, em Chawton, Hampshire, onde posso visitá-los.

Graduei-me em Southampton e ainda vivo na cidade e dou aulas de escrita criativa na universidade. Ainda existem traços da Southampton que Jane Austen conheceu quando esta era a sua casa antes de finalmente se estabelecer em Chawton. O mar foi empurrado para trás de onde costumava bater, nos muros da cidade, de modo que ela pudesse vê-lo do jardim que criou com a família de Francis, sua irmã Cassandra e sua mãe. Austen gostava da cidade — havia e há nela muito mais do que os peixes fedorentos mencionados em *Amor e amizade*.

De 2009 a 2010, tive a imensa sorte de ser escritora residente na Casa-Museu de Jane Austen. Reli toda a obra e as cartas de Jane, e passei um ano fantástico ao lado dos funcionários e voluntários, conversando com os visitantes, promovendo oficinas de literatura, visitando escolas, perdendo-me de maneira geral em Austen e trabalhando em meu quinto romance. No 234º aniversário de Jane Austen, em 16 de dezembro de 2009, fui uma das primeiras a entrar na casa. Lembro-me de ir abrir as persianas no quarto de Jane, esperando, com certa angústia, ter um vislumbre dela. Isso não aconteceu, mas este livro teve sua gênese naquele ano. Passar tanto tempo onde Jane Austen viveu, escreveu *Mansfield Park*, *Emma* e *Persuasão* e revisou seus três primeiros romances, caminhar por onde ela caminhou e ter a mesma vista que ela ao abrir as janelas foi algo mágico e inspirador. O museu não é assombrado, mas muitos dos funcionários, voluntários e visitantes são testemunhas de sua atmosfera terapêutica. Promovi muitas oficinas de literatura na Casa-Museu de Jane Austen e em outros lugares, usando a obra de Jane e seus métodos para inspirar escritores que trabalham com todos os gêneros. Sou muito grata ao museu pelas oportunidades que ele me deu e aos escritores que participaram das oficinas, compartilhando seus textos, ideias e experiências.

Pensei nesses escritores ao trabalhar neste livro. Espero que lhes seja útil e também para os escritores de todo o mundo que adoram Jane Austen ou aqueles que têm menos familiaridade com sua obra, e aos leitores, professores e janeófilos de todas as partes.

Espero que este livro lhe seja útil, esteja você escrevendo um romance, esteja focado em contos ou trabalhando de qualquer outra forma. As pessoas amam o trabalho de Jane Austen por muitos motivos: o humor, o diálogo efervescente, os personagens inesquecíveis, a precisão de suas observações, suas tramas elegantes e satisfatórias, o uso que faz da língua, o modo como escreve sobre relacionamentos e como captura o que é estar apaixonado, sentir-se sozinho, provocado, errado, desapontado, fazer parte de uma família... a lista é interminável. Suas cartas nos dão uma ideia maravilhosa sobre sua vida e, nelas, Austen dá conselhos sobre como escrever; também incluí esses conselhos.

Um dos aspectos mais difíceis ao escrever este livro foi decidir quais trechos utilizar e depois ter de limitar seu tamanho. Espero que os conselhos e exercícios sejam úteis para você. Estou certa de que essas citações o transportarão de volta aos próprios romances e cartas de Jane Austen. Não existe lugar melhor para se visitar.

Rebecca Smith
Primavera de 2016

Plano de um romance

Planejando, roteirizando e começando

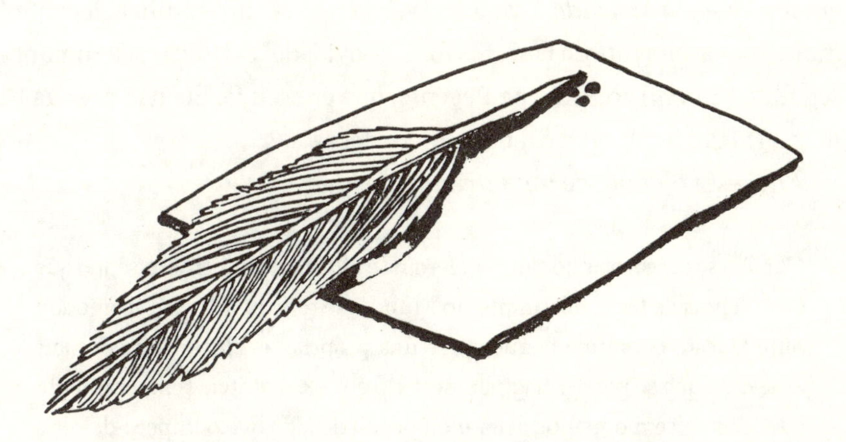

ESTE CAPÍTULO fala sobre como planejar um romance e as coisas que você pode fazer para partir na direção certa e se manter nos trilhos. Não dá para planejar tudo. A não ser que esteja fazendo algo invariavelmente baseado numa fórmula, como, por exemplo, trabalhar como ghost writer eventual para uma série, você deve dar espaço para surpreender a si mesmo, para a criatividade e para aqueles momentos de alquimia e inspiração que têm o poder de elevar e transformar sua obra.

Provavelmente é mais fácil sugerir como *não* escrever um romance. Jane Austen sabia exatamente aquilo que *não* queria escrever. Seu *Plano de um Romance segundo sugestões de vários lugares* data de 1816, quando ela vinha se correspondendo com James Stanier Clarke, capelão e bibliotecário do Príncipe Regente em Carlton House. Ele claramente a adorava, mas não conseguiu deixar de fazer muitas sugestões "úteis" a seu trabalho. Talvez tivesse esperança de se tornar indispensável a ela. Vá sonhando, Sr. Stanier Clarke. As cartas de Jane Austen ao Sr. Clarke e seu *Plano de um Romance* nos mostram o que ela definitivamente *não* faria. Ela incluiu nas margens os nomes de pessoas cujos palpites não aceitaria. O nome do Sr. Clarke estava lá.

A propósito, um dos retratos mais prováveis, embora não autenticado, de Jane Austen é uma aquarela feita por James Stanier Clarke, preservada em seu *Livro da amizade*. Esse adorável retrato de uma mulher elegante é muito provavelmente de Jane. Ela fora "convidada" a dedicar seu romance seguinte (*Emma*) ao Príncipe Regente, que era seu fã. Ela não era sua fã, mas não teve outra opção a não ser obedecer.

Aqui está o *Plano de um Romance* de Jane.[1]

CENA a se desenrolar no campo, Heroína é filha de um sacerdote, sendo que este, depois de ter vivido muito no Mundo, se retirou dele e se acomodou num Curato com uma pequena fortuna própria. — Ele, o Homem mais excelente que se possa imaginar, perfeito em seu Caráter, Temperamento e Modos — sem o menor defeito ou peculiaridade que o impeça de ser a companhia mais apreciável para a Filha de um extremo do ano ao outro. — Heroína também tem um Caráter impecável — perfeitamente bom, com muita ternura e sentimento, para não falar da Inteligência —, é muito bem-sucedida, conhece as línguas modernas e (falando de maneira geral) tudo o que as Moças mais bem-sucedidas aprendem, sobressaindo-se especialmente na Música — sua atividade favorita — e tocando igualmente bem o piano e a harpa — e cantando no primeiro *stile*. Sua Pessoa é muito bela — olhos escuros e bochechas rechonchudas. — O livro começa com a descrição de Pai e Filha — que devem conversar em longos discursos, com Linguagem elegante — e um tom de sentimento elevado e sério. —

O Pai será induzido, diante do diligente pedido da Filha, a lhe contar sobre os acontecimentos passados em sua Vida. A Narrativa se estenderá pela maior parte do primeiro volume, pois, além de todas as circunstâncias quanto à sua relação com a Mãe dela e o Casamento dos dois, compreenderá também sua jornada ao mar como Capelão junto a um distinto personagem da Corte, sua própria ida posterior à Corte, que o apresentou a uma grande variedade de Personagens e o envolveu em muitas situações interessantes, concluindo com suas opiniões sobre os Benefícios subsequentes da extinção dos Dízimos, e sobre ter enterrado a própria Mãe (a lamentosa Avó da Heroína), em consequência de o Sumo Sacerdote da Paróquia em que ela morreu ter-se recusado a prestar a seus Restos Mortais o respeito que lhes era devido. O Pai tem bastante inclinação literária, é um entusiasta da Literatura, Inimigo de mais ninguém além de si mesmo — sendo ao mesmo tempo muito zeloso em relação aos seus Deveres Pastorais, um modelo exemplar do Padre Paroquial. — A amizade da heroína será procurada por uma jovem moça da mesma Vizinhança, dona de Talentos e Astúcia, com olhos e pele claros, mas, por ter certo grau de Perspicácia, Heroína vai se afastar dessa relação.

A partir desse início, a História vai prosseguir e conter uma variedade impressionante de aventuras. Heroína e seu Pai nunca passam uma quinzena juntos no mesmo lugar, *ele* sendo afastado de seu Curato pelas vis artimanhas de um Rapaz completamente desprovido de princípios e de coração, desesperadamente apaixonado pela Heroína, perseguindo-a com uma paixão implacável. Nem bem se estabelecem num país da Europa e logo são obrigados a deixá-lo e a se retirar para outro — sempre conhecendo novas pessoas e sempre forçados a deixá-las. Isso, obviamente, exibirá uma grande variedade de Personagens, mas não haverá mistura; as cenas estarão sempre mudando de um Grupo de Pessoas para outro, mas Todo o Bem será corriqueiro em todos os aspectos — e não haverá falhas ou fraquezas a não ser com os Malvados, que serão completamente depravados e infames, trazendo consigo muito pouco que lembre traços de humanidade. — Logo no início de sua jornada, com o progresso de seus primeiros afastamentos, Heroína deve encontrar-se com o Herói — todo ele perfeição, é claro — e impedido de cortejá-la apenas por excesso de refinamento. — Aonde vai, alguém se apaixona por ela, que recebe repetidas ofertas de Casamento — as quais ela narra integralmente ao Pai, que fica excessivamente irado por *ele* não ter sido consultado antes. — Deixando-se levar ocasionalmente pelo anti-herói, mas resgatada pelo Pai ou pelo Herói — normalmente reduzida a manter a si mesma e ao Pai por meio de seus Talentos e trabalho em troca de Pão; enganada e ludibriada continuamente, transformada num Esqueleto e, volta e meia, morta de fome. — Para terminar, expulsos da Sociedade civilizada, tendo-lhes sido negado o pobre Abrigo da mais humilde Choupana, os dois são obrigados a se refugiar em Kamschatka[2], onde o pobre Pai, bastante acabado, vendo o fim se aproximar, se joga no Chão, e após quatro ou cinco horas de ternos conselhos e Admoestação paterna à sua desfortunada Filha, expira num fino irromper de Entusiasmo Literário, entremeado com Invectivas contra os detentores de Dízimos. — Heroína fica inconsolável por certo tempo — mas posteriormente se arrasta de volta ao seu antigo Vilarejo —, escapando, por um fio, vinte vezes de cair nas mãos do Anti-herói — e, finalmente, no último momento, ao dobrar uma esquina para evitá-lo, cai nos braços do Herói em si, que, tendo apenas se livrado dos escrúpulos que antes o agrilhoavam, partia naquele exato instante à procura dela. — O mais terno e completo Esclarecimento acontece e os dois são alegremente reunidos. — Ao longo de toda a obra, Heroína está em meio à mais elegante Sociedade e vive em alto estilo. O nome da obra *não* será *Emma*, mas algo como *S. & S.* e *P. & P.*

Assim, a partir disso, aqui estão algumas sugestões de Jane Austen sobre como não escrever um romance:

1. Crie protagonistas que sejam perfeitos em todos os aspectos.
2. Certifique-se de que seus vilões sejam malvados até o fim.
3. Abra com uma longa descrição dos personagens e faça-os discorrer em falas longas e implausivelmente elegantes. (Escreva todos os seus diálogos assim).

4. Continue com uma porção imensa de história de fundo. Essa parte deve ocupar cerca de um terço do livro antes que a verdadeira história tenha início.
5. Faça a sua história saltar em direções aparentemente aleatórias.
6. Continue a acrescentar novos grupos de personagens, esquecendo-se deles na cena seguinte.
7. Crie uma série de acontecimentos improváveis.
8. Certifique-se de que qualquer cena realmente importante seja repleta de irrelevâncias tediosas.
9. Certifique-se de que sua trama seja cheia de inconsistências. Não importa muito o que aconteça ou como as coisas se conectem, contanto que você apenas siga em frente por um longo, longo tempo.
10. O final deve ser completamente previsível, mas, ao mesmo tempo, precipitado por uma coincidência ou por algo que se tenha desenvolvido sem que o leitor soubesse.

Tais erros parecem óbvios, mas os agentes literários veem aspirantes a escritores caírem nesses poços de piche seguidamente. Com delicadeza, Jane Austen destacou alguns desses pontos para sua sobrinha, Anna Austen — posteriormente Anna Lefroy, filha mais velha de seu irmão James —, dizendo-lhe, por exemplo: "Sua Tia C. não gosta de romances desconexos, e ela teme um bocado que o seu termine assim, que haja mudanças muito frequentes de um grupo de pessoas para outro e que sejam introduzidas algumas circunstâncias de aparente consequência, mas que não levarão a lugar algum. Não será uma grande objeção para *mim* caso isso aconteça. Consigo acomodar muito mais liberdade do que ela, e acredito que a natureza e o espírito cubram muitos pecados de uma história errante".[3]

Tenho a impressão de que Jane compartilhava as reservas de Cassandra, mas preferiu agir com diplomacia, fazendo muitas críticas e dando sugestões mais detalhadas nesta e em outras cartas. Jane, sua mãe e a irmã leram o trabalho de Anna e o devolveram com comentários e sugestões de cortes. Anna claramente tinha potencial. Embora seu romance *Quem é a heroína?* ou *Entusiasmo*, nunca tenha sido publicado, podemos captar bastante coisa sobre ele a partir das cartas de Jane. Jane Austen dava conselhos aos irmãos mais novos de Anna, Caroline e James Edward, também aspirantes a escritores. Era uma tia paciente e uma crítica prestativa. Aqui estão alguns dos principais pontos que Jane aconselhava os aprendizes de escritor a respeitarem.

Leia

Sabemos que Jane Austen era uma leitora voraz e onívora, não só pela evidência disso em suas obras, mas também pelas cartas e registros que temos das coleções de livros da família. Fazia parte da Sociedade Literária de Chawton (assim como muitas pessoas são membros de clubes do livro hoje em dia) e era uma dedicada usuária da biblioteca. Os membros da Sociedade Literária de Chawton se reuniam para comprar e compartilhar livros.

E, quando estava a apenas algumas semanas de sua morte, Jane Austen escreveu à sobrinha, Caroline, para salientar que, se ela quisesse ser uma escritora, precisava ser uma leitora. Caroline registrou esse episódio em suas memórias.

> À medida que eu crescia, minha tia passou a falar mais seriamente sobre meu hábito de leitura e meus passatempos. Comecei cedo a escrever versos e histórias, e lamento cogitar quanto a perturbei para que os lesse. Ela foi muito gentil em relação a eles, e sempre tinha elogios a fazer, mas no fim me alertou a não perder muito tempo com eles. Ela disse — como me lembro bem disso! — que sabia que escrever histórias era uma grande

> diversão e — na opinião dela — algo inofensivo, embora muitas pessoas, ela sabia bem, pensassem o contrário, mas que, na minha idade, seria ruim para mim me envolver tanto com minhas próprias composições. Mais tarde — isso ocorreu depois que ela foi para Winchester —, ela me enviou uma mensagem com o seguinte teor: que, se eu fosse dar ouvidos ao seu conselho, devia parar de escrever até completar dezesseis anos; que ela própria muitas vezes desejava ter lido mais e escrito menos nos anos correspondentes da sua própria vida.[4]

Muitos aspirantes a escritores se preocupam tanto com seu próprio trabalho e em sonhar com fama e fortuna que acabam não dedicando tempo suficiente à leitura. Ler é a educação, a comida e a bebida, o trabalho e o repouso de um escritor. Jane pode ter achado que devia ter lido mais e escrito menos quando era jovem, mas eu acredito que ela tenha lido muito mais do que Caroline e fico feliz por seus primeiros trabalhos terem sobrevivido — são tão cheios de alegria e piadas, e mostram bem como ela reagia à leitura. Mas Jane Austen sabia que, por mais que um escritor leia, nunca é o bastante.

Escreva sobre coisas das quais você entende

Esse não é o conselho dado muitas vezes, "Escreva sobre o que você conhece". Jane Austen não havia passado pelas experiências de ser pedida em casamento pelo Sr. Darcy ou de ser rica como Emma Woodhouse, mas conseguia imaginá-las. O que ela fez foi ambientar sua obra numa sociedade que compreendia. Ela escreveu para Anna em agosto e setembro de 1814: "Nós (ela e Cassandra) achamos que é melhor você não sair da Inglaterra. Deixe que os Portman vão à Irlanda, mas, como você não conhece nada sobre o comportamento de lá, é melhor que não os acompanhe. Continue em Bath e com os Forester. Aí você se sentirá em casa."

Anna não tinha ido à Irlanda e teria errado a mão se tentasse escrever sobre esse lugar. Não se trata apenas de não conhecer os lugares; ela não sabia o bastante sobre como a sociedade funcionava por lá e não conseguiria captar as vozes de maneira convincente. Os personagens de Anna podiam ser enviados para lá, mas o que acontecia na Irlanda deveria permanecer fora do palco. Jane Austen captava vozes que conhecia: os ricos e esnobes com quem se misturava, por exemplo, quando ficava com seu irmão Edward ou estava em Bath, e pessoas como Nancy Steele, com seu sotaque do oeste da Inglaterra. Jane Austen deve ter conhecido uma boa quantidade de sacerdotes pomposos e, por intermédio dos irmãos marinheiros, conseguiu criar os personagens ligados à área náutica de *Persuasão* e *Mansfield Park*. Não se tratava de "escrever sobre o que você sabe"; era mais "use o que você sabe".

Seja preciso nas informações ou seus leitores deixarão de confiar em você

Se um leitor perceber algo e pensar, "Não é assim que isso deveria acontecer!", você o terá perdido. Aqui está Jane salientando isso para Anna em 9 de setembro de 1814.

> Minha cara Anna,
>
> Seus três livros[5] nos divertiram muito, mas eu tenho algumas críticas a fazer, mais do que você irá gostar. Não ficamos satisfeitas com o fato de a Sra. Forester se estabelecer como inquilina e quase vizinha de um homem como Sir Thomas sem que tivesse outro motivo para ir até lá. Ela devia ter alguma amiga que vivesse nas redondezas para atraí-la. Uma mulher que vai com duas meninas em fase de crescimento para uma vizinhança onde não conhece ninguém, a não ser um homem de caráter duvidoso, representa uma insensatez que uma mulher prudente como a Sra. F dificilmente cometeria. Lembre-se de que ela é muito prudente. Não pode deixar que aja de maneira inconsistente. Dê a ela uma amiga e faça com que essa amiga seja convidada por Sir Thomas H. para conhecê-la; assim, não teremos objeções quanto a ela ir jantar no

Priorado, como vem a fazer — pois, em condições normais, uma mulher na situação dela dificilmente iria até lá antes de ser visitada por outras famílias. A cena em si me agrada: a Srta. Leslie, Lady Anne, e também gosto bastante da música. Leslie é um nome nobre. Sir Thomas H., você sempre faz muito bem. Só tomei a Liberdade de expurgar uma expressão dele que não seria admissível: "Coitado de mim!". É familiar demais e nada elegante. Sua avó ficou mais incomodada pelo fato de a Sra. Forester não ter retribuído a visita dos Egerton com maior presteza do que com qualquer outra coisa. Deviam ter passado no Presbitério antes de domingo...

Conheça bem seus personagens

Certifique-se de que são consistentes. Os leitores logo perceberão caso pareça que você os está construindo à medida que o romance progride. A carta de Jane datada de 9 de setembro de 1814 prossegue:

> A Sra. Forester não se preocupa o suficiente com a saúde de Susan. Susan não deveria sair para caminhar logo após uma forte chuva, fazendo longos passeios na terra. Uma mãe preocupada não permitiria isso. Gosto bastante de sua Susan, ela é uma doce criatura e suas demonstrações de simpatia são um verdadeiro deleite. Gosto extremamente dela como é agora, mas não estou satisfeita com seu comportamento para com George R. De início, ela parece toda grudenta e sentimental, e depois parece não sentir mais nada; ela se mostra completamente confusa no baile e aparentemente satisfeita com o Sr. Morgan. Parece ter mudado sua personalidade.

Os leitores de hoje podem ver quanto Anna foi influenciada pelos romances da tia. Uma mãe de meninas que se muda para uma vizinhança na qual ela não conhece, quase ninguém lembra a Sra. Dashwood em *Razão e sensibilidade*. Jane sugere que Anna corte um trecho que utiliza uma peça de teatro (provavelmente muito parecido com *Mansfield Park*), assim como aquela animada heroína que sai caminhando pela lama... Mas Anna claramente estava aprendendo com o que lia.

Não sobrecarregue sua obra com detalhes desnecessários: corte e edite

Isso vem da mesma carta: "Você descreve um lugar agradável, mas suas descrições muitas vezes são mais minuciosas do que será apreciado. Fornece muitos particulares sobre esquerda e direita."

Jane entendia que, para uma cena passar credibilidade, seu criador precisava ter em mente toda aquela informação, mas nem toda ela devia aparecer na página. Mesmo que você esteja escrevendo sobre uma sala em desordem, os leitores não querem uma prosa desorganizada e descrições longas demais. Anna precisava concentrar-se na quantidade certa de detalhes para usar nos quadros que estava pintando.

Pode ter acontecido na vida real, mas isso não significa que funcionará bem num romance

"Eliminei o trecho em que Sir Thomas caminha com outros homens até os estábulos no dia seguinte a ter quebrado o braço — pois, embora eu acredite que seu pai *tenha* saído para caminhar imediatamente depois de darem um jeito no braço dele, acho que isso pode ser um pouco incomum e acabaria *parecendo* inverossímil em um livro."

Aspirantes a escritores muitas vezes acreditam que os acontecimentos de suas vidas funcionarão bem em romances. Nem sempre isso acontece.

E não responda às críticas dizendo: "Sim, mas..."

Com o incidente sobre o braço quebrado, Jane antecipa o que Anna diria: "Sim, mas meu pai fez isso". "Sim, mas..." não faz leitor algum mudar de opinião. Escritores que dizem sempre "Sim, mas" não são aqueles que escrevem as melhores histórias.

Pense na escala de sua história e na melhor coisa a ser abordada quando estiver começando

A famosa descrição de Jane Austen para sua obra como se fosse pintada num "pedacinho (cinco centímetros de largura) de mármore" foi feita numa carta sua endereçada ao sobrinho, James Edward, um aspirante a escritor que se tornaria seu biógrafo. Ele havia acabado de deixar a Universidade de Winchester, então ainda era um adolescente, mas Jane lhe escreve como se ambos estivessem trabalhando no mesmo campo e os esforços dele fossem tão importantes quanto os seus:

Chawton, segunda-feira,
6 de dezembro (1816)

Meu Caro E.

Um dos motivos que me fez escrever para você agora é ter o prazer de me dirigir a você como Escudeiro. Parabenizo-o por ter deixado Winchester. Agora pode estimar quanto foi infeliz ali; agora tudo irá se revelar gradualmente, seus crimes e suas misérias — quantas vezes você foi ao Correio em Londres e jogou fora cinquenta guinéus numa taverna, e quantas vezes esteve prestes a se enforcar, impedido apenas, como reza um rumor malicioso sobre a pobre e velha Winton, pela falta de uma árvore no raio de alguns quilômetros da cidade...

Tio Henry escreve sermões de altíssima qualidade. Você e eu temos de tentar obter um ou dois e colocá-los em nossos romances: seria uma bela ajuda para um volume; e podemos fazer com que nossa heroína o leia em voz alta numa noite de domingo, bem como Isabella Wardour, em "Antiquário", é levada a ler a "História do Demônio do Hartz" nas ruínas de St. Ruth, embora eu acredite, relembrando agora, que Lovell seja o leitor. A propósito, meu caro E., estou bastante preocupada com a perda que sua mãe menciona em sua carta. Dois capítulos e meio estarem faltando é algo monstruoso! É bom

> que eu não tenha passado em Steventon ultimamente, pois assim não posso ser acusada de tê-los surrupiado: dois galhos fortes e meio na direção do meu ninho teriam sido algo. Não acredito, entretanto, que um furto desse gênero me seria útil. O que eu faria com seus esquetes fortes, masculinos e espirituosos, cheios de variedade e brilho? Como poderia uni-los ao pedacinho (cinco centímetros de largura) de mármore no qual trabalho com um pincel deveras fino e produzo tão pouco efeito após tanto trabalho?

E, assim, o pobre James Edward (a família o chamava de Edward) havia perdido dois capítulos e meio de seu romance. Estou certa de que sua tia estava sorrindo quando escreveu sobre seus "esquetes fortes, masculinos e espirituosos, cheios de variedade e brilho", mas ela sempre incentivava os jovens escritores. Acho que também estava discretamente sugerindo que ele diminuísse um pouco o tom de sua escrita.

É bom ser engraçado

As coisas que Jane Austen mais elogia na obra de Anna (das quais mais ouvimos falar) são as piadas e as coisas que farão o leitor sorrir.

> Eu gostaria de ter lido mais sobre Devereux. Não sinto que o conheci bem. Você teve medo de se meter com ele, receio dizer. Gostei do seu esquete sobre Lorde Clanmurray, e o retrato que fez da alegria das duas meninas foi muito bom. Não percebi a conversa séria de St. Julian com Cecilia, mas gostei bastante dela. O que ele fala sobre a loucura de mulheres até então sensatas no que diz respeito a suas filhas debutantes vale seu peso em ouro. Não achei que a linguagem afunda. Por favor, prossiga.[6]

Cuidado com prolongamentos e clichês

Prolongar-se é fácil demais quando você se deixa levar pela alegria de escrever um primeiro esboço, mas é preciso fazer cortes. Jane Austen disse a Anna: "Devereux Forester (um dos personagens de Anna) se arruinar por sua vaidade é algo extremamente bom, mas espero que você não o faça mergulhar num 'vórtice de dissipação'. Não me oponho à coisa, mas não consigo suportar a expressão; é bem gíria de romance, e tão antiga que ouso dizer que Adão a leu no primeiro romance que abriu".[7]

Edite meticulosamente

Jane escreveu a Cassandra que "um artista não pode fazer as coisas com desleixo".[8] Confira sua prosa em busca de infelicidades e repetições. Jane percebeu isso no que quer que estivesse lendo, brincando com Cassandra quando escreveu de Londres, na primavera de 1811: "Sinto um prazer sincero ao saber que a Sra. Knight finalmente teve uma noite tolerável, mas, nessa ocasião, preferia que tivesse outro nome, pois as duas *noites* ressoam bastante."

Editar leva mais tempo que escrever. Passaram-se muitos anos entre Jane Austen começar a escrever e a publicação de seu primeiro romance. Espere que seu próprio caminho seja tão longo e pedregoso.

PLANEJANDO SEU ROMANCE

Pense nas histórias em que você está trabalhando e nas histórias que sustentam essas histórias.

Tenha consciência das narrativas arquetípicas com as quais você está trabalhando e da força e do potencial que elas têm. Vale a pena se informar mais a esse respeito.[9] Pense nos romances, peças, poemas, pinturas, filmes, canções etc. que o influenciaram e que têm certa ressonância no que você está trabalhando. Os leitores encontraram muitas coisas diferentes que sustentam o trabalho de Jane. Por exemplo, em *Mansfield Park*, podemos ver ecos de *Rei Lear*, *Ligações perigosas* e *Cinderela*.

Enredo

Comece da forma mais sucinta possível. Responda a estas perguntas em apenas uma frase.

1. Qual o problema a ser resolvido no seu romance?
2. O que acontece?
3. Qual a consequência?[10]

Se estivesse escrevendo *Mansfield Park*, suas respostas poderiam ser:

1. Fanny Price é oprimida e negligenciada.
2. Ela se mantém fiel ao que acredita.
3. Seu valor é reconhecido, e os vilões são derrotados.

Há muita semelhança com *Cinderela*. Agora, novamente em uma frase:

4. Resuma sua história — a verdade em sua essência, não a trama.
5. Que verdade universal (supondo que tal coisa exista) seu romance prova?

Suas respostas para *Mansfield Park* poderiam ser:

4. Fanny Price encontra o amor e o lugar ao qual pertence.
5. A virtude é recompensada.

Não se preocupe caso sua resposta final se pareça um pouco com um provérbio de biscoito da sorte.

Mansfield Park é o romance de Jane Austen em que encontramos maior facilidade para fazer isso, pois tem um enredo moral e lembra muito *Cinderela*, mas até mesmo *Mansfield Park* pode ser visto de outras maneiras. Henry Crawford se passa por príncipe, mas, na verdade, é um sapo. A Sra. Norris é a madrasta malvada que deve ser banida, e há também os triângulos amorosos. O importante é saber do que sua história realmente trata e manter isso em mente. Você deve olhar para cada cena que escrever e perguntar a si mesmo como ela faz o enredo progredir e como os leitores verão os personagens se desenvolverem. Faça o máximo de perguntas que puder sobre seu trabalho: será que os leitores acharão algum dos personagens muito irritante? Onde minha história pode acabar se arrastando?

Autobiografias para seus personagens

Ao começar, escreva uma autobiografia breve para cada personagem.

*Auto*biografia é uma definição melhor, pois isso o ajudará a encontrar e captar a voz do personagem. Só é preciso escrever uma página para cada um. Esse é o tipo de trabalho que provavelmente vai ficar no seu caderno. Fica evidente em seus romances quanto Jane Austen conhecia bem seus personagens. Muitas vezes ela incluía fragmentos de informações que demonstravam que ela sabia o que havia acontecido com eles antes do início do romance. Parte dessas informações era apresentada ao leitor à medida que o romance progredia, mas outros fatos permaneciam apenas na cabeça de Jane. Ela também sabia o que aconteceria aos personagens após o fim do romance e conversava com parentes e amigos a esse respeito. A pobre Jane Fairfax, por exemplo, morreria uns dois anos depois de se casar com Frank Churchill.

Para as autobiografias de seus personagens pense no passado deles, em suas famílias, em sua situação na sociedade etc. O que eles podem ter perdido? O que desejarão? Aqui estão alguns trechos das tramas de apoio de Jane Austen que mostram quão bem ela conhecia suas criações.

Da carta do Sr. Darcy a Elizabeth no Capítulo 35 de *Orgulho e preconceito*, depois que ela recusou sua primeira proposta de casamento:

> O Sr. Wickham é filho de um homem muito respeitável que durante muitos anos geriu todos os bens da propriedade de Pemberley; a fidelidade com que sempre se desincumbiu de suas funções mereceu, naturalmente, a gratidão de meu pai. E, em relação a George Wickham, seu afilhado, a generosidade de meu pai era ilimitada.
>
> Meu excelente pai morreu há cerca de cinco anos; e sua afeição pelo Sr. Wickham foi até o fim tão firme que ele recomendou particularmente no testamento que eu me encarregasse de promover seu adiantamento na carreira que havia escolhido e manifestou o desejo de que um posto importante, à disposição da família, lhe fosse dado assim que vagasse, caso o Sr. Wickham se ordenasse. Deixou-lhe também um legado de mil libras. O pai dele não sobreviveu muito tempo ao meu e, em seis meses, o Sr. Wickham me escreveu, informando-me que resolvera não tomar ordens e esperando que eu não achasse despropositado o desejo de uma compensação pecuniária mais imediata no lugar do posto do qual não poderia agora beneficiar-se. Acrescentou que tinha a intenção de estudar Direito e que eu devia compreender que os juros de mil libras não seriam suficientes para tanto. Eu mais desejei acreditar do que realmente acreditei em sua sinceridade, mas, de qualquer modo, mostrei-me perfeitamente disposto a aceder à proposta. Eu sabia que o Sr. Wickham não devia ser pastor e, portanto, o negócio foi logo arranjado. Ele desistiu de toda proteção relativa à sua entrada na Igreja, mesmo que estivesse algum dia em situação de recebê-la, e aceitou em troca a quantia de três mil libras. Todas as nossas relações foram interrompidas a partir dessa época. Minha opinião sobre ele era desfavorável demais para que o convidasse a Pemberley ou aceitasse sua companhia em Londres. Creio que durante todo esse tempo ele ficou na cidade, mas seu estudo de Direito foi um mero pretexto e, livre de toda a obrigação, ele levou uma vida de ócio e dissipação. Por três anos, pouco ouvi falar nele; mas, ao falecer a pessoa que ocupava o posto que outrora lhe fora destinado, ele tornou

a me escrever, solicitando sua apresentação para o dito lugar. Seu atual estado, dizia ele, e eu não tive dificuldade de acreditar, era extremamente precário. Descobrira que o estudo do Direito era pouco proveitoso e estava absolutamente resolvido a tomar ordens, se eu o apresentasse para o posto em questão, coisa de que ele não duvidava, pois estava informado de que não havia outro pretendente e eu não poderia ter esquecido as intenções de meu venerado pai. A senhorita dificilmente poderia censurar-me por ter recusado aquela pretensão e rejeitado todas as novas tentativas no mesmo sentido. O ressentimento que ele manifestou foi proporcional à situação precária em que se encontrava. E ele foi, sem dúvida, tão violento ao insultar-me para os outros quanto para mim mesmo. Depois desse período, todas as relações de mera formalidade foram cortadas. Como ele viveu, não sei. Mas, no último verão, ele novamente se impôs em meu caminho da forma mais desagradável possível.

Devo agora mencionar certas circunstâncias que desejaria esquecer, e que só uma obrigação tão forte quanto a atual poderia me induzir a relatar a qualquer outra pessoa. Tendo dito isso, confio inteiramente em sua discrição. Minha irmã, que é dez anos mais nova do que eu, foi deixada sob a tutela do sobrinho de minha mãe, o coronel Fitzwilliam, e a minha. Há cerca de um ano ela deixou o internato e se estabeleceu em Londres para aprimorar suas habilidades; e, no verão passado, foi, em companhia da senhora que a orientava, para Ramsgate; e para lá também se dirigiu o Sr. Wickham, sem dúvida de propósito, pois depois se descobriu que havia um entendimento prévio entre ele e a Sra. Younge, sobre cujo caráter infelizmente nos enganamos; e, graças ao auxílio e à conivência dela, ele se aproximou de Georgiana, em cujo afetuoso coração ainda era tão vívida a impressão da bondade com que ele a tratara na infância que se deixou persuadir de que estava apaixonada e consentiu em fugir com ele. Georgiana tinha apenas quinze anos, o que lhe serve como desculpa; após relatar sua imprudência, tenho o consolo de poder acrescentar que soube disso por ela própria. Fui ao encontro deles inesperadamente, um ou dois dias antes da fuga planejada; e Georgiana, incapaz de suportar a ideia de desgostar e ofender um irmão que ela considerava quase um pai, confessou-me tudo. A senhorita pode imaginar como me senti e como agi.

> Para proteger a reputação e os sentimentos de minha irmã, eu me abstive de qualquer ato de represália em público, mas escrevi ao Sr. Wickham, que partira imediatamente, e a Sra. Younge foi, naturalmente, dispensada. Sem dúvida, o objetivo principal do Sr. Wickham era apoderar-se da fortuna de minha irmã, que é de trinta mil libras; mas não posso deixar de pensar que o desejo de se vingar de mim também tenha sido um grande estímulo. Sua vingança teria sido, de fato, completa.

No capítulo de abertura de *Mansfield Park* nos é contada a história de três irmãs, sendo uma delas a pobre mãe de Fanny Price. O mais interessante aqui é que foi a Sra. Norris que provocou a desavença entre as irmãs.

> Há pouco menos de trinta anos, a Srta. Maria Ward, de Huntingdon, com apenas sete mil libras, teve a felicidade de conquistar Sir Thomas Bertram, de Mansfield Park, no condado de Northampton. Desde então, foi elevada à condição de senhora de um nobre, com todos os confortos e possibilidades advindos de uma bela casa e de uma larga soma de recursos. Toda a localidade de Huntingdon clamou ante a grandiosidade da união, e o tio advogado garantiu para si mesmo pelo menos três mil libras. Ela possuía duas irmãs que seriam beneficiadas com sua mudança de status; e muitos dos que a conheciam opinavam que tanto a Srta. Ward como a Srta. Frances eram quase tão bonitas quanto a Srta. Maria, mas hesitavam em predizer se estas se casariam de modo igualmente vantajoso. Certamente não existem tantos homens ricos no mundo quanto mulheres bonitas que mereçam casar-se com eles. A Srta. Ward, passados seis anos, viu-se obrigada a noivar com o reverendo Sr. Norris, um amigo de seu cunhado praticamente sem nenhuma fortuna pessoal, e a Srta. Frances teve sorte ainda pior. No entanto, a união da Srta. Ward, quando chegou o momento, não foi desprezível. Sir Thomas estava disposto a propiciar ao amigo uma renda que lhe possibilitasse viver em Mansfield, e o Sr. e a Sra. Norris iniciaram a feliz vida conjugal com pouco menos de mil libras ao ano. A Srta. Frances se casou, por assim dizer, para desagradar a família,

e escolheu um tenente da Marinha imaturo, sem fortuna nem boas relações. Dificilmente poderia ter feito uma escolha mais desfavorável. Sir Thomas Bertram tinha interesse e disposição em fazer o certo, além do desejo de ver tudo o que estava ligado a si próprio sob a condição da respeitabilidade. Ele se teria mostrado contente em se manifestar em nome da irmã de Lady Bertram; porém, a profissão do marido não lhe era útil em nenhum aspecto, e, antes mesmo que pudesse delinear qualquer estratégia para assisti-los, ocorrera total rompimento entre as irmãs. Esse era o resultado natural da conduta de cada parte envolvida e o produto de um casamento excessivamente imprudente. Para se salvaguardar da censura inútil, a Sra. Price não escreveria à família sobre o assunto até que estivesse de fato casada. Lady Bertram, que era uma mulher muito calma e com um temperamento extraordinariamente fácil e indolente, teria se contentado em simplesmente abrir mão de sua irmã e não pensar mais no assunto. Mas a Sra. Norris tinha um espírito diligente e não se sentiria satisfeita até que tivesse redigido uma longa e indignada carta a Fanny, apontando a insensatez de sua conduta e ameaçando-a com todas as possíveis consequências. A Sra. Price, por sua vez, ficou magoada e com raiva, e uma resposta, que incluía cada irmã em sua amargura e fazia reflexões bastante desrespeitosas em relação à vaidade de Sir Thomas, que a Sra. Norris possivelmente não conseguiria deixar de compartilhar, colocou um fim a toda troca de correspondências por um período considerável.

EXERCÍCIOS

1. Escreva uma autobiografia para cada um dos seus personagens. Você deve escolher um ponto no tempo do qual cada um irá falar; sugiro que seja imediatamente antes de o romance começar.
2. Escreva uma cena em que vemos um dos personagens *antes* da ação principal do romance. Esse tipo de trabalho não sairá do seu caderno, mas você tem de estar preparado para esse tipo de coisa.

PENSANDO EM SUA AMBIENTAÇÃO

Lembre-se de que ambientação significa tanto tempo como lugar. Você deve saber exatamente quando e onde seu romance se passa. Não pense que poderá escrever um romance "atemporal" ou "universal", uma vez que suas premissas e as dos personagens tornarão isso impossível. Os leitores querem ser levados a lugares particulares e vê-los num período específico. Muito deliberadamente, Jane Austen nos dizia quando e onde seus romances se passavam, e à época da publicação de *A Abadia de Northanger*, mais de uma década depois de ser escrito, ela achou necessário explicar o atraso, de modo que os leitores tivessem o contexto certo para a obra.

> Este pequeno trabalho foi finalizado no ano de 1803 com o intuito de ser publicado de imediato. Foi entregue a um livreiro, chegou até a ser anunciado, mas a autora jamais conseguiu descobrir a razão pela qual a empreitada não andou para a frente. Que algum livreiro achasse válido comprar o que não considerava válido publicar parece extraordinário. Mas, com isso, nem a autora nem o público têm qualquer outra preocupação além de constatar que certa atenção se faz necessária em relação às partes da obra que treze anos tornaram relativamente obsoletas. O público é convidado a ter em mente que treze anos se passaram desde que o livro foi concluído, muitos outros desde que foi iniciado, e que, nesse período, lugares, modos, livros e opiniões sofreram mudanças consideráveis.[11]

Pesquisadores conseguiram identificar que Jane Austen usava o calendário de um ano em particular ao criar o enredo e escrever cada romance. Isso faz com que a história funcione junto aos leitores, que não serão distraídos por pensamentos como *"Mas eu pensei que fosse outono!"* ou *"Achei que ela tivesse vinte e seis anos!"* e também torna muito mais fácil para a escritora manter tudo sob controle.

É importante conhecer e estabelecer seus cenários de maneira apropriada. Você terá mais ajuda quanto aos cenários posteriormente, mas isso serve para podermos começar. Fãs do trabalho de Austen muitas vezes ficam animados em identificar a "verdadeira" Pemberley ou a "verdadeira" "Meryton". No entanto, acredito que ela, como tantos escritores, combinava elementos de lugares diferentes ao mesmo tempo que acrescentava detalhes de sua própria imaginação. Ela também utilizava uma técnica que os cineastas empregam: dar ao leitor uma tomada longa ou o panorama de um lugar, bem como uma visão interior, onde vemos as coisas muito mais de perto.

Aqui estão algumas dessas tomadas — ou talvez devêssemos utilizar a linguagem da pintura para romances georgianos — retiradas de *Razão e sensibilidade*. O leitor viaja com a Sra. Dashwood e suas filhas até a sua nova casa em Devonshire e depois caminha com elas pela casa antes que os olhos possam repousar em algumas coisas em particular: no piano de Marianne sendo descarregado e nos quadros de Elinor sendo pendurados nas paredes. Marianne é musicista; portanto, gosta de tocar e fazer barulho — "suas tristezas, suas alegrias, não tinham moderação". Elinor é a mais quieta, aquela "que possuía uma compreensão e uma frieza de julgamento que a capacitavam, por mais que tivesse apenas dezenove anos, a ser a conselheira da mãe". Sua especialidade era observar.

Ganhamos uma visão adicional com a chegada de Sir John Middleton, que dá a elas "uma grande cesta cheia de coisas do jardim e frutas" do parque, o que é seguido, antes do fim do dia, por um "presente de caça"; ele também "lhes envia seu jornal todos os dias". Já sabemos que é setembro; então podemos imaginar a cesta com produtos ao estilo de um festival de colheita. Esses detalhes representam um forte contraste em relação ao que vimos da crueldade assombrosa de John e Fanny Dashwood, o enteado da Sra. Dashwood e sua esposa, nos capítulos iniciais. Esses quadros, então, não tratam apenas da ambientação, mas também de estabelecer os personagens.

> A primeira parte da viagem deu-se em um clima de profunda melancolia, o que a impediu de ser menos que tediosa e desagradável. Mas, à medida que se aproximavam do destino, um crescente interesse pelo aspecto do condado no qual iriam morar sobrepujou o abatimento delas e, quando chegaram ao vale Barton, a paisagem as alegrou. Era um lugar bonito,

fértil, rico em árvores e pastagens. Depois de percorrer mais de dois quilômetros pelo campo, chegaram à casa que seria seu lar dali em diante. Um pequeno jardim verde a rodeava e entrava-se nesse jardinzinho por um velho e pequeno portão.

O Chalé Barton, apesar de pequeno, era confortável e compacto como moradia, mas, como casa de campo, era imperfeito, pois sua forma era simétrica e a cobertura exterior, de telhas; os postigos das janelas não eram pintados de verde, não havia muros ou paredes cobertos de madressilva. Um estreito caminho ao lado da casa levava diretamente ao jardim dos fundos. À entrada, de um lado e do outro, havia uma sala com cerca de cinco metros quadrados cada; além delas, localizavam-se os aposentos da criadagem e a escada. Em cima, quatro quartos e dois sótãos completavam a casa. Não fora construída havia muitos anos e encontrava-se em bom estado. Em comparação com Norland, era pobre e pequena, sem dúvida, mas as lágrimas provocadas pelas lembranças secaram assim que as quatro mulheres entraram. Suas almas aqueceram-se diante da alegria que os criados demonstraram com sua chegada, e cada qual resolveu mostrar-se feliz para não entristecer as demais. Era início de setembro, o tempo estava firme e ver o lugar pela primeira vez com a vantagem de um dia tão bonito deu-lhes a boa impressão de que se tratava de uma atitude premeditada com o propósito de conseguir a aprovação delas.

A localização do chalé era boa. Altas colinas elevavam-se logo atrás dele, assim como dos lados, a uma distância não muito grande; algumas eram cobertas por vegetação rasteira, outras por árvores, e outras, ainda, eram cultivadas. O vilarejo de Barton ficava ao pé de uma dessas colinas e se descortinava às janelas do chalé como uma linda paisagem. O horizonte em frente apresentava-se muito mais amplo, pois via-se o vale inteiro, que se perdia ao longe. As colinas que rodeavam a casa limitavam o vale nessa direção, porém ele se prolongava, com outro nome e outro formato, entre duas das colinas mais escarpadas.

De maneira geral, a Sra. Dashwood ficou satisfeita com o tamanho dos móveis e da casa; o estilo de vida que haviam levado até então teria de passar por algumas alterações, e o chalé precisaria de mudanças, mas isso não era problema, porque ela adorava reformar e aperfeiçoar; dessa vez tinha dinheiro suficiente para fazer tudo que quisesse a fim de acrescentar mais elegância aos vários cômodos.

Quanto à casa em si, na verdade — disse ela —, é pequena demais para a nossa família, mas por enquanto vamos dar um jeito para nos acomodarmos o melhor possível, assim mesmo como ela está, porque o ano já vai avançado, demais para reformas. Talvez na primavera, se eu tiver dinheiro bastante, como me atrevo a acreditar que terei, pensaremos em construir. Essas duas salas são ambas pequenas demais para festas e para acolher nossos amigos, que espero receber frequentemente. Estou imaginando utilizar parte de uma delas para ampliar a outra e deixar o que sobrar como hall de entrada. Poderemos, então, construir outra sala e um quarto com sótão em cima dela. Aí, sim, teremos um pequeno, mas confortável chalé. Gostaria que a escada fosse mais bonita. No entanto, não se pode querer tudo... de qualquer modo, creio que não será difícil alargá-la. Vou ver de quanto poderei dispor na primavera e planejaremos a reforma de acordo com o que pudermos gastar.

Todavia, embora essas alterações pudessem ser feitas com as economias de um rendimento de quinhentas libras ao ano por uma mulher que jamais economizara na vida, elas eram ajuizadas o bastante para, no momento, se contentarem com a casa como estava. Cada qual se ocupou em arrumar suas coisas dispondo livros e outros objetos de maneira a transformá-la em um lar. Ao piano de Marianne foi destinado um lugar privilegiado; os quadros de Elinor foram pendurados nas paredes da sala de estar.

EXERCÍCIO: PANORAMAS, TOMADAS LONGAS E DETALHES

Escreva uma cena que nos dê uma tomada longa ou panorama da sua localização e outra cena que nos dê uma visão mais próxima de um espaço ou lugar importante. Talvez você queira incluir personagens nessas cenas. Pense no ponto de vista. Sempre funciona bem ter alguém novo no ambiente, observando as coisas de modo a serem vistas com um olhar fresco.

PENSANDO NAS IMAGENS CENTRAIS

Pense em um romance que você ama, mas que não lê há algum tempo. O que realmente ficou na sua memória?

Quais aspectos da *sua* obra serão os mais lembrados? Quando se está começando, vale a pena pensar nas cenas e imagens que você espera que permaneçam na memória dos leitores. Na obra de Jane Austen, normalmente são as propostas de casamento (é claro), mas também as cenas de drama (a queda de Louisa Musgrove da muralha do Cobb) e as ocasiões em que ela se concentra em determinados objetos. Os estimados bens de Harriet Smith, associados à sua queda pelo Sr. Elton (*Emma*, Capítulo 40), ficam na memória do leitor, por serem tão patéticos e emblemáticos; a carruagem de Henry Crawford, com seu banco da frente ideal para o flerte, a faca de prata pela qual discutem Susan e Betsey Price e a cruz de âmbar de Fanny Price se fixam na mente dos leitores.

Fanny adora a cruz de âmbar que o irmão lhe dá, mas usá-la em seu primeiro baile lhe causa terrível angústia, pois, em primeiro lugar, ela não tem uma corrente na qual pendurá-la e, depois, ela precisa escolher entre duas correntes para usar: a que Mary Crawford tenta fazer com que ela aceite, o que a deixaria em débito, e outra, dada por seu amado Edmund. Aqui está Fanny antes que as correntes rivais lhe sejam oferecidas (*Mansfield Park*, Capítulo 26).

> O baile estava então decidido e, antes que terminasse o dia, todos os interessados estavam a par de tudo. Os convites foram enviados com rapidez, e muitas jovens damas foram para a cama com a mente cheia de felizes inquietações, assim como Fanny. Para ela, às vezes as preocupações pareciam estar além da felicidade, já que era jovem e com pouca experiência, sem chance de escolhas e sem qualquer confiança no seu gosto; "como devo estar vestida" era uma questão preocupante. E o único ornamento que possuía, uma belíssima cruz de âmbar que William lhe trouxera da Sicília, era a maior das suas preocupações, pois não tinha

> nada além de um pedaço de fita com que amarrá-la. Embora a tivesse usado dessa maneira anteriormente, seria adequado, nessa circunstância, em meio aos mais ricos ornamentos que supunha que todas as demais jovens estariam usando? Mas, por outro lado, como não usá-la? William tivera a intenção de comprar-lhe um colar de ouro também, mas o valor estava acima das suas posses e, portanto, não usar a cruz seria aflitivo para ele. Tais eram as considerações que a deixavam suficientemente ansiosa diante da iminência de um baile oferecido sobretudo para gratificá-la.

O episódio continua com Fanny recebendo uma corrente de Mary Crawford. Quando descobre que se trata de um presente de Henry, ela sente que foi ludibriada para que a aceitasse. Edmund então aparece com uma corrente que comprou para Fanny. A corrente dos Crawford é grande demais para o furo da cruz, mas a de Edmund é perfeita.

EXERCÍCIO: BENS ESTIMADOS OU POSSES CARACTERÍSTICAS

Escreva sobre um bem estimado ou característico de um personagem, como, por exemplo, a cruz de Fanny, a carruagem de Henry Crawford com seu banco dianteiro ideal para o flerte, ou a faca de prata pela qual discutem Susan e Betsey Price, o horroroso chapéu roxo de Isabella Thorpe, o cabriolé de John Thorpe. Guarde esse texto e pense em como essa e outras imagens-chave funcionarão no seu romance.

PENSANDO NAS CENAS-CHAVE

Obviamente, todas as suas cenas devem ser importantes, sejam elas tranquilas ou explosivas; todas devem tecer a trama, assim como nossa compreensão dos personagens deve progredir. Evite capítulos ou cenas em que as pessoas apenas pensam nas coisas e repassam o que aconteceu até então.

Quando estiver começando um romance, você provavelmente terá uma ideia de quais serão as verdadeiras cenas-chave. Não importa caso você não saiba de início tudo o que vai acontecer; muitas coisas irão se desenvolver e lhe virão à cabeça quando você estiver escrevendo e, posteriormente, editando. Eu acho útil lidar com algumas das cenas-chave, ou até mesmo uma delas, logo no início do processo. Finalizar uma cena-chave (ainda que seja apenas um rascunho) o ajudará a chegar ao fim do importante esboço inicial. Ela lhe dará um alvo a mirar e funcionará como um ponto de referência.

Não sabemos se Jane Austen escrevia seus romances de maneira linear e cronológica, mas isso parece provável, dado o modo como escrevia em livrinhos feitos em casa e está evidenciado pelos pedaços de seus manuscritos que sobreviveram. Em *Jane Austen's Textual Lives*, Kathryn Sutherland fala sobre ela ser uma escritora "iminente", cuja tendência era colocar as coisas num estado de quase finalização logo de cara. As muitas longas caminhadas que Jane Austen fazia e as ocasiões em que não conseguia escrever porque estava ocupada demais com parentes que a visitavam também tornam essa maneira de trabalhar mais provável. O tempo em que você não está realmente escrevendo, mas pensando (imaginativa ou criticamente) sobre seu trabalho deveria ajudá-lo a trabalhar mais rápido quando você finalmente sentar com sua pena ou laptop.

Programas de processamento de texto significam que hoje os escritores podem editar e rearranjar sua obra de maneira muito mais fácil que no período regencial. No entanto, sabemos, por fragmentos dos manuscritos de Jane Austen que sobreviveram (depois que um romance era enviado para as prensas, o manuscrito do autor era descartado), que ela copiava e colava bem desse jeito. Ela acrescentava pequenos trechos, prendendo-os às páginas. A maior parte de seus textos foi escrita em tempos de guerra, quando o papel custava caro; uma mulher parcimoniosa como Jane Austen não desperdiçaria nada. Ela escrevia até nas margens e claramente não esperava fazer grandes mudanças em sua obra.

No entanto, nem todos são autores iminentes. Você pode ser do tipo que muda de ideia constantemente, escreve demais e corta a maior parte, mas, seja qual for a categoria à qual pertencer, colocar algumas de suas cenas-chave no papel irá ajudar.

Não sabemos para que cenas Jane Austen já tinha planos quando começou cada um de seus romances, mas você pode olhar para as cenas--chave dela e começar a planejar as suas. Eu sabia antes mesmo de começar a escrever *Happy Birthday and All That* que o romance terminaria com meu personagem Frank se afastando num balão de ar quente; escrever essa cena bem antes do restante do livro me ajudou a seguir nos trilhos, embora obviamente eu tenha editado e trabalhado em seus aspectos posteriormente.

Jane Austen manda os personagens de *Mansfield Park* em um passeio a Sotherton, casa do Sr. Rushworth, noivo de Maria. O dia evoca muito do que é importante no romance: Henry Crawford flertando tanto com Maria quanto com Julia. Fanny sendo abandonada por Mary Crawford e Edmund; a Sra. Norris "aliviando" (poderíamos dizer "surrupiando") um espécime muito curioso de brejo, quatro ovos de faisão para chocar em casa[12] e um creme de queijo; Fanny sendo a espectadora silenciosa, ouvindo e observando (às vezes sem ser vista) o que todos fazem; a capela em Sotherton, que caíra em desuso.

Vejam só este momento-chave em que, observada por uma horrorizada Fanny Price, que não consegue impedi-los, Maria Bertram e Henry Crawford ultrapassam um limite.

> Quinze, vinte minutos se passaram e Fanny ainda estava pensando em Edmund, na Srta. Crawford e em si mesma sem ninguém para interrompê-la. Ela começou a se surpreender por ter sido deixada sozinha por tanto tempo, tentava ouvir seus passos e vozes novamente. Ela então ouviu ao fundo vozes e passos se aproximando e teve de se contentar ao perceber que não eram daqueles a quem ansiava ver, mas sim da Srta. Bertram, do Sr. Rushworth e do Sr. Crawford. Eles tinham vindo da mesma direção e estavam diante dela.

"A Srta. Price sozinha!" e "Minha querida Fanny, o que aconteceu?", essas foram as primeiras saudações. Ela contou a sua história.

— Pobre Fanny! — exclamou a prima. — Como foi usada por eles! Você deveria ter ficado conosco.

Então, sentada com um cavalheiro de cada lado, resumiu-lhes a conversa em que estavam previamente envolvidos e discutiu as possibilidades de reforma com muita animação. Nada foi determinado, mas Henry Crawford estava cheio de ideias e projetos e, de maneira geral, tudo o que propunha era imediatamente aprovado primeiro por ela e depois pelo Sr. Rushworth, cuja função principal parecia ser a de ouvir os demais. Ele raramente arriscava uma ideia e desejava que pudessem ter visto a casa do amigo Smith.

Transcorridos, assim, alguns minutos, a Srta. Bertram, ao observar o portão de ferro, expressou o desejo de ultrapassá-lo até o parque; assim, suas perspectivas e planejamentos poderiam ser mais facilmente desenvolvidos. Todos ansiavam pelo mesmo; não era somente a melhor solução, mas a única maneira de proceder com qualquer vantagem, segundo a opinião de Henry Crawford. Ele imediatamente viu um elevado a menos de um quilômetro de distância, de onde poderiam ter uma visão ampla da casa, mas, para chegar lá, precisariam passar pelo portão, que estava trancado. O Sr. Rushworth gostaria de ter trazido a chave e estava determinado a nunca mais ir até ali sem elas; no entanto, essa resolução não resolvia o problema atual, e eles continuavam sem poder ultrapassá-lo. Como a Srta. Bertram não estava inclinada a desistir, o resultado foi que o Sr. Rushworth declarou que iria buscar a chave e, assim, partiu para cumprir o seu intento.

— Sem dúvida, é o melhor que podemos fazer agora, considerando que estamos tão longe da casa — disse o Sr. Crawford depois que ele saiu.

— Sim, não há nada mais para fazer. Mas, falando sinceramente, este lugar não está pior do que esperava?

— Não. Pelo contrário. Acho que está melhor, maior, mais completo em seu estilo, mesmo que não seja o melhor. Para dizer a verdade — falou baixando o tom de voz —, acho que nunca poderia ver Sotherton com tanto prazer quanto a estou vendo agora. Em outro verão dificilmente poderá estar melhor.

Após um momento de constrangimento, a dama respondeu:

— Por ser um homem do mundo, você deveria conseguir ver com os olhos do mundo. Se outras pessoas acharam que Sotherton melhorou, estou certa de que também assim achará.

— Receio que não sou tanto um homem do mundo quanto deveria ser em alguns aspectos. Os meus sentimentos não são tão evanescentes ou a minha lembrança do passado não está sob fácil domínio, como costuma acontecer com os homens do mundo.

Essa afirmação foi seguida de breve silêncio. Em seguida, a Srta. Bertram disse:

— Você parecia estar apreciando a viagem para cá esta manhã. Fiquei feliz por vê-lo tão entretido. Você e a Julia riram ao longo de todo o trajeto.

— É verdade? Sim, acredito que seja verdade, mas não me lembro de nada. Ah! Eu acho que estava relatando para ela algumas histórias ridículas sobre um velho cavalariço irlandês do meu tio. Sua irmã adora rir.

— Você acha que ela tem um coração mais leve do que o meu?

— Mais facilmente entretido — respondeu ele. — Consequentemente, você sabe — disse sorrindo —, a companhia dela é melhor. Eu não conseguiria divertir você com anedotas de irlandeses ao longo de uma viagem de dezesseis quilômetros.

— Naturalmente, eu acredito que sou tão vivaz quanto Julia, mas tenho mais preocupações agora.

— Certamente você as tem, e existem situações em que espíritos muito alegres podem denotar insensibilidade. Suas expectativas, no entanto, são muito boas para justificar falta de vivacidade. Você tem um ótimo cenário pela frente.

— Você quer dizer literalmente ou de maneira figurada? Literalmente, eu presumo. Sim, certamente o sol está brilhando e o bosque é muito agradável. Mas infelizmente este portão de ferro me dá uma sensação de limitação e dificuldade. Eu não consigo sair, como disse o passarinho.

Enquanto falava com expressividade, ela caminhou até o portão.

Ele a seguiu.

— O Sr. Rushworth está demorando muito para buscar essa chave.

— E para o mundo vejo que você não conseguiria sair sem a chave, a autoridade e a proteção do Sr. Rushworth ou, então, acho que passaria com certa dificuldade pela beirada, bem aqui, com a minha ajuda. Acho que isso pode ser feito se você desejar ter mais liberdade e se acreditar que não é proibido.

— Proibido! Que absurdo! Certamente posso sair por este lado, e o farei. O Sr. Rushworth chegará a qualquer momento, você sabe; então não devemos nos distanciar.

— E a Srta. Price será bondosa e o avisará de que estaremos próximos daquele morro, do carvalho naquele elevado.

Fanny, acreditando não ser correto, tentou convencê-los a não ir.

— Vai se machucar, Srta. Bertram. Você certamente se machucará nestes pregos e poderá rasgar o vestido, correndo o risco de escorregar. É melhor não ir.

A prima estava segura no outro lado enquanto essas palavras eram ditas e, sorrindo com todo o bom humor do sucesso, ela disse:

— Obrigada, minha querida Fanny, mas eu e meu vestido estamos vivos e bem; então, adeus!

Fanny os vê partir e, aparentemente, o destino não é aquele onde disseram que o Sr. Rushworth os encontraria. Julia segue a irmã e também ultrapassa o limite.

PENSANDO NO EQUILÍBRIO E EM SUBTRAMAS

Ao começar, você deve pensar também nas coisas que eventualmente farão seu romance parecer rico e completo. Talvez você nem mesmo saiba quais serão todos os seus personagens ao iniciar, mas deve ter sentimentos fortes por alguns deles e por seu tema. Os leitores se deleitam com o modo como Jane Austen trabalha com os diferentes temas em seus romances. Vemos personagens enfrentando com obstáculos e dilemas semelhantes e reagindo de maneira contrastante. As consequências das escolhas que fazem nos levam a ponderar sobre as questões que Jane coloca. Em *Emma*, por exemplo, ela pergunta o que significa ser uma mulher com e sem dinheiro. Como é ser uma Emma Woodhouse, uma Jane Fairfax, uma Harriet Smith ou uma Miss Bates. Vemos as questões serem colocadas e as consequências se desenrolarem de maneiras intrigantes e contrastantes. O modo como Jane trabalha com essas permutações e reflexões torna sua obra bastante interessante e satisfatória para o leitor. Ela consegue equilibrar tramas e subtramas, dilemas e consequências.

Seus romances funcionam como música: a história se entrelaça pelos temas, voltando para desenvolver os refrãos e construindo um crescendo que leva a uma conclusão satisfatória. Sabemos que Jane Austen adorava música e levantava cedo todos os dias para praticar ao piano. Preocupava-se com o piano quando estava longe, escrevendo a Cassandra para lembrá-la de que nenhum dos sobrinhos ou sobrinhas que visitassem a casa deveria colocar qualquer coisa sobre o instrumento. Dezessete livros de música (coleções de peças copiadas e partituras impressas) que pertenciam a Jane Austen e a suas parentes sobreviveram; eles nos dão uma perspectiva maravilhosa de como a família ouvia e fazia música em casa.[13]

Podemos ver a mente musical em ação nas tramas de Jane Austen e no modo como alcançam equilíbrio e utilizam reflexões. Isso é algo que você pode almejar mesmo nas histórias mais simples. Em livros ilustrados (que muitas vezes são obras de arte dignas de seu precioso público), vemos frequentemente subtramas expostas nas ilustrações, quando não há espaço para elas no texto. Pense no modo como você pode alcançar efeito semelhante em suas próprias histórias.

Nos bons romances, diferentes possibilidades nos são oferecidas e nós vemos personagens diferentes as explorando. A totalidade de *Razão e sensibilidade* é construída da seguinte forma: razão *versus* sensibilidade, Elinor *versus* Marianne, Edward *versus* Robert, Coronel Brandon *versus* Willoughby, John Dashwood *versus* Sir John Middleton, Elinor *versus* Lucy Steele, Lucy *versus* Nancy Steele, Marianne *versus* Nancy Steele (ambas ficam enamoradas por ideias de amor), Fanny Dashwood *versus* a Sra. Jennings, as diferenças entre o Sr. e a Sra. Palmer, o destino de Marianne em contraste com a tutelada do Coronel Brandon. Os contrastes e as reflexões desenvolvem o tema e fazem surgir drama, ironia e comédia. O enredo é conduzido pelas diferenças e conflitos entre os personagens.

Mansfield Park trata de três irmãs (Lady Bertram, a Sra. Norris e a Sra. Price), dois grupos de três primos (Maria, Julia e Fanny e Tom, Edmund e William)[14] e quatro pares de irmãos, Maria e Julia, Fanny e Susan, Tom e Edmund e Mary e Henry. Vemos irmãos trabalhando juntos e uns contra os outros. Encontramos aqui ecos de *Rei Lear* e *Cinderela*. Também nos são dados outros pares de personagens para serem considerados: Henry Crawford e Edmund Bertram, Henry Crawford e o Sr. Rushworth, Mary Crawford e Fanny Price.

Em *Orgulho e preconceito*, podemos comparar as ações e os destinos de irmãs como Lizzy e Lydia, e pais, por exemplo, o Sr. e a Sra. Bennet ou o Sr. Bennet *versus* o Sr. Gardiner — ou ações de amigas, como Lizzy e Charlotte Lucas. Vemos também as diferentes abordagens dos personagens em relação a pessoas ou situações, como, por exemplo, o comportamento de Caroline Bingley em relação ao Sr. Darcy, comparado ao de Lizzy Bennet.

Ao longo da obra de Jane Austen, encontramos considerações sobre os mesmos temas repetidas vezes, temas dotados de apelo junto a cada nova geração de leitores. Talvez você não saiba muito bem sobre o que está escrevendo até começar, escrevemos muitas vezes para descobrir o que pensamos, mas continue a pensar em música, temas, reflexões e equilíbrio à medida que for trabalhando.

EXERCÍCIOS

1. O uso inteligente de personagens secundários irá impulsionar seu enredo e acrescentar textura. Pense em como você pode utilizar subtramas e outros personagens secundários para provocar tensão e desenvolver seu(s) tema(s). O modo como você utiliza personagens secundários pode transformar seu trabalho, acrescentando humor, surpresas e escolhas. Acrescente uma prosa perfeita e não vai precisar se preocupar com nada...

   Escreva uma cena em que as ações de um personagem secundário provocam grandes consequências para o personagem principal e a trama. Aqui estão alguns dos muitos exemplos do trabalho de Jane Austen para inspirá-lo: A Sra. Norris decide que um dos filhos de sua irmã pobre deve ser levado para Mansfield Park; as dívidas de Tom Bertram significam que os Crawford têm de ir para o Presbitério (*Mansfield Park*); a presença de alguns ladrões de aves significa que Emma e o Sr. Knightley podem ir adiante com suas núpcias (*Emma*); a mulher do Coronel Foster convida Lydia a Brighton, e o Sr. e a Sra. Gardiner convidam Lizzy para ir ao Distrito dos Lagos (*Orgulho e preconceito*).
2. Pense na teia de relacionamentos que irá crescer em seu romance. Faça um desenho do mapa das relações, mostrando como são no início do romance e também como se desenvolvem. Esse mapa deve funcionar como um documento em desenvolvimento; tê-lo à sua frente irá sugerir novas possibilidades e mostrar onde pode faltar alguma coisa. Usar linhas de cores diferentes talvez possa ajudar a representar coisas diferentes, como "apaixonado(a) por", "amigo(a) de", "primo(a) de", "com ciúmes de", "em dívida com", "amigo(a) de infância de" etc. Lembre-se de levar em consideração o passado dos personagens em seu diagrama.

E FINALMENTE

Você não precisa deixar para decidir o final só no fim. Saber para onde você está indo e até mesmo escrever a cena final antecipadamente pode ser útil. Você pode não saber *como* vai chegar lá ou *exatamente* qual será seu destino, mas visualizar e planejar o modo como seu romance vai terminar pode ser algo decidido mais cedo. É assim que começa o capítulo final de *Mansfield Park*:

> Deixe que outras canetas se delonguem na culpa e na tristeza. Eu abandono esses assuntos odiosos o mais rapidamente possível, impaciente por devolver a todos que não incorreram em grandes falhas o consolo tolerável e terminar com todo o resto.
>
> Quanto à minha Fanny, tenho a satisfação de afirmar que estava se sentindo feliz a despeito de todo o resto. Ela devia ser uma pessoa feliz, apesar do que sentia, ou acreditava sentir, pelo infortúnio daqueles que estavam ao seu redor. Tinha recursos de positividade que os ajudavam a seguir o caminho. Ela havia retornado para Mansfield Park, era útil, amada; estava livre do Sr. Crawford e, quando Sir Thomas retornou, ela teve todas as provas, a despeito do estado de espírito melancólico dele, de que a aprovava inteiramente e de que a afeição dele por ela era ainda maior. Tudo isso a fazia muito feliz, mas, ainda que nada disso acontecesse, ela teria ficado feliz só pelo fato de Edmund não ser mais o joguete da Srta. Crawford.

Os seis romances finalizados de Jane terminam em casamentos, o final feliz pelo qual o leitor esperava. Suas heroínas encontram amor e segurança. Os detalhes não são tão previsíveis: Maria Bertram é tratada de maneira particularmente dura, expulsa de Mansfield Park e condenada a viver o resto de seus dias com sua Tia Norris, ao passo que, em *Orgulho e preconceito*, Wickham (além de se casar com Lydia) consegue, em boa medida, passar incólume e continuar a parasitar as cunhadas, mesmo não sendo recebido em Pemberley.

Quem sabe como Jane encerraria outros romances se não tivesse sofrido uma morte tão tragicamente prematura, mas podemos ter certeza de que ela continuaria a inovar e a desenvolver seu ofício. Sua técnica estava em constante evolução. Podemos ver maquinações em *Persuasão* (entre a Sra.

Clay e William Elliot), talvez não completamente desenvolvidas devido à saúde enfraquecida de Jane. Jane também parecia estar trabalhando em algo semelhante em *Sanditon*. Ou talvez acabasse seguindo em outra direção. No entanto, independentemente do que fizesse, podemos ter certeza de que seus finais seriam satisfatórios e envolveriam a reversão (da sorte, de boa para má ou de má para boa) e o reconhecimento (os personagens compreenderiam a importância do que se havia passado), o que Aristóteles afirmou ser essencial para uma trama complexa. Jane entendia a necessidade de cada romance transmitir um ar de plenitude.

EXERCÍCIO: UM RASCUNHO DE FINAL

Escreva seu final ou uma cena próxima do fim do seu romance. O final de *Mansfield Park* é precedido por uma cena desconfortável no Capítulo 47 entre Edmund Bertram e Mary Crawford. O leitor não a vê em tempo real, mas sim por meio do relato de Edmund a Fanny. Edmund e Mary têm o que acaba se tornando uma discussão terrível. Ele fica chocado por ela pensar que os pecados cometidos por seu irmão e sua irmã possam ser deixados de lado. Pobre Mary Crawford: depois que Edmund lhe dá as costas, ela tenta convencê-lo a voltar, mas isso não acontece. Jane Austen não precisa escancarar o que Mary Crawford esperava que acontecesse.

> "Ela estava atônita, excessivamente surpresa [Edmund diz à Fanny], mais do que surpresa. Eu vi a mudança na fisionomia dela. Ela ficou muito vermelha. Eu imaginei que estava vendo uma mistura de sentimentos, um grande esforço, embora breve, em parte desejando ceder às verdades e em parte sentindo vergonha, mas o hábito era o seu verdadeiro condutor. Ela teria rido se pudesse. Sua resposta foi uma espécie de risada: "Um excelente sermão, devo afirmar. Foi parte do seu último sermão? A esta altura você conseguirá reformar todos em Mansfield e Thornton Lacey. E na próxima vez que ouvir falar de você será como um célebre orador em alguma importante sociedade metodista ou um missionário

no estrangeiro". Ela tentou falar despreocupadamente, mas não estava tão segura quanto gostaria de aparentar. Somente respondi que, de todo coração, esperava que ela ficasse bem, que em breve aprendesse a pensar com maior senso de justiça e conhecesse os ensinamentos mais valiosos que todos nós devemos adquirir: o nosso autoconhecimento e o nosso dever, mesmo por meio das experiências aflitivas. Imediatamente deixei o aposento. Havia percorrido alguns passos, Fanny, quando ouvi a porta abrir atrás de mim. "Sr. Bertram", disse ela. Eu olhei para trás. "Sr. Bertram", disse ela com um sorriso; mas era um sorriso em nada proporcional à conversa que havíamos tido, um sorriso atrevido e divertido, parecendo uma tentativa de me conquistar. Ao menos foi o que me pareceu. Eu resisti. Foi o impulso do momento resistir e continuei caminhando. Desde então, às vezes me arrependo de não ter voltado atrás, mas sei que agi da maneira correta. E esse foi o fim de nosso relacionamento! E que relacionamento! Como fui enganado! Igualmente pelo irmão e pela irmã! Eu aprecio a sua paciência, Fanny. Foi um grande desabafo, e é tudo."

(...) A amizade de Fanny era tudo o que ele tinha.

Podemos imaginar agora como Mary e Henry Crawford teriam se sentido, algum tempo depois, ao descobrirem que os virtuosos primos por quem se apaixonaram haviam se casado um com o outro.

Personagens intricados são os mais divertidos

Criando e desenvolvendo seus personagens

ESTE CAPÍTULO é sobre o que torna escrever e ler tão divertido — a criação e o desenvolvimento dos personagens. Meu conselho para escritores iniciantes é que se esqueçam do enredo; concentrem-se no personagem, e todo o resto se encaixa. Aqui vamos examinar alguns dos personagens imortais de Jane Austen e como ela os criou e usou.

Em *Orgulho e preconceito*, a Sra. Bennet visita Netherfield, onde Jane está hospedada, tendo adoecido.

— Com certeza — acrescentou ela —, se não fosse por tão bons amigos, não sei o que seria dela [Srta. Bennet], pois está realmente muito doente, e sofre muito, embora com a maior paciência do mundo... Aliás, é sempre assim, pois ela tem, sem nenhuma dúvida, o gênio mais dócil que já conheci. Eu sempre digo às minhas outras filhas que não se comparam a ela. Que bela sala o senhor tem aqui, Sr. Bingley, e que vista encantadora da aleia principal! Não conheço outro lugar no país que seja tão agradável quanto Netherfield. Espero que o senhor não se apresse em abandoná-lo, embora o tenha alugado por pouco tempo.

— Tudo o que faço — replicou ele — é às pressas, e, portanto, se resolvesse deixar Netherfield, eu provavelmente o faria em cinco minutos. No momento, entretanto, considero-me muito bem instalado aqui.

— Isto é exatamente o que eu esperava de sua parte — disse Elizabeth.

— Está começando a compreender-me, não é? — exclamou ele, virando-se para ela.

— Oh, sim. Compreendo-o perfeitamente.

— Desejaria poder aceitar isso como um elogio, mas temo que tamanha transparência seja lamentável.

— É, em geral, mas isso não significa que um caráter profundo e complicado seja mais estimável do que o seu.

— Lizzy! — exclamou a mãe. — Lembre-se de onde está e não se comporte como se estivesse em casa.

— Não sabia — continuou Bingley imediatamente — que a senhorita era uma estudiosa de temperamentos. Deve ser um estudo interessante.

— Sim, mas os temperamentos complexos são os mais interessantes. Têm, ao menos, esse mérito.

— O campo — disse Darcy — normalmente oferece poucos exemplares para tal estudo. A sociedade rural é muito limitada e monótona.

— Mas as pessoas passam por mudanças tão frequentes que sempre existe nelas algo de novo a observar.

APRESENTANDO SEUS PERSONAGENS

Estude as diferentes maneiras como Jane Austen apresenta seus personagens e experimente com o método que funcionará melhor para sua história. Aqui estão algumas de suas técnicas:

Mostre seus personagens fazendo o que eles mais amam fazer

Na cena de abertura de *Persuasão,* vemos Sir Walter Elliot praticando o equivalente dos tempos da Regência a buscar o próprio nome no Google.

> Sir Walter Elliot, do Solar de Kellynch, em Somersetshire, era um homem que, por prazer, nunca lera outro livro que não *Os anais dos baronetes*; ali encontrava ocupação suficiente para uma hora ociosa ou consolo nos momentos de aflição; ali, suas faculdades eram despertadas em admiração e respeito ao contemplar os poucos remanescentes dos mais antigos títulos nobiliárquicos; ali, qualquer sensação indesejável advinda de assuntos domésticos era naturalmente transformada em piedade e desdém, conforme ele percorria o número quase infindável de novos títulos do último século; e, se qualquer outra página fosse ineficaz, ele poderia ler sobre a própria história, sempre com o mesmo interesse. Essa era a página na qual sempre abria seu volume favorito:
>
> 'ELLIOT, DO SOLAR DE KELLYNCH
>
> Walter Elliot, nascido em 1º de março de 1760, casou-se em 15 de julho de 1784 com Elizabeth, filha do Ilmo. Sr. James Stevenson, de South Park, condado de Gloucester, cuja esposa (falecida em 1800) foi a progenitora de Elizabeth, nascida em 1º de junho de 1785; Anne, em 9 de agosto de 1787; um filho natimorto, em 5 de novembro de 1789; e Mary, nascida em 20 de novembro de 1791.

EXERCÍCIO: O MÉTODO SIR WALTER ELLIOT

Apresente um personagem fazendo aquilo que ele mais ama ou algo que faz quando está sozinho. Pode ser algo muito corriqueiro na vida real, mas que na ficção pode tornar-se fascinante. Certifique-se de que os leitores saibam como seus personagens passam o tempo, inclusive nos momentos ociosos.

Deixe seu herói ou heroína ser descoberto pelo leitor

A heroína de Austen nem sempre aparece em destaque imediatamente. Jane às vezes quer estabelecer o mundo e o dilema de uma personagem antes de colocá-la no centro do palco. Ela fez isso com Anne Elliot, que nos é apresentada como 'simplesmente Anne'. Fanny Price só faz sua entrada no segundo capítulo de *Mansfield Park*.

> Fanny Price tinha apenas dez anos e, embora não houvesse nada nela que pudesse cativar na primeira impressão, pelo menos nada havia que provocasse aversão. Além de baixa para a idade, sua compleição era destituída de brilho ou beleza arrebatadora; excessivamente tímida e envergonhada, parecia encolher-se para não chamar a atenção. Mas seu jeito, embora peculiar, não era vulgar, e sua voz era doce. Quando falava, era simpática. Sir Thomas e a Sra. Bertram a receberam de maneira muito carinhosa.
>
> Sir Thomas, percebendo o quanto ela necessitava de incentivo, mostrou-se bastante conciliador, mas, para tanto, precisou superar sua seriedade; já a Sra. Bertram, pronunciando uma só palavra a cada dez do marido, logo demonstrou ser menos desagradável que ele apenas com um sorriso acolhedor.

Os benefícios dessa estratégia são óbvios quando a heroína é quieta ou negligenciada, mas mesmo Elizabeth Bennet é introduzida dessa maneira e, claro, o Sr. Darcy aparece, da primeira vez, mal-humorado.

O mundo da sua história pode parecer mais real se os leitores forem conduzidos até ele e então descobrirem o personagem central ali. Uma abertura assim tem o mesmo efeito de chegarmos a uma festa e, só depois de algum tempo, descobrirmos que a pessoa mais interessante, aquela para a qual você vai perder seu coração, é aquela escondida num canto. E, ao focalizar lentamente o personagem central, você vai manter seus leitores atentos e ter liberdade para criar surpresas e levar a história para direções inesperadas. A desvantagem dessa estratégia é que os leitores impacientes podem não alcançar o foco imediato que desejam.

EXERCÍCIO: DEIXANDO O LEITOR DESCOBRIR O HERÓI OU A HEROÍNA

Escreva ou remodele uma abertura de modo que um personagem principal não ocupe imediatamente o centro do palco. Abra no meio da história com ação e diálogo. Uma variação disso é abrir com algum tipo de elemento gráfico ou uma carta, um artigo de jornal ou uma peça de não ficção que intrigará e, ao mesmo tempo, estabelecerá o tom e a textura geral.

Seja direto com as apresentações

Às vezes, Jane Austen apresenta sua heroína ao leitor imediatamente. Faz isso com Catherine Morland de *A Abadia de Northanger* e com Emma Woodhouse. É rápida em apontar as falhas e as fraquezas das duas heroínas.

"Emma Woodhouse, bonita, inteligente e rica, com uma casa confortável e bem localizada, parecia reunir as melhores bênçãos sobre sua existência e vivera quase vinte e um anos praticamente sem aflições ou aborrecimentos." Mas, poucas linhas depois, ficamos sabendo que

"Na verdade, os únicos males da situação de Emma eram o seu costume de fazer tudo do próprio jeito e a tendência a se ter em mais alta conta do que deveria. Essas desvantagens ameaçavam diminuir suas alegrias, mas a ameaça passava tão despercebida no momento que tais males nem sequer eram tidos como tais."

Aqui Jane monta seu enredo — o perigo no presente não é percebido, mas nos damos conta de que nem tudo ficará bem no vilarejo de Highbury.

Ao escrever para sua sobrinha, Fanny Knight, em março de 1816, Jane observa que "quadros de perfeição, como você sabe, me deixam enjoada e má". Certifique-se de que seus personagens não levem seus leitores a se sentirem assim. Os leitores não precisam *gostar* dos seus personagens, mas têm de achá-los intrigantes. Quando Jane Austen escrevia *Emma*, ela disse que estava trabalhando com "uma heroína que não agradará muito a ninguém, exceto a mim".

E aqui está a abertura de *A Abadia de Northanger*:

> Ninguém que houvesse conhecido Catherine Morland durante a infância imaginaria que ela nascera para ser uma heroína de romance. Sua posição social, a índole de seus pais, até mesmo seu aspecto físico e temperamento, tudo estava igualmente contra ela. O pai, um clérigo, nem desprezado nem pobre, era um homem muito respeitável, embora seu nome fosse Richard — e jamais tivesse sido bonito. Ele tinha uma considerável renda própria, além de duas boas pensões concedidas pela igreja, e não tinha a menor inclinação para manter as filhas trancafiadas. A mãe era uma mulher de bom senso, bom humor e, o mais surpreendente, boa aparência. Ela tivera três meninos antes de Catherine nascer e, ao invés de morrer ao trazê-la ao mundo, como qualquer um esperaria, continuou vivendo — viveu para ter outras seis crianças e para vê-las crescer ao seu redor, gozando ela própria de excelente saúde. Uma família de dez filhos sempre será chamada de uma bela família, se houver cabeças, braços e pernas o suficiente para todos; mas os Morland quase não tinham direito a essa alcunha, pois em

geral eram bastante comuns. E Catherine, durante muitos anos de sua vida, foi mais comum ainda. Tinha um corpo desajeitado e magricelo, o rosto pálido, cabelos escuros e escorridos e feições brutas. Assim era o seu físico, e não menos imprópria para o heroísmo parecia ser sua mente. Catherine gostava de todas as brincadeiras de meninos; preferia o críquete não apenas às bonecas, mas também às mais heroicas diversões da infância, como cuidar de um esquilo, alimentar um canário ou aguar uma roseira. Não tinha interesse algum por jardins e, se colhia alguma flor, era mais pelo prazer de fazer uma travessura. Ao menos era isso que se supunha, pois sempre preferia aquelas que era proibida de pegar. Tais eram suas inclinações, e suas habilidades eram tão extraordinárias quanto. Catherine jamais conseguiu aprender ou compreender nada antes que lhe ensinassem. E às vezes nem assim, pois com frequência era desatenta e, ocasionalmente, burra. A mãe levou três meses para ensiná-la a repetir a "Súplica do mendigo" e, ao final, Sally, sua irmã mais nova, conseguia recitá-la melhor do que ela. Não que Catherine sempre fosse assim, de forma alguma. Decorou a fábula "A lebre e seus amigos" tão rápido quanto qualquer outra menina na Inglaterra. Sua mãe quis que aprendesse música, e ela teve certeza de que iria gostar, pois sentia grande prazer em brincar com as teclas da velha e abandonada espineta. Aos oito anos, começou a ter aulas; e estas duraram um ano, até que Catherine não pôde mais suportar. E a Sra. Morland, que não insistia em que suas filhas tivessem muitos talentos, apesar da falta de capacidade ou de gosto, permitiu-lhe que desistisse. O dia em que o professor de música foi dispensado representou um dos mais felizes da vida de Catherine. Ela tampouco gostava de desenhar, mas, sempre que pegava o envelope de alguma carta da mãe ou algum papel velho, fazia o que podia, rabiscando casas e árvores e frangos e galinhas, todos muito parecidos uns com os outros. O pai ensinou a menina a ler e a fazer contas, e a mãe ensinou-lhe francês. Ela, porém, não tinha grandes habilidades para nenhum dos três e fugia das lições sempre que podia. Que personalidade estranha e incompreensível! Contudo, mesmo apresentando todos esses traços extravagantes, aos dez anos de idade, Catherine não tinha nem um mau temperamento nem um mau coração; raramente era teimosa, quase nunca malcriada e sempre era muito gentil com os irmãos menores, tendo poucos acessos de tirania. Era apenas barulhenta e indisciplinada, detestava a reclusão e a limpeza, e não havia nada no mundo que amasse mais do que rolar na grama da encosta que havia nos fundos da casa.

EXERCÍCIO: SEJA DIRETO

Dê uma olhada nas aberturas de *Emma* e *A Abadia de Northanger* e depois escreva sua própria abertura, na qual você fará uma apresentação direta, certificando-se de que o leitor comece a ver logo as falhas, esquisitices e idiossincrasias do personagem. Comece mostrando a complexidade de seu personagem central desde a primeira página.

Deixe seus personagens se apresentarem

Às vezes a melhor maneira de apresentar seus personagens é transmitir coisas através deles. Esteja você escrevendo na primeira ou na terceira pessoa, certifique-se de que as vozes de seus personagens sejam ouvidas desde cedo. Pode ser que você queira mostrar um ponto de vista particular a partir da primeira página ou fazer com que seus personagens discutam ou entrem em conflito imediatamente. Em *Razão e sensibilidade,* a primeira coisa que ficamos sabendo sobre a sensível Elinor Dashwood é que ela pode impedir sua mãe de agir impulsivamente.

É possível que você queira que um personagem assuma completamente a narração. Em *Lady Susan,* quase nada mais temos além das vozes dos personagens, pois o romance consiste de cartas. Ainda que você não queira contar toda a sua história dessa maneira (ou através de anotações em diários, e-mails ou seja lá o que for), você pode usar algumas dessas formas como canais para as vozes de seus personagens. O espaço em branco ao redor dessas comunicações na página de um livro é agradável à vista, e os leitores descobrirão que em seu romance a leitura é mais dinâmica e as páginas correm mais rapidamente. Apresentar um personagem através de uma carta também significa que você está atribuindo ao leitor inteligência o bastante para ler nas entrelinhas. Claro que, mais tarde, você pode usar esse método de apresentação num romance também. Você pode ser sutil e astuto, e realmente se divertir.

Aqui está a primeira carta do Sr. Collins para os Bennet.

Hunsford, perto de Westerham, Kent,
15 de outubro.

Caro senhor,

A desavença que existia entre o senhor e meu falecido e honrado pai sempre me causou muito mal-estar; e, desde que tive a infelicidade de perdê-lo, desejei muitas vezes remediar esse conflito, mas durante algum tempo fui impedido por minhas dúvidas. Temia que fosse desrespeitoso à sua memória buscar entendimento com uma pessoa de quem ele sempre preferiu discordar. (Está vendo, Sra. Bennet?) Entretanto, agora cheguei a uma decisão sobre o assunto, pois, tendo sido ordenado durante a Páscoa, tive a felicidade de ser honrado com a proteção de Lady Catherine de Bourgh, viúva de Sir Lewis de Bourgh, cujas generosidade e benevolência permitiram que me designasse para a importante reitoria daquela paróquia, onde com fervoroso respeito me curvarei a Sua Senhoria, e estarei sempre preparado para cumprir os ritos e cerimônias da Igreja Anglicana. Além disso, como clérigo me sinto incumbido do dever de promover e firmar as bênçãos da paz sobre todas as famílias às quais possa estender-se minha influência; e, por esse motivo, sinto-me lisonjeado em dizer que minha presente oferta de boa vontade é bastante louvável e que o fato de ser o herdeiro mais próximo das terras de Longbourn será gentilmente ignorado e não o conduzirá a rejeitar o ramo de oliveira que lhe ofereço. Não posso deixar de me afligir com uma situação que me obriga a prejudicar suas estimáveis filhas. Peço que aceitem minhas desculpas e asseguro-lhe que estou pronto a conceder a elas todas as possíveis reparações... Mas desse assunto tratarei depois. Se o senhor não fizer objeção a me receber em sua casa, proponho-me a satisfação de fazer uma visita à sua família na segunda-feira, 18 de novembro, às quatro horas. E tomarei, provavelmente, a liberdade de abusar de sua hospitalidade até o sábado seguinte, o que posso fazer sem qualquer inconveniência, pois Lady Catherine está longe de se opor à minha ausência ocasional em um domingo, contanto que outro possa me substituir nos deveres daquele dia. Com meus respeitosos cumprimentos à sua esposa e às filhas, caro senhor, subscrevo-me, seu atencioso amigo,

William Collins

MOSTRE AO LEITOR O QUE FOI PERDIDO E O QUE ESTÁ EM JOGO

Na abertura de *Persuasão,* ao mesmo tempo que mostra o que mais interessa a Sir Walter, Jane Austen engenhosamente oferece uma história em miniatura dos Elliot. E ainda revela (de modo sutil) o que o futuro pode reservar a eles e qual será uma das questões centrais do romance. Os escritores geralmente inserem esse tipo de informação em suas cenas de abertura. Os leitores precisam saber o que mais preocupa os personagens, com o que eles mais se importam e por que tipo de coisa anseiam. Os personagens geralmente sofrem uma perda. O filho e herdeiro de Sir Walter é natimorto e sua mulher morreu. O que acontecerá aos Elliot e a Kellynch Hall?

Certifique-se de não demorar quando se trata de contar a seus leitores o que está em jogo. Você pode ser sutil e mostrar do jeito como Jane Austen faz em *Persuasão* — o último romance que ela terminou — ou ser mais aberto, seguindo o modelo de *Razão e sensibilidade,* o primeiro romance que ela publicou, no qual os leitores descobrem o que foi perdido *e* recebem pequenos esboços de Elinor, Marianne, Margaret e de sua mãe, tudo junto, nas primeiras páginas do livro. Ao evocar sentimentos e ideias de perda, você pode levar os leitores a se apegarem a seus personagens desde o início.

EXERCÍCIOS

1. *O que foi perdido.* Todos os leitores terão uma lembrança vívida de uma época em que perderam alguma coisa. Pode ter sido uma pessoa, um lugar, uma coisa ou a versão de um antigo eu. Quando tinha quatro anos, meu filho perdeu uma pazinha nova na praia. Era uma pá azul de metal afiado com um cabo de madeira robusto. Embora tenhamos comprado uma idêntica no dia seguinte, ele prosseguiu enlutado pela perda da original, e a pá se tornou um código da família para situações de tragédia menor.

   Pense numa época em que você ou alguém que conhece perdeu algo. Provavelmente é mais fácil não enfocar na morte de um ente querido; em vez disso, pense num objeto, num lugar ou num amigo de infância com o qual perdeu o contato. Escreva sobre aquela época. Prossiga por alguns parágrafos e veja aonde isso o leva. Assim que tiver algo no papel, experimente remodelá-lo na terceira ou na segunda pessoa; uma distância maior entre você e a memória pode ajudá-lo a escrever uma ficção melhor. O que você escreve pode tornar-se parte da abertura de um romance, um conto ou uma passagem que dá aos leitores uma visão sutil de um de seus personagens.

2. *Quais são os anseios.* Bons romancistas se certificam de que fiquemos sabendo o que seus personagens mais querem. O divertimento começa quando os desejos entram em conflito. O Sr. Bennet quer ser deixado a sós em seu estúdio-biblioteca. "Em sua biblioteca ele se sentia sempre seguro de sua liberdade e tranquilidade; e, embora estivesse preparado, segundo declarara a Elizabeth, para encontrar a loucura e a vaidade em todos os demais cômodos da casa, costumava poupar-se delas na biblioteca."[1] A Sra. Bennet quer segurança para si e para suas cinco filhas. "O propósito de sua vida era casar as filhas. Seu consolo, fazer visitas e saber das novidades."[2] E quem pode culpá-la?

Escreva uma cena em que você mostre, por meio de diálogo e ação, qual é o anseio de um de seus personagens centrais. Tente ser sutil. Repita isso para cada um de seus personagens principais. Não espere que tudo o que você escrever vá terminar na obra; apenas use esse exercício para entrar no espírito do que cada personagem deseja.

3. *O que é encontrado*. Mais adiante em sua história, seus personagens podem descobrir o que perderam em um substituto para a perda. Podem ou não ter ganhado aquilo por que ansiavam. Encontrarão sozinhos ou terão a ajuda de outra pessoa? Talvez seu herói ou sua heroína doem algo para outra pessoa. Em *Mansfield Park*, Fanny se torna a agente de seu próprio destino quando a vemos comprando uma faca de prata para substituir aquela perdida por sua irmã Susan. Objetos perdidos podem atuar como símbolos. A faca é um emblema de discórdia e tratamento injusto na família Price. O Sr. Darcy encontra Lydia e restaura a respeitabilidade dos Bennet. Mas às vezes a tentativa de restaurar algo pode ser indicativa de negligência e mostrar que um personagem é, como observa o Sr. Woodhouse, "não exatamente correto". Willoughby tenta dar a Marianne um cavalo para substituir aquele que ela perdeu com a casa e a fortuna da família. É um presente que ela não pode aceitar. Os Dashwood não podem se dar ao luxo de manter um cavalo, e ela não deveria aceitar um presente de um homem que haviam conhecido tão recentemente. Mais adiante, Marianne tem permissão para usar a biblioteca do Coronel Brandon e então se torna a dona dessa adorável residência, encontrando um substituto para Norland, que ela amava tanto. Terá também quantos cavalos quiser.

Escreva uma cena que mostre um personagem tentando substituir algo (não necessariamente uma coisa física) que outro personagem tenha perdido por meio de um presente. Como será o presente recebido? Esta provavelmente não será uma cena para a abertura de sua história, uma vez que os leitores precisarão entender os personagens e o que aconteceu a eles antes que isso aconteça.

HERÓIS IMPROVÁVEIS E HEROÍNAS SURPREENDENTES

Jane Austen continuamente desafiava a si mesma e a seus leitores criando personagens intrigantes e surpreendentes. Com o sucesso de *Razão e sensibilidade* e *Orgulho e preconceito* a seu crédito, ela deve ter-se sentido confiante durante a redação de *Mansfield Park*. Abordou-o decidida a tentar algo novo e, em Fanny Price, ela nos dá uma heroína que contrasta fortemente com Lizzy Bennet. *Mansfield Park* teria surpreendido os leitores que antecipavam um "enredo casamenteiro"; esse é um romance muito mais complexo, um desafio às expectativas.

Muitas pessoas acham *Mansfield Park* o romance menos atraente de Jane Austen. Mesmo que você pertença a esse grupo, ainda poderá retirar inspiração dele e de seu rico elenco de personagens encantadores, maus, perigosos, fracos, obscuros, determinados, calculistas, inúteis, vulgares, bons e completamente verossímeis.

Encontrando seus personagens

Personagens podem ser encontrados em diferentes lugares e situações. Em *Mansfield Park*, como nos outros romances, podemos detectar ecos de pessoas que Jane conhecia, porém uma alquimia especial de escrita, envolvendo observação e imaginação, era exigida para transformar e modelar aspectos dessas pessoas num elenco de personagens.

Eliza de Feuillide era prima de Jane Austen, filha da irmã de seu pai, Philadelphia, que tinha ido à Índia, como muitas mulheres da época, para encontrar um marido. Eliza flutuava sobre a família em Steventon como uma borboleta exótica entre as demais, todas pálidas e banais de Hampshire. Seu primeiro casamento foi com um conde francês, o qual, contudo, foi guilhotinado em 1794. Eliza participava dos saraus teatrais da família e, depois que enviuvou, James, o irmão mais velho de Jane (também viúvo), e Henry (mais jovem e mais ousado) passaram a cortejá-la. Eliza era quatorze anos mais velha que Jane e exerceu importante influência sobre ela. Uma de suas primeiras obras, *Henry & Eliza*, parece ser sobre o romance entre Henry Austen e Eliza (casaram-se depois); *Amor e amizade* foi dedicado a Eliza e parecem existir elementos da vida de Eliza em *Lady Susan* também. Encontram-se certamente ecos de Eliza em Mary Crawford.

Em 13 de dezembro de 1796, Eliza escreveu para outra prima, Phylly Walter, sobre a situação corrente de Jane Austen:

> Fico feliz em saber que você decidiu visitar a Reitoria, mas, ao mesmo tempo, e apesar de todas suas conjecturas e crença, asseguro que os Proclamas se acham tão longe de resolvidos que eu não acredito que os parceiros cheguem jamais a se casar, não que eles tenham brigado, mas uma delas não é capaz de se decidir a abrir mão da querida Liberdade e, no entanto, corre o flerte — Depois de alguns meses de estada no Campo, ela às vezes acha possível empreender sóbrio matrimônio, mas poucas semanas em Londres a convencem de quão pouco esse estado civil agrada ao seu gosto — o cartão de Lorde S chegou nesse momento às minhas mãos, o que eu acho muito ominoso, considerando que eu falava de Matrimônio, mas isso nada significa, pois certamente escaparei tanto de Peer como de Parson.

E em 3 de maio de 1797 (também para Phylly Walter) ela escreveu sobre Henry Austen: "O capitão Austen acabou de passar uns dias na Cidade; suponho que você saiba que nosso Primo Henry é Capitão, Pagador e Ajudante. É um jovem com muita sorte e tem tudo para conquistar uma considerável Soma de Riquezas e Honrarias; acredito que agora desistiu de todo pensamento sobre a Igreja, e ele está certo, porque não tem tanta inclinação para Pároco como tem para Soldado".[3]

Eliza era bonita, amável e uma consumada namoradeira. Ela e Jane claramente gostavam muito uma da outra e, depois, quando Eliza se casou com Henry Austen, Jane costumava se hospedar com eles em

Londres, frequentando festas, indo ao teatro, ao circo e a galerias, bem como usando a casa deles como uma base quando estava trabalhando nas provas de seus livros.

EXERCÍCIO: ENCONTRANDO UM PERSONAGEM[4]

Pense em uma pessoa que lhe causou forte impressão, talvez alguém que lhe pareceu glamoroso ou excêntrico, brigão ou desajustado, particularmente atraente ou alguém de fato que lhe desagradasse. (Este exercício funciona melhor se você escolher alguém com quem perdeu o contato.) Escreva um esboço dessa pessoa ou uma cena curta em que ela faz algo de que você se lembre. Pode ser sobre a primeira vez em que você a viu. Use detalhes específicos. Qual era sua esquisitice ou feição marcante? Pode lembrar frases particulares que a pessoa usou, o que ela vestia ou algo que trazia?

Agora movimente essa pessoa para a frente ou para trás no tempo. Como ela seria aos quinze anos ou aos vinte e cinco, aos quarenta e cinco ou aos oitenta e cinco anos? Escolha para ela a idade que lhe pareça mais interessante. Que emprego ela teria? Seria rica ou pobre, solteira ou teria um relacionamento? Como seriam suas roupas? Teria um carro? Por onde se deslocaria? Como seria sua casa? Qual seria sua ambição e por que coisa ela ansiaria? Em que teria fracassado? Você poderia escrever um CV para ela, mas incluiria todas as coisas em que a pessoa teria falhado ou deixado inacabadas.

Agora escreva um esboço dessa pessoa na época atual.

Depois escreva um monólogo interior para ela. Concentre-se em captar sua voz.

Finalmente, escrevendo na primeira ou na terceira pessoa, aquela que preferir, mande essa pessoa para algum lugar e veja o que acontece.

O ESCRITOR COMO SÁDICO

> "Seja sádico. Por mais suaves e inocentes que sejam seus personagens, faça coisas horríveis acontecerem com eles, a fim de que o leitor possa ver do que são feitos."
>
> Kurt Vonnegut[5]

Jane Austen era muito boa em fazer coisas terríveis acontecerem ou *quase* acontecerem a seus personagens. A maneira como eles caem em desgraça é sempre completamente plausível; as calamidades que desabam sobre eles não são nada parecidas com aquelas que ela ironizou em *Plano de um romance segundo sugestões de vários lugares*. Nele, a heroína é "continuamente enganada e espoliada de suas posses, fica magra como um esqueleto e, de vez em quando, quase morre de fome".

Em *Razão e sensibilidade*, as irmãs Dashwood e sua mãe vão da riqueza à (relativa) pobreza; em *Orgulho e preconceito*, Lizzy Bennet é ameaçada de casamento com o Sr. Collins e então, quando Lydia foge com Wickham, toda a família corre o risco de se ver mergulhada nas profundezas do ostracismo social. Justamente quando Lizzy se encontra com o Sr. Darcy em Pemberley e as coisas correm maravilhosamente bem, tudo parece ser arrebatado; sua irmã Jane já perdeu aparentemente o Sr. Bingley. Em *Persuasão*, Anne Elliot passou anos de tristeza e remorso com a perda do Capitão Wentworth. Em *Emma*, a heroína epônima de Jane é depreciada pelo Sr. Knightley e, então, quando começa a perceber que está apaixonada por ele, acha que ele está apaixonado por Harriet Smith. Catherine Morland é expulsa da Abadia de Northanger.

Mas aqui vamos estudar o tratamento horrendo que Jane Austen reservou para a pobrezinha da Fanny Price. Removida de sua casa para o inicialmente aterrorizante mundo de Mansfield Park, Fanny morre de saudades de Portsmouth, mas, quando volta a Portsmouth, ela anseia por Mansfield. É maltratada por suas primas Maria e Julia e por sua malvada tia Norris, apaixona-se por Edmund, mas tem de observar em silêncio enquanto ele cai de amores pela glamorosa Mary Crawford, uma mulher que é tudo que Fanny não é. Pior de tudo, quase é forçada a se casar com Henry Crawford, um homem que ela nunca poderá respeitar ou amar. Ao recusar Henry Crawford, ela parece jogar de volta na cara de seu tio tudo o que ele fez com ela, e Fanny, sempre tão ansiosa para fazer a coisa certa, detesta ser vista como obstinada, desobediente ou ingrata.

Este trecho é do Capítulo 32 de *Mansfield Park*:

— Sente-se, minha querida. Preciso conversar com você por alguns minutos, mas não irei detê-la por muito tempo.

Fanny obedeceu, com os olhos baixos e ruborizando. Após uma pausa, Sir Thomas, tentando conter um sorriso, continuou.

— É possível que não saiba que recebi uma visita esta manhã. Estava em meus aposentos após o café quando fui procurado pelo Sr. Crawford. O motivo da visita, você pode imaginar.

O rubor de Fanny intensificou-se. O tio, ao perceber que ela estava tão envergonhada a ponto de não conseguir falar ou olhar para ele, desviou também o olhar e continuou a falar a respeito da visita do Sr. Crawford.

O objetivo do Sr. Crawford era declarar-se apaixonado por Fanny, fazer-lhe propostas definitivas e buscar a aprovação do tio, que havia assumido o papel dos pais dela. E ele o fez tão bem, tão abertamente e tão adequadamente que Sir Thomas, acreditando que as respostas e afirmações dele eram condizentes com a situação, estava excessivamente feliz em compartilhar com Fanny os detalhes de sua conversa, sem saber o que se passava na mente da sobrinha, imaginando que, ao transmitir-lhe tais detalhes, a deixaria mais satisfeita do que ele mesmo ficara. Ele falou por alguns minutos sem que Fanny ousasse interrompê-lo; ela nem sequer pretendia fazê-lo. Sua mente estava muito confusa. Ela mudou de posição e, com os olhos fixos em uma das janelas, ficou ouvindo o tio, completamente perturbada e desalentada. Ele fez uma breve pausa, que ela mal notou; e, levantando-se da cadeira, ele disse:

— E agora, Fanny, terminada a primeira parte da minha tarefa, e mostrando-lhe que tudo está assegurado e satisfatório, passo ao pedido para que me acompanhe até lá embaixo e, embora presumindo que eu não seja uma companhia tão desagradável, acredito que a conduzirei para outra mais digna de ser ouvida. Como deve imaginar, o Sr. Crawford ainda está aqui na casa. Ele está em meus aposentos e espera poder encontrá-la lá.

Tais palavras seguiram-se por tamanho olhar, sobressalto e surpresa de Fanny que surpreenderam Sir Thomas. Mas ele surpreendeu-se ainda mais ao ouvi-la dizer em seguida:

— Ah, não, senhor, eu não posso, certamente não posso ir encontrá-lo. O Sr. Crawford já sabe, ele deve saber, pois eu lhe disse o suficiente ontem para convencê-lo. Ele falou comigo sobre este assunto e expliquei-lhe, sem qualquer dissimulação, que isso era muito desagradável para mim e que eu não teria condição de corresponder às suas estimas.

— Não compreendo o que quer dizer — disse sir Thomas sentando-se novamente. — Não está em condição de corresponder às suas estimas! O que isso significa? Sei que ele conversou com você ontem e (pelo que pude compreender) recebeu o incentivo próprio de uma jovem de discernimento. Fiquei muito satisfeito com o que soube ter sido o seu comportamento ontem. Demonstrou uma discrição digna de ser altamente elogiada. Mas agora, que ele fez a sua proposta tão apropriada e honradamente, quais são os seus escrúpulos *agora*?

— O senhor está equivocado — disse Fanny, forçada pela ansiedade provocada pelo momento, até mesmo para dizer aquilo ao tio. — O senhor está equivocado. Como o Sr. Crawford pôde falar isso? Eu não o encorajei ontem. Pelo contrário, eu lhe disse, e não consigo lembrar as minhas palavras exatas, mas estou certa de ter-lhe dito que não queria ouvi-lo, e que esse assunto me era desagradável sob todos os aspectos, e implorei a ele que nunca mais falasse comigo daquela maneira. Estou certa de que falei isso e deveria ter falado ainda mais se acreditasse que ele estivesse falando seriamente, mas não achei ter sido esse o caso, e não poderia suportar que o fosse; do contrário, teria me expressado ainda melhor. Pensei que tudo aquilo não significasse nada para *ele*.

Ela não conseguiu dizer mais nada. Estava praticamente sem ar.

— Eu devo compreender — disse Sir Thomas, após uma pausa — que você intenciona *rejeitar* o Sr. Crawford?

— Sim, senhor.

— Rejeitá-lo?

— Sim, senhor.

[...]

Sir Thomas foi em direção à mesa onde ela estava sentada, tremendo e infeliz, e disse com severidade:

— Percebo que não adianta falar com você. Devemos pôr fim a esta conversa atormentadora. O Sr. Crawford não deve esperar mais. Eu, portanto, somente ressaltarei, por ser a minha obrigação, o que penso sobre a sua conduta. Você me desapontou em todos os aspectos e demonstrou ter uma personalidade oposta à que eu havia imaginado. Eu *tinha*, Fanny, como acredito ter demonstrado, uma opinião muito favorável sobre você desde o meu retorno à Inglaterra. Eu havia imaginado que você fosse particularmente isenta de teimosia, vaidade e qualquer tendência à independência que prevalece tanto nos dias atuais, até mesmo entre as mulheres jovens; e nas mulheres jovens essa é a mais ofensiva e ultrajante transgressão. Mas agora você me mostrou que pode ser voluntariosa e insolente, que pode e vai decidir-se por si mesma, sem qualquer consideração ou deferência por aqueles que certamente têm o direito de conduzi-la sem nem mesmo lhes pedir conselho. Você mostrou ser muito, muito diferente de tudo o que eu havia imaginado. As vantagens ou desvantagens da sua família, dos seus pais, irmãos e irmãs não parecem ter qualquer parcela de influência nos seus pensamentos nessa situação. Como *eles* seriam beneficiados e como *eles* comemorariam essa união; e isso parece nada significar para *você*. Você só pensa em si mesma, e o fato de não sentir pelo Sr. Crawford exatamente o que uma jovem extravagante imagina ser necessário à felicidade faz com que opte por rejeitá-lo de imediato sem lhe solicitar ao menos um tempo para pensar no assunto; um pouco mais de tempo para uma reflexão tranquila e avaliar criteriosamente suas próprias inclinações. E precipitadamente, em uma deliberada tolice, está jogando fora a oportunidade de estabelecer-se na vida, com vantagem, honradez e nobreza, como provavelmente nunca ocorrerá novamente em sua vida. Eis um jovem com bom senso, caráter, bom temperamento, boa conduta e fortuna, extraordinariamente afeiçoado a você, pedindo a sua mão em casamento da forma mais elegante e desinteressada. E eu digo a você, Fanny: você poderá viver outros dezoito anos sem ser cortejada por um homem com a metade da fortuna do Sr. Crawford ou a décima parte de seus méritos. [...]

Após uma pausa, ele continuou:

— E eu teria ficado muito surpreso se alguma das minhas filhas recusasse decididamente uma proposta de casamento que tivesse a *metade* da qualificação *desta*, imediata e peremptoriamente, sem consultar a minha opinião ou consideração. Eu ficaria muito surpreso e importunado com um comportamento como esse. Eu teria pensado que é uma violação grave do dever e do respeito. Você não deve ser julgada pela mesma regra. *Você* não me deve a obrigação de um filho. Mas, Fanny, se o seu coração pode absolvê-la de tamanha *ingratidão*...

Ele se interrompeu. Nesse momento, Fanny chorava tão efusivamente que, se ele não estivesse tão enfurecido, não levaria seu discurso adiante. O coração dela estava praticamente partido com o cenário que ele descrevera sobre ela. Quantas acusações pesadas! Teimosia, obstinação, egoísmo e ingratidão. Ele pensava tudo isso a seu respeito. Ela havia traído as suas expectativas e perdido a confiança que ele depositava nela. O que seria dela?

— Eu peço muitas desculpas — disse ela inarticuladamente em meio às lágrimas. — Realmente, peço muitas desculpas.

— Desculpas! Sim, espero que esteja arrependida, e você certamente terá motivos para se lamentar pelos acontecimentos deste dia.

Henry Crawford está oferecendo a Fanny segurança financeira para ela e para sua família em dificuldades num nível com o qual eles jamais teriam sonhado. Ele também fora responsável pelo progresso da carreira do querido irmão dela, mas ela simplesmente não consegue aceitá-lo porque sabe como ele realmente é. A retraída Fanny se defende e, à medida que a guerra continua, vemos do que ela é feita de verdade. Sua família se dará conta de que ela estava certa ao rejeitar Henry, mas isso vai levar algum tempo. A Cinderela de *Mansfield Park* rejeita o príncipe porque, na verdade, ele é um sapo ou, para misturar os contos de fadas, um lobo. Ela é subsequentemente recompensada com seu verdadeiro príncipe e vê sua inimiga, tia Norris, banida de uma vez por todas.

Pense no que você pode jogar sobre seus personagens. Num bom enredo, justamente quando o leitor pensa que as coisas não podem piorar, elas pioram.

Aqui está Fanny Price firme e forte em trechos do Capítulo 35. Como é irritante que Edmund diga que ela não está sendo racional quando discorda dele, mas diz o que ela realmente pensa e quer.

> — Nunca, nunca, nunca; ele nunca será bem-sucedido comigo — ela falou com tal convicção que surpreendeu Edmund e ruborizou-se ao se dar conta do olhar dele e ao ouvir o que ele disse em seguida.
>
> — Nunca, Fanny, seja tão determinada e segura! Você não costuma ser assim, de natureza tão racional.
>
> — Quero dizer — disse ela, lamentando-se e se corrigindo —, eu *acho* que nunca corresponderei, até onde posso prever, à afeição dele. [...]
>
> — Nós somos totalmente diferentes — disse Fanny, evitando uma resposta direta. — Eu e ele somos tão, tão diferentes em todas as nossas inclinações e comportamento que considero quase impossível sermos toleravelmente felizes juntos, mesmo que eu *conseguisse* gostar dele. Nunca existiram duas pessoas tão diferentes. Nós não temos sequer uma predileção em comum. Seríamos muito infelizes. [...]
>
> — Não é somente no *temperamento* que o considero totalmente inadequado para mim, embora, *nesse* aspecto, eu pense que a diferença entre

nós seja muito grande, infinitamente grande; o estado de espírito dele em geral me oprime, mas existe algo nele que eu desaprovo ainda mais. Devo dizer, primo, que não aprovo o caráter dele. Eu não tenho uma boa opinião sobre ele desde a época da peça. Ele se comportou, do meu ponto de vista, de maneira muito inapropriada e destituída de sentimentos, e posso falar sobre isso agora porque tudo chegou ao fim. Foi muito incorreto com o pobre Sr. Rushworth, sem parecer se preocupar com o fato de tê-lo exposto e machucado ao se insinuar para minha prima Maria, que... em suma, naquele momento da peça fiquei com uma impressão que nunca poderei apagar. [...] "Como observadora — disse Fanny —, talvez eu tenha visto mais do que você."

DEMONSTRANDO HEROÍSMO — E MAIS ALGUNS PENSAMENTOS SOBRE CAVALOS

O cavalo que Willoughby deu de presente a Marianne precisa ter seus dentes olhados. É uma questão diferente quando o pônei cinzento de Fanny morre (*Mansfield Park*, Capítulo 4).

A primavera que se seguiu a privou da valiosa companhia do velho pônei cinza e, por um tempo, ela correu o risco de sentir a sua perda tanto em sua saúde como em sua afeição, pois, a despeito da conhecida importância de cavalgar, nada fez com que voltasse a andar a cavalo. Como observado pelas tias, "ela poderia cavalgar qualquer cavalo das primas quando elas não quisessem". Mas, como as Srtas. Bertram desejavam andar a cavalo todos os dias e não pretendiam sacrificar os seus desejos, este dia nunca era chegado. Elas faziam os passeios nas belas manhãs de abril e maio, enquanto Fanny permanecia em casa durante todo o dia com uma das tias ou caminhava além de suas forças em companhia da outra. Para Lady Bertram, qualquer exercício era desnecessário, já que o considerava desagradável para si mesma. E a Sra. Norris, que caminhava o dia inteiro, acreditava que todos deveriam fazer o mesmo.

Edmund está fora quando isso acontece. Ele já se estabeleceu como o primo bom, aquele que consolava Fanny quando ela sentia saudades de casa, mas a insistência de que "ela tenha um cavalo" e a maneira como obtém um para ela, astutamente circum-navegando as objeções de sua tia horrível e da mãe ociosa, o tornam ainda mais heroico para Fanny. É ainda mais significativo quando Mary Crawford, por instigação de Edmund, toma emprestado o cavalo de Fanny e, de novo, ela se vê privada dele. O cocheiro de Mansfield Park assegura-se de que Fanny saiba quanto Mary Crawford é superior como amazona: "É um prazer ver uma senhora com um coração tão aberto para o hipismo!", diz ele. "Nunca vi outra montar melhor um cavalo. Nunca pareceu ter um pensamento de medo. Muito diferente da senhorita quando começou, faz seis anos na próxima Páscoa. Pelo amor de Deus! Como tremia quando Sir Thomas a colocou na sela pela primeira vez!"

> **EXERCÍCIO**
>
> Escreva uma cena em que uma pequena ação por um de seus personagens avança o seu enredo e muda ou reforça a maneira como o leitor irá se sentir em relação a ele.

PESSOAS MÁS FAZENDO COISAS BOAS

Se você quer que seu romance seja "como a vida", então as coisas que seus personagens fazem e as impressões que passam não deveriam ser diretas. As ações devem ficar abertas a diferentes interpretações. Complique as coisas e faça seus personagens parecerem de carne e osso, garantindo que eles ajam das maneiras complexas como as pessoas agem na vida real.

Fanny Price está prestes a acreditar que Henry Crawford mudou quando ele vem visitá-la em Portsmouth e comporta-se tão agradavelmente, exibindo tão boas maneiras para com a família dela, uma "família longe de ser a ideal". Aqui eles saem para uma caminhada na manhã de domingo (Capítulo 41).

> Quando o Sr. Price e o amigo haviam visto tudo o que queriam, os demais estavam prontos para retornar. No caminho de volta, o Sr. Crawford conseguiu um minuto de privacidade com Fanny para dizer-lhe que ela havia sido a sua motivação para ir a Portsmouth e que tinha planejado passar dois dias na cidade inteiramente por causa dela, pois não conseguia suportar uma separação mais longa. Ela sentia muito, realmente, mas, ainda assim, a despeito disso e de duas ou três coisas que preferia não ter ouvido dele, achou que ele havia melhorado desde a última vez em que o vira. Ele estava muito mais gentil, agradecido e atencioso aos sentimentos das outras pessoas, como jamais havia sido em Mansfield. Ela nunca o vira tão *próximo* de ser agradável. O comportamento dele em relação ao pai não era ofensivo, e havia algo particularmente gentil e adequado na atenção que dispensara a Susan. Ele decididamente estava melhor.

Em *Orgulho e preconceito*, até a horrível Caroline Bingley tenta se comportar agradavelmente em relação a Elizabeth, advertindo-a contra Wickham. Caroline não conhece todos os detalhes da vilania de Wickham, e Lizzy está determinada a não pensar mal a respeito dele.

> A Srta. Bingley aproximou-se de Elizabeth e, com uma expressão de educado desdém, abordou-a:
>
> — Então, Srta. Eliza, soube que ficou encantada com George Wickham! Sua irmã me falou a respeito dele e fez mil perguntas; acho que esse rapaz se esqueceu de contar-lhe, entre outras coisas,

que era filho do velho Wickham, o intendente do falecido Sr. Darcy. Entretanto, deixe-me recomendar, como amiga, que não dê inteira fé a todas as suas afirmações, pois é totalmente falso que o Sr. Darcy o tenha tratado mal; pelo contrário, ele sempre foi muito bondoso com o Sr. George Wickham, embora este tenha correspondido da maneira mais infame. Não conheço os detalhes, mas sei muito bem que o Sr. Darcy não tem culpa nenhuma, que ele não pode suportar sequer a menção ao nome do Sr. George Wickham e que, embora meu irmão achasse que não podia omitir seu nome da lista dos oficiais convidados, ele mesmo nos deu a satisfação de sair do caminho. Sua vinda para cá é de uma insolência incrível, na verdade, e eu me pergunto como foi capaz de tamanha ousadia. Sinto muito, Srta. Eliza, por revelar a culpa de seu favorito, mas, considerando a ascendência dele, nada melhor seria de esperar.

— A culpa e a origem modesta do Sr. Wickham parecem significar a mesma coisa a seus olhos — respondeu Elizabeth, enfurecida —, pois a única acusação que lhe fez foi de ser filho do intendente do Sr. Darcy, e quanto a *isso*, posso lhe assegurar, ele mesmo me informou.

— Desculpe-me — replicou a Srta. Bingley com expressão de despeito. — Perdoe minha interferência. Foi bem-intencionada.

Elizabeth decide que a crítica de Caroline Bingley a Wickham baseia-se no esnobismo, e Caroline a desagrada muito para que ela possa ver algo mais. Se ela tivesse pensado com mais afinco, poderia ter-se perguntado por que Caroline, que está tentando fisgar o Sr. Darcy, a estaria advertindo em relação a Wickham. É interessante que Caroline Bingley a chame de "Srta. Eliza", escolhendo usar seu nome em uma forma "socialmente mais baixa" do que "Elizabeth". Não posso imaginá-la usando "Lizzy", que é o apelido da família Bennet para ela. Os Lucas e os Gardiner também usam ocasionalmente "Eliza", mas nunca no mesmo tom de Caroline Bingley.

EXERCÍCIOS: MAIS IDEIAS PARA CENAS E DESENVOLVIMENTOS ÚTEIS

1. Escreva uma cena em que uma ação ou decisão aparentemente inofensiva mostrará ao leitor novos aspectos de um personagem e prove ou revele como ele realmente é. Tais incidentes podem ser de grande significado em suas histórias.
2. Mostre um personagem agindo de forma heroica ou anti-heroica ou descreva um de seus personagens se comportando de um modo que o mostre em toda a sua complexidade. Pense como você quer que os leitores e os outros personagens percebam a ação. As coisas não deveriam ser diretas; lembre que até a repulsiva Caroline Bingley tentou avisar Elizabeth sobre Wickham. Mary Crawford é bonita quando toca a harpa e é geralmente bondosa para com Fanny, mas esse comportamento é manipulador e desprovido de princípios.
3. Siga a recomendação de Kurt Vonnegut e faça algo terrível acontecer a um de seus personagens. Isso provavelmente será o cerne da sua história. Às vezes fazer um personagem *pensar* que algo terrível aconteceu também pode funcionar muito bem. A cena no final de *Razão e sensibilidade* em que Elinor pensa que Edward se casou com Lucy Steele pouco antes de ele revelar que veio pedi-la em casamento é um exemplo poderoso disso.[6]
4. Mostre seus personagens agindo em duplas, bem como em oposição um ao outro. Pense na maneira como irmãos e irmãs se comportam quando estão juntos. Mostre como as pessoas podem se unir, brigar, rivalizar etc. Pense em como Maria e Julia Bertram se comportam juntas e em relação uma à outra e nos modos como Tom e Edmund Bertram tratam um ao outro.
5. Mostre seus personagens fazendo suposições. Mary Crawford fica chocada porque não há residentes locais dispostos a lhe emprestar uma carroça para que possa transportar sua harpa; Edward entende que, em época da colheita, nada pode ser poupado.

ESCREVENDO SOBRE CRIANÇAS

Existe um mito de que Jane Austen não gostava de crianças por existirem tantas malcriadas nos seus romances. Os pequenos Middleton estão entre os mais inconvenientes. No Capítulo 21 de *Razão e sensibilidade,* Lucy Steele diz à sua maneira insinuante:

> — Nunca vi crianças mais bem-educadas em minha vida! Confesso que fiquei apaixonada por elas no instante em que as vi. Aliás, sempre gostei muito de crianças.
>
> — Acredito — respondeu Elinor, com um sorriso —, principalmente depois do que vi esta manhã.
>
> — Percebo — comentou Lucy — que a senhorita considera os pequenos Middleton mimados demais, e talvez eles sejam mesmo, um pouco mais do que o normal. No entanto, isso é bem natural em Lady Middleton. Quanto a mim, adoro ver crianças cheias de vida e energia. Não suporto quando elas são retraídas e quietas.
>
> — Devo declarar — Elinor foi sincera — que, quando venho a Barton Park, não considero aborrecidas as crianças retraídas e quietas.

Quando crianças e adolescentes são malcomportados na obra de Jane Austen, é porque seus pais os ignoram, os mimam ou dão maus exemplos a eles.

Jane Austen amava crianças. Era muito chegada a muitos de seus sobrinhos e sobrinhas, sempre menciona o que está fazendo com eles e escreve sobre eles e outras crianças em termos muito afetuosos. Sua descrição da jovem Catherine Morland no Capítulo 1 de *A Abadia de Northanger* mostra a que ponto ela entendia as crianças e apreciava sua necessidade de serem autênticas.

> O dia em que o professor de música foi dispensado representou um dos mais felizes da vida de Catherine. Ela tampouco gostava de desenhar, mas, sempre que pegava o envelope de alguma carta da mãe ou algum papel

> velho, fazia o que podia, rabiscando casas e árvores e frangos e galinhas, todos muito parecidos uns com os outros. O pai ensinou a menina a ler e a fazer contas, e a mãe ensinou-lhe francês. Ela, porém, não tinha grandes habilidades para nenhum dos três e fugia das lições sempre que podia. Que personalidade estranha e incompreensível! Contudo, mesmo apresentando todos esses traços extravagantes, aos dez anos de idade, Catherine não tinha nem um mau temperamento nem um mau coração; raramente era teimosa, quase nunca malcriada e sempre era muito gentil com os irmãos menores, tendo poucos acessos de tirania. Era apenas barulhenta e indisciplinada, detestava a reclusão e a limpeza, e não havia nada no mundo que amasse mais do que rolar na grama da encosta que havia nos fundos da casa.

É também importante destacar que muitas das heroínas e personagens--chave de Jane Austen são extremamente jovens e não seriam consideradas adultas hoje em dia. O comportamento de Georgiana Darcy, Marianne Dashwood, Lydia e Kitty Bennet e Catherine Morland é mais fácil de entender quando lembramos que são apenas adolescentes. Fanny Price é apresentada como uma garotinha tímida.

As crianças nos romances de Jane Austen muitas vezes desempenham papéis importantes nos enredos ou nas cenas-chave. Em *Persuasão*, os sobrinhos dos quais Anne Elliot passa tanto tempo cuidando mostram ao leitor e ao capitão Wentworth a pessoa adorável que ela é. É Anne quem fica com Charles Musgrove quando ele desloca a clavícula, enquanto seus pais saem para jantar. E, quando o irmão de Charles, Walter, "uma criança notável, robusta e ousada de dois anos de idade" sobe em Anne e praticamente a estrangula, é o capitão Wentworth quem intervém e o afasta dela, no que se torna uma cena altamente carregada. Tal proximidade com o homem por quem está apaixonada deixa Anne sem fala. Depois, ela se sente "envergonhada de si mesma, envergonhada de haver ficado tão nervosa e tão passada por uma coisa tão pequena: mas foi assim e foi necessária uma longa aplicação de solidão e reflexão para que ela se recuperasse."[7]

No Capítulo 12 de *Razão e sensibilidade*, Margaret Dashwood diz a Elinor que ela viu Marianne dar a Willoughby um cacho de seus cabelos e, então, conta à Sra. Jennings que Elinor também havia perdido seu coração para alguém.

> — Oh, Elinor! — exclamou Margaret. — Tenho um segredo sobre Marianne para contar a você. Acho que ela vai casar-se logo com o senhor Willoughby.
>
> — Você diz isso — replicou Elinor — quase todos os dias, desde que eles se conheceram na colina. Aliás, se não me engano, eles se conheciam havia apenas uma semana quando você teve a certeza de que Marianne guardava a fotografia dele no relicário que usa pendurado no pescoço... e acabou que era apenas a miniatura do nosso tio-avô.
>
> — Mas dessa vez é diferente. Tenho certeza de que eles vão se casar logo, porque ele ficou com um cacho dos cabelos dela.
>
> — Cuidado, Margaret... Podem ser apenas fios de algum tio-avô *dele*.
>
> — Não são, Elinor! São de Marianne. Tenho certeza porque eu o vi cortá-los. Ontem à noite, depois do chá, quando você e mamãe saíram da sala, eles começaram a sussurrar, falando muito depressa, e ele parecia estar pedindo alguma coisa a ela; de repente, pegou a tesoura e cortou um longo cacho dos cabelos que lhe desciam pelas costas; depois, beijou-o, enrolou-o em uma folha de papel branco e guardou-o na carteira.
>
> Diante de tais pormenores e de tamanha convicção, Elinor não pôde deixar de acreditar na irmã mais nova, nem poderia ser diferente, pois as circunstâncias estavam em perfeita consonância com o que ela mesma tinha visto e ouvido.
>
> A sagacidade de Margaret, porém, nem sempre foi demonstrada de maneira tão satisfatória para a irmã. Uma noite, em Barton Park, quando a Sra. Jennings a interpelou, insistindo para que dissesse o nome do homem preferido por Elinor, coisa que despertava uma enorme curiosidade naquela senhora, Margaret omitiu a resposta, olhando para a irmã e dizendo:
>
> — Eu não posso dizer, posso, Elinor?

Claro, essas palavras fizeram todo mundo rir, e Elinor tentou rir também. Mas o esforço foi doloroso. Teve certeza de que Margaret sabia quem era essa pessoa, cujo nome não podia revelar com tranquilidade diante da ameaça de se tornar uma constante anedota nos lábios da Sra. Jennings. Marianne sentiu profundamente por Elinor, porém causou mais mal do que bem a ela ao ficar vermelha e dizer para Margaret, zangada:

— Lembre-se de que, sejam quais forem as suas conjecturas, você não tem o direito de repeti-las.

— Jamais fiz qualquer conjectura a esse respeito — retrucou Margaret —, foi você quem me disse.

Essa resposta aumentou as risadas ao redor, e a senhora Jennings viu-se incentivada a continuar pressionando:

— Oh, por favor, Srta. Margaret! Conte-nos tudo a respeito — implorou. — Como é o nome desse cavalheiro?

— Não devo dizer, senhora. Mas sei muito bem quem ele é e onde está.

— Sim, sim! Podemos imaginar onde ele está: na sua casa, em Norland, com certeza. Ele é o cura da paróquia, atrevo-me a dizer.

— Não, ele não é *esse*. Ele não tem nenhuma profissão.

— Margaret — interveio Marianne, com veemência —, você sabe que inventou essas coisas, que tal pessoa não existe.

— Bem, então ele deve ter morrido recentemente, Marianne, pois tenho certeza de que esse homem existia e de que seu nome começa com F.

Nas linhas finais de *Razão e sensibilidade*, o futuro de Margaret fica claro:

Felizmente para Sir John e a Sra. Jennings, quando Marianne foi tirada deles, Margaret já havia atingido uma idade adequada para ir a bailes e não muito distante de já permitir que se começasse a pensar em um namorado.

Entre Barton e Delaford, havia aquela espécie de comunicação constante que é naturalmente ditada por uma forte afeição familiar. E, entre os méritos de Elinor e Marianne, é preciso que se mencione, como o mais considerável, que, apesar de serem irmãs e vivendo quase coladas uma à outra, jamais houve um desentendimento entre elas, nem qualquer frieza entre seus maridos.

Em *Os Watsons* (Parte I), temos um garotinho completamente charmoso; Emma Watson dançando com ele gera o episódio incitador, o acontecimento que precipita a ação da história. A criança é a pessoa mais atraente numa sala cheia de adultos chatos, pomposos e preocupados.

Na conclusão de duas danças, Emma se viu, não sabia como, sentada entre o grupo dos Osborne e foi imediatamente tomada pelo semblante fino e pelos gestos animados do garotinho, que estava de pé diante de sua mãe, imaginando quando iriam começar.

— Não ficará surpresa com a impaciência de Charles — disse a Sra. Blake, uma pequena mulher vivaz de aparência agradável na casa dos trinta e cinco ou trinta e seis anos, para uma senhora de pé próximo dela — quando souber quem vai ser a parceira dele. A Srta. Osborne teve a gentileza de lhe prometer as duas primeiras danças.

— Sim, nós nos comprometemos esta semana — gritou o menino — e devemos dançar cada par juntos.

Do outro lado de Emma, a Srta. Osborne, a Srta. Carr e um grupo de rapazes estavam de pé envolvidos numa conversa animada; e pouco depois ela viu o oficial mais vistoso do círculo encaminhar-se até a orquestra para ordenar a dança, enquanto a Srta. Osborne, passando à frente do seu ansioso parceiro, disse apressadamente:

— Charles, peço que me perdoe por não manter nosso compromisso, mas vou fazer estas duas danças com o Coronel Beresford. Sei que vai me desculpar e com certeza dançarei com você depois do chá — e, sem ficar para ouvir a resposta, ela se virou de novo para a Srta. Carr e no minuto seguinte era conduzida pelo Coronel Beresford para começar a série.

Se o rosto do pobrezinho parecera, quando feliz, interessante a Emma, tornou-se infinitamente mais debaixo desse súbito revés; ficou parado, o retrato do desapontamento, com as bochechas avermelhadas, os lábios trêmulos e os olhos curvados para o chão. Sua mãe, sufocando sua própria mortificação, tentou suavizar a dele com a perspectiva da segunda promessa da Srta. Osborne, mas, embora ele conseguisse pronunciar, com um esforço de bravura de menino, "Deixa, eu não me importo com isso!", era bastante evidente, pela agitação incessante de suas feições que ele se importava, e muito.

EXERCÍCIO: PENSANDO SOBRE SEUS PERSONAGENS INFANTIS

Repare nas crianças em sua obra. Aparecem em quantidade suficiente para fazer o mundo parecer real? Que papéis desempenham no enredo? Você podia fazer mais com elas? Seus personagens infantis menores (desculpem o trocadilho) parecem reais e complexos o bastante para gerar futuros romances próprios? Verifique como seus personagens infantis se desenvolvem ao longo de sua história e certifique-se de que eles tenham seus arcos próprios.

Escreva uma cena em que você use um de seus personagens infantis para fazer o enredo progredir. Ele poderia falar sem pensar, como Margaret Dashwood, ou algo que ele tenha feito (pense em Charles Musgrove Junior) poderia congregar as pessoas ou mostrar a elas suas verdadeiras cores. Você pode usar as ações de um personagem infantil para colocar sua história numa nova e surpreendente direção.

TRABALHANDO COM ANIMAIS

Existem pouquíssimos gatos na obra de Jane Austen, embora devessem existir gatos onde Jane vivia e é impossível imaginar o chalé de Chawton sem pelo menos um. Cães e cavalos são mais frequentes. Sabemos que os irmãos de Jane caçavam (um aspecto da família que eu preferiria esquecer). Willoughby, ficamos sabendo no capítulo final de *Razão e sensibilidade*, encontra consolo em seus companheiros equinos e caninos depois de perder Marianne.

> Willoughby não pôde ouvir falar no casamento dela sem uma dor profunda. E seu castigo logo foi completado pelo perdão voluntário da Sra. Smith, que, baseando sua clemência no casamento dele com uma jovem de caráter, deu-lhe motivos para acreditar que, se tivesse mantido sua palavra de honra para com Marianne, poderia ter sido ao mesmo tempo feliz e rico. [...] Não faltava bom humor à sua esposa, nem sempre sua casa era desconfortável e ele encontrara uma considerável felicidade doméstica criando seus cavalos e praticando esportes.

O personagem animal mais memorável de Jane é o amado pug de Lady Bertram. Ele está presente ao longo de *Mansfield Park* — como companheiro constante de Lady Bertram no seu sofá e como testemunha das muitas tristezas de Fanny. No Capítulo 2:

> A pequena visitante, ela porém, sentia-se profundamente infeliz. Todos a amedrontavam, ela estava envergonhada dela mesma e ansiava pelo lar que havia deixado. Ela não sabia como encará-los; e era com enorme dificuldade que falava alto o suficiente para ser ouvida ou conseguia conter o pranto. Ao longo de todo o trajeto de Northampton, a Sra. Norris havia conversado com ela sobre sua extraordinária ventura, bem como sobre a gratidão e o bom comportamento que deveria demonstrar. Sentiu-se ainda mais triste com a ideia de que seria perversa caso não se sentisse feliz. A fadiga da longa jornada tornou-se também, em pouco tempo, uma desumanidade inútil. Foram em vão as bem-intencionadas condescendências de Sir Thomas e as preleções oficiosas da Sra. Norris para que se mostrasse uma menina estimável. Em vão, Lady Bertram sorriu e fez com que se sentasse no sofá com ela e com o Pug, e em vão foi, ainda,

a torta de framboesa que tinha a intenção de deixá-la mais confortável. Mal conseguiu engolir dois pedaços antes que as lágrimas irrompessem. O sono parecia ser o melhor amigo, assim, ela foi retirada para findar seu sofrimento na cama.

Mais adiante, no Capítulo 33 do romance, Lady Bertram está tão impressionada pelo fato de que Henry Crawford queira casar-se com Fanny que planeja conceder a ela uma honra que nem Maria recebeu quando casou com o Sr. Rushworth: "Quer saber de uma coisa, Fanny, e é mais do que fiz por Maria: a próxima vez que o pug tiver uma ninhada você terá um filhote."

EXERCÍCIO

Pense nos animais que podiam entrar em suas histórias. O que as atitudes e o comportamento de seus personagens em relação a eles dirão a seus leitores? Como poderiam ser usados para antecipar o enredo? Um encontro com uma criatura (selvagem ou domesticada) pode ser uma maneira útil de trazer um acontecimento inesperado para uma história de maneira plausível. Dê um animal de estimação a um personagem e parta daí.

O PAPEL DAS ROUPAS

Jane Austen não nos conta muito sobre a aparência de seus personagens, geralmente dando apenas uma linha ou duas de descrição quando são apresentados. Aqui está o Sr. Collins adentrando o Capítulo 13 de *Orgulho e preconceito*:

> O Sr. Collins chegou pontualmente e foi recebido com grande cortesia por toda a família. O Sr. Bennet, na verdade, pouco falou, mas as senhoras foram mais comunicativas, e o Sr. Collins não parecia precisar de encorajamentos, nem estava absolutamente disposto a ficar calado. Era um rapaz alto e corpulento, de vinte e cinco anos. Tinha um ar grave e imponente e maneiras cerimoniosas. Não demorou muito a cumprimentar a Sra. Bennet por ter filhas tão encantadoras.

E aqui está a primeira visão que Elizabeth tem de Lady Catherine e sua filha (Capítulo 29):

> Lady Catherine era uma senhora alta, bastante gorda, com traços fortemente marcados, que outrora deviam ter sido belos. Seu ar não era conciliador, nem sua maneira de recebê-los permitia que esquecessem a própria inferioridade social. Ela não parecia assustadora em silêncio, mas tudo o que dizia era pronunciado em um tom tão autoritário que revelava sua arrogância. [...] Quando, após examinar a mãe, em cujo rosto e gestos ela logo percebeu alguma semelhança com o Sr. Darcy, voltou os olhos para a filha, ficando quase tão perplexa quanto Maria ao perceber como era magra e pequena. Não havia a menor semelhança entre mãe e filha, nem no porte nem nas feições. A Srta. de Bourgh era pálida e doentia; e seus traços, embora não fossem feios, eram insignificantes; falava muito pouco, e só em voz baixa.

Jane Austen usa detalhes-chave sobre a aparência, a maneira e o estilo de falar para estabelecer rapidamente seus personagens. Ela tem um interesse particular pelos olhos (disso, falaremos mais adiante). É com as roupas de seus personagens que ela realmente se diverte.

A maioria dos escritores se veste em um equivalente dos dias modernos ao que Jo March em *As mulherzinhas* chamava seu "traje de escrevinhar". Jo tinha um avental preto que podia absorver manchas de tinta; escritores do século XXI são mais inclinados a favorecer uma aproximação diurna do pijama para não serem incomodados por tecidos que provoquem coceiras, colarinhos duros ou cintos apertados. Eu faço isso, mas me preocupo de não estar respeitando o Princípio Pringle que estabeleci quando escrevia meu segundo romance, ou seja, vestir algo que não me fizesse morrer de vergonha caso minha editora Alexandra Pringle aparecesse de surpresa em minha casa — um acontecimento bastante improvável, uma vez que eu moro em Southampton. O traje de escrevinhar de Jane Austen devia ser um "vestido matutino". Uma réplica está exposta na Casa-Museu Jane Austen. Esse confortável vestido solto teria sido feito de musselina ou lã e seria usado em casa até a hora do jantar. Não teria sido tão confortável quanto uma calça harém, uma camiseta e um cardigã masculino Marks & Spencer (minha roupa de escrever preferida), pois seria usada com a espécie de espartilho em voga na época.

As cartas de Jane Austen fornecem uma porção de detalhes intrigantes sobre suas atitudes em relação a roupas e ao modo de vestir das pessoas. Às vezes temos a impressão de que ela está realmente interessada nas aparências, mas, outras vezes, ela se mostra impaciente com o que considera trivialidades que consomem tempo. Muitas das cartas de Jane à irmã Cassandra que sobreviveram foram escritas quando uma delas estava ausente e fazendo compras para suprir as necessidades da outra. Então os detalhes precisos do que devia ser comprado tinham de ser incluídos. Aqui temos Jane escrevendo para Cassandra em 25 de janeiro de 1801.

Vou precisar de dois vestidos novos coloridos para o verão, pois o meu cor-de-rosa não serve mais para eu sair, nem mesmo em Steventon. Mas não vou incomodá-la, não precisa comprar mais do que um vestido e ele deve ser marrom simples de musselina de cambraia para ser usado de manhã; o outro, que deve ser de um amarelo bonito e nuvem branca, eu pretendo comprar em Bath. Compre dois marrons, por favor, e de comprimentos diferentes, um mais comprido que o outro — é para uma mulher alta. Sete jardas para minha mãe, sete jardas e meia para mim; um marrom-escuro, mas a escolha do tipo de marrom é deixada para você, preferiria que fossem diferentes, pois propiciará sempre algo a falar, discutir qual dos dois é mais bonito. Devem ser de cambraia de musseline.

E esta de 18 de abril de 1811, quando ela está hospedada na casa de Henry e Eliza e fazendo compras em Londres.

Lamento dizer-lhe que estou ficando muito extravagante e gastando todo o meu dinheiro e, o que é pior para você, também gastei o seu; pois num armarinho em que fui comprar musselina xadrez, pela qual fui obrigada a pagar sete xelins a jarda, fiquei tentada por uma musselina de uma cor bonita e comprei dez jardas dela apostando que você gostaria; mas, ao mesmo tempo, se não combinar com você, não é obrigada a ficar com ela; é só três xelins e seis pence por jarda e eu não me importaria de modo algum em ficar com tudo. Em textura, é justamente o que preferimos, mas sua semelhança com lã de bordar verde, devo admitir, não é grande, pois o padrão é de pequenos pontos vermelhos. E agora acredito que atendi a todas as encomendas, exceto a porcelana Wedgwood.

Gostei muito de minha caminhada, foi mais curta do que eu esperava e o tempo estava delicioso. Saímos imediatamente depois do café da manhã e devemos ter chegado a Grafton House às onze e meia; mas, quando entramos na loja, o balcão estava cheio e esperamos uma meia hora inteira até sermos atendidas. Mas, quando fomos finalmente servidas, fiquei muito satisfeita com minhas aquisições — meu adorno de conta de vidro por dois xelins e quatro pence e três pares de meias de seda por pouco menos de doze xelins um par.

Talvez Jane visse alguém como o horroroso Robert Ferrars (*Razão e sensibilidade*) escolhendo um estojo vistoso de palitos de dentes enquanto esperava. Quando ela estava descrevendo um baile ou uma saída noturna, os detalhes das roupas usadas não podiam ser omitidos.

> MINHA QUERIDA CASSANDRA [ela escreveu de Londres durante a mesma estada]
>
> Eu havia mandado minha carta ontem antes de a sua chegar, o que eu lamentei, mas Eliza teve a bondade de me dar um franco, suas perguntas serão respondidas sem maior despesa para você.
>
> A melhor direção para Henry em Oxford será o Blue Boar, Cornmarket.
>
> Não pretendo acrescentar outro enfeite em minha peliça, pois estou determinada a não gastar mais dinheiro; por isso vou vesti-la simplesmente, mais comprida do que deveria, e então... não sei.
>
> Meu ornato de cabeça era uma faixa decorada como a barra do meu vestido e uma flor da Sra. Tilson. Dependia de ouvir algo sobre a noitada do Sr. W. K. e fiquei muito satisfeita com sua opinião a meu respeito — "uma jovem de aparência agradável" é o suficiente; não podemos aspirar a nada melhor agora; agradecida por ter continuado ainda por mais alguns anos!

Nos romances não recebemos muita informação sobre as roupas das pessoas; por isso, quando Jane Austen nos conta algo sobre o traje de alguém, sabemos que sua decisão de fazer aquilo foi muito deliberada. *A Abadia de Northanger* contém mais sobre vestimentas do que qualquer outro de seus romances. Sua localização em Bath — aonde as pessoas iam para fazer compras e para ver e serem vistas — e a juventude da heroína tornam isso cabível. Existe uma piada recorrente sobre a preocupação da Sra. Allen com seus vestidos, e uma das primeiras coisas que ficamos sabendo sobre o adorável Henry Tilney é que ele tem conhecimento de vestidos e de tecidos e sabe se eles lavarão bem. Isso mostra seu senso de humor e sua bondade. O trecho é do Capítulo 3.

Eles foram interrompidos pela Sra. Allen.

— Querida Catherine — disse ela —, por favor, tire esse alfinete da minha manga. Temo que ele já tenha feito um furo. Ficarei desolada se tiver, pois esse é um dos meus vestidos preferidos, embora tenha custado apenas 9 xelins o metro.

— É isso mesmo que eu pensei que havia custado, senhora — disse o Sr. Tilney, observando o tecido.

— O senhor entende de musselina? — perguntou a Sra. Allen.

— Particularmente bem. Sempre compro minhas próprias gravatas, e sou considerado excelente nisso. Minha irmã muitas vezes confia-me a escolha de um vestido. Comprei um para ela outro dia, e ele foi considerado uma prodigiosa barganha por todas as senhoras que o viram. Não paguei mais do que 5 xelins por metro por ele, e era feito de musselina indiana verdadeira.

A Sra. Allen ficou maravilhada com a inteligência dele.

— Os homens em geral notam tão pouco essas coisas! — disse ela. — Não consigo jamais fazer com que o Sr. Allen diferencie um vestido meu do outro. O senhor deve ser um grande conforto para sua irmã.

— Espero que sim, senhora.

— Diga-me, o que o senhor acha do vestido da Srta. Morland?

— É muito bonito — disse o Sr. Tilney, examinando-o gravemente —, mas não creio que resistirá bem às lavagens; temo que vá desfiar.

— Como o senhor pode ser tão... — disse Catherine, rindo. "Estranho", ela quase dissera.

— Sou da mesma opinião, senhor — replicou a Sra. Allen —, e disse isso à Srta. Morland quando ela o comprou.

— Mas a senhora sabe, a musselina sempre tem alguma utilidade. A Srta. Morland poderá usar o tecido para fazer um lenço, um gorro ou uma capa. A musselina jamais é desperdiçada. Já ouvi minha irmã dizer isso quarenta vezes, após ser extravagante em suas compras ou descuidada na hora de cortar o tecido.

— Bath é muito charmosa, senhor. Há muitas belas lojas aqui. No campo, nós somos horrivelmente desprovidos. Temos boas lojas em Salisbury, mas é muito longe. Cinco quilômetros. O Sr. Allen diz que são seis, seis quilômetros exatos. Mas tenho certeza de que não podem ser mais do que cinco. E é tão exaustivo. Chego morta de cansaço quando vou até lá. Aqui, uma pessoa pode sair de casa e comprar algo em cinco minutos.

O Sr. Tilney foi educado o suficiente para parecer interessado no que a Sra. Allen dizia. E ela continuou a falar sobre musselina até que as danças recomeçaram. Enquanto ouvia a conversa, Catherine passou a temer que o Sr. Tilney se divertisse um pouco demais com as tolices dos outros.

Quando Jane Austen nos conta sobre a atitude de Catherine em relação a roupas, vemos como as atitudes da heroína são bem típicas de uma jovem que está se apaixonando, mas, apesar disso, Catherine é sensível demais para gastar um tempo enorme se preocupando com o tipo de roupa que deve vestir. Ela só fica acordada se perguntando que vestido deve usar por dez minutos (Capítulo 10):

> E a noite do dia seguinte era agora o objeto de sua expectativa, a alegria futura. Sua principal preocupação passou a ser a dúvida sobre qual vestido e qual chapéu deveria usar na ocasião. Mas não há justificativa para isso. A toalete é sempre uma ocupação frívola, e preocupar-se demais com ela muitas vezes destrói o efeito almejado. Catherine sabia de tudo isso muito bem, pois sua tia-avó lera para ela um sermão sobre esse assunto no Natal anterior. Mas, mesmo assim, ficou dez minutos sem poder dormir na quarta-feira, tentando decidir-se entre seu vestido de musselina de bolinhas e o bordado, e foi só por falta de tempo que não comprou um inteiramente novo. Isso seria um erro de julgamento, grande, mas comum, para o qual um membro do sexo masculino — um irmão, por exemplo, em vez de uma tia-avó — poderia ter chamado sua atenção, pois apenas os homens sabem quanto outros homens são insensíveis a um vestido novo. Seria uma grande mágoa para muitas mulheres se elas descobrissem quão pouco o coração de um homem é afetado pelas peças mais caras ou mais novas de sua indumentária; quão pouco eles se impressionam com a textura particular da musselina que usam e até que ponto são

indiferentes ao fato de um tecido ser de bolinhas ou florido, de organdi ou de algodão. A mulher se veste bem para a própria satisfação. Homem algum a admirará mais e mulher alguma gostará mais dela por causa disso. Uma aparência bem-cuidada e atraente é o suficiente para os primeiros, e certa displicência no vestir parecerá adorável para as últimas. Mas essas graves reflexões não perturbaram a tranquilidade de Catherine.

Jane Austen usa a escolha de roupas em *A Abadia de Northanger* para nos mostrar o contraste entre duas amigas de Catherine Morland, Eleanor Tilney e Isabella Thorpe. A frívola e superficial Thorpe escreve para Catherine no Capítulo 27, "eu agora não visto outra coisa senão púrpura: sei que eu fico horrorosa nela, mas não importa — é a cor favorita do seu querido irmão". No Capítulo 8, contudo, o vestido de Tilney é muito mais elegante:

A Srta. Tilney tinha boa aparência, um rosto bonito e um semblante muito agradável. A maneira como se comportava, embora não fosse tão decidida ou coquete quanto a da Srta. Thorpe, era de uma elegância mais verdadeira. Seus modos mostravam bom senso e boa criação. Ela não era nem tímida nem afetadamente extrovertida e parecia capaz de ser jovem, bela e de estar em um baile sem querer atrair a atenção de todos os homens ao redor e sem demonstrar enorme prazer ou inacreditável angústia a cada insignificante ocorrência.

E no Capítulo 12:

— Sra. Allen — disse Catherine na manhã seguinte —, há algum problema se eu for visitar a Srta. Tilney hoje? Não vou sossegar até ter explicado tudo.

— Vá sim, minha querida. Mas coloque um vestido branco. A Srta. Tilney sempre usa branco.

Catherine obedeceu alegremente.

No Capítulo 39 de *Orgulho e preconceito,* Lydia Bennet mostra sua tolice ao comprar um gorro feio por impulso:

— Olhem, comprei este chapéu. Não é muito bonito, mas achei que era melhor comprar do que não comprar. Vou desmanchá-lo assim que chegar em casa e ver se posso deixá-lo melhor.

E, quando as irmãs o declararam horrível, acrescentou, com perfeita indiferença:

— Oh! Mas havia dois ou três ainda mais horríveis na loja; e, depois que eu comprar um bonito cetim para enfeitá-lo, creio que ficará tolerável. Além disso, o que se usará neste verão será de pouca valia depois que o regimento de ...shire deixar Meryton daqui a quinze dias.

Vestir seus personagens masculinos é igualmente importante. Não se trata simplesmente de aparência; trata-se de atitudes — as atitudes da pessoa que veste as roupas e daquela que observa. Catherine Morland acha Henry Tilney completamente sonhador no sobretudo que ele veste quando a leva em seu coche de duas rodas puxado por dois cavalos até a Abadia de Northanger; no Capítulo 8 de *Orgulho e preconceito,* Caroline Bingley e Louisa Hurst rapidamente notam a anágua enlameada de Lizzy Bennet, algo que não chama a atenção do Sr. Bingley ou do Sr. Darcy.

— Nada tem, em suma, que a recomende, a não ser sua notável capacidade de caminhar. Nunca me esquecerei de sua aparência hoje pela manhã. Parecia praticamente uma selvagem.

— É verdade, Louisa, quase não pude conter o riso. Que absurdo ela ter vindo! Por que *ela* tinha de se desabalar pelo campo só porque a irmã apanhou um resfriado? O cabelo estava tão despenteado!

— Sim, e a anágua? Espero que tenha notado que a barra tinha quinze centímetros de lama, tenho absoluta certeza; e o vestido mal conseguia cumprir sua função de escondê-la.

— Sua descrição pode ser muito exata, Louisa — disse Bingley —, mas não reparei em nada disso. Achei que a Srta. Elizabeth Bennet estava muito bonita quando entrou na sala hoje de manhã. A anágua suja de lama escapou à minha atenção.

— O *senhor* percebeu, Sr. Darcy, aposto — disse a Srta. Bingley. — E eu estou inclinada a pensar que o senhor não gostaria de ver *sua irmã* se exibindo desse modo.

— Decerto que não.

— Andar cinco, sete ou dez quilômetros, ou sejam lá quantos forem, com os tornozelos metidos na lama, e sozinha, inteiramente sozinha! O que significa isso? Parece-me denotar um conceito abominável de independência, uma indiferença campestre ao decoro.

— Demonstra uma afeição muito admirável pela irmã — disse Bingley.

— Temo, Sr. Darcy — observou a Srta. Bingley, quase em um sussurro —, que essa aventura tenha afetado sua admiração pelos belos olhos dela.

— De modo algum — replicou ele. — O exercício os tornou ainda mais brilhantes.

Claro que seus personagens nem sempre podem vestir o que gostariam. Você pode usar as roupas deles para indicar que estão passando por dificuldades financeiras ou que não se encaixam no esquema social. Quem não experimentou a sensação de estar vestindo a roupa errada ou de estar bem-vestido "demais" — ou malvestido, de estar com o uniforme escolar incorreto ou de ter sido forçado a vestir algo que um parente disse que "serviria à perfeição"? Ao inverso, outra maneira de desenvolver seus personagens através de suas roupas é dar-lhes a oportunidade de vestir exatamente o que gostariam de vestir, o traje dos seus sonhos. O coitado do Sr. Rushworth, no Capítulo 15 de *Mansfield Park*, não pode ocultar sua alegria com seu tolo figurino para a peça teatral:

— Nós temos uma peça — disse ele. — Será *Lovers' Vows*, e eu vou desempenhar o papel do conde Cassel. A minha primeira aparição será em uma vestimenta azul e uma capa de cetim rosa. Posteriormente, usarei outra roupa extravagante para a cena da caçada. Não sei se gostarei.

Os olhos de Fanny seguiram os de Edmund, e seu coração batia por ele enquanto ouvia esse discurso. Ao ver a sua expressão, imaginou o que ele estaria sentindo.

— *Lovers' Vows*! — Com um tom de profundo espanto, essa foi a única resposta ao Sr. Rushworth. Ele se voltou para o irmão e para as irmãs, duvidando que pudesse haver qualquer contradição. [...]

— Eu vou aparecer três vezes, e tenho quarenta e duas falas. Isso é impressionante, não é mesmo? Mas não gosto da ideia de estar tão bem-vestido, mal irei me reconhecer em uma vestimenta azul e uma capa de cetim rosa.

Edmund não conseguiu responder-lhe.

EXERCÍCIOS

1. Coloque um personagem em uma situação em que ele possa escolher exatamente o que vestir, talvez para uma festa, um casamento ou um papel numa peça. O que ele sonharia em vestir? Você poderia também tentar mandar um personagem a um encontro romântico, a uma entrevista ou então para conhecer os futuros sogros.
2. Mande um personagem a algum lugar vestindo algo que não foi da sua escolha ou algo que será desaprovado ou receberá o tipo errado de atenção. Desenvolva os personagens dos observadores também.

Construindo o vilarejo de sua história

Criando e utilizando seu cenário

JANE AUSTEN disse à sua sobrinha Anna, uma aspirante a escritora, que "três ou quatro famílias num vilarejo do interior são a coisa adequada para se trabalhar",[1] e existe algo particularmente interessante e satisfatório em relação à escala e à dinâmica de um vilarejo. Passados duzentos anos desde a publicação de *Emma*, pensar no "vilarejo" de sua história pode ajudá-lo a criar o enredo, organizar o elenco de personagens, construir tensão e criar uma noção de local, seja seu cenário urbano, seja rural, contemporâneo, histórico ou futurista. Os exercícios deste capítulo o ajudarão a levar seus leitores a um mundo convincente.

Quando me casei, aos vinte e poucos anos, eu fazia parte de um grupo de amigas da universidade, todas fazendo a mesma coisa dentro do mesmo período de dois anos. Todo mundo parecia ter o mesmo número de convidados ou pelo menos de pessoas que achava que devia convidar. Brincávamos sobre como a "capacidade social" das pessoas parecia idêntica. Os casamentos na época de Jane Austen eram reuniões menores e aconteciam pela manhã. No Capítulo 55 de *Emma*, a Sra. Elton critica o casamento da Srta. Woodhouse com o Sr. Knightley "a partir das particularidades detalhadas por seu marido" (ela não conseguiu comparecer), e considerou o evento extremamente ordinário e muito inferior ao seu próprio casamento. "Pouquíssimo cetim branco, muito poucos véus rendados; uma coisa muito deplorável!"

O que eu sei agora é que minha lista e a de minhas amigas eram iguais ao Número de Dunbar, que está em torno de cento e cinquenta. O antropólogo Robin Dunbar descobriu que esse é o tamanho ideal para uma comunidade, seja uma unidade militar, uma aldeia Amish, uma empresa ou um grupo de amigos (do tipo que são amigos reais e parentes) no Facebook.[2] Os vilarejos da Inglaterra no século XVIII eram desse tamanho, assim como haviam sido no Domesday Book.

A ideia de construir o vilarejo da sua história me ocorreu quando estava relendo *Emma*. É um típico romance de vilarejo. Se você estiver escrevendo um livro sobre uma busca ou "uma viagem e um retorno", então o modelo do vilarejo não se aplicará tanto a você, mas, se estiver descrevendo algo que se passa numa comunidade particular, seja uma vizinhança, uma escola, um escritório, um grupo de escoteiras, ou o que quer que seja, pensar no vilarejo da sua história deveria ajudar.

LIMITES E CONTENÇÃO

É fácil mapear Highbury. A própria Jane Austen pode ter feito isso e certamente tinha um mapa funcionando na sua cabeça. Recebemos uma boa quantidade de informação, de modo que os leitores podem visualizar o vilarejo, sua distribuição e posição: Londres está a vinte e cinco quilômetros de distância; o Sr. Knightley pode fazer a pé facilmente o quilômetro e meio que separa sua casa da de Emma; os Weston moram a apenas oitocentos metros da casa de Emma, Hartfield; e nós somos informados do que Emma avista da porta da Ford's, exatamente onde os ciganos estão acampados, por onde a gente passa a caminho do vicariato e muito mais. Emma raramente sai de Highbury, mas outras pessoas, particularmente os homens, vão e vêm. Frank Churchill é capaz de partir num capricho para cortar seus cabelos — e secretamente comprar um piano. No final do romance, Emma consegue finalmente deixar o vilarejo e ir para a beira-mar.

EXERCÍCIO: MAPEANDO O VILAREJO DE SUA HISTÓRIA

Comece um mapa assim que começar sua história. Mantenha-o na frente de seu notebook ou pendurado acima de sua mesa, fazendo acréscimos e emendas à medida que sua história for evoluindo. Os leitores serão capazes de dizer se seu "vilarejo" não for adequadamente trabalhada. Eles se sentirão expulsos da história se a geografia não fizer sentido. Interiores de prédios são importantes também. Desenhe plantas para eles. Os leitores talvez precisem saber se uma pessoa no andar de cima é capaz de ouvir o que se passa na cozinha e o que um visitante verá quando a porta da frente é aberta.

O mapa de Highbury

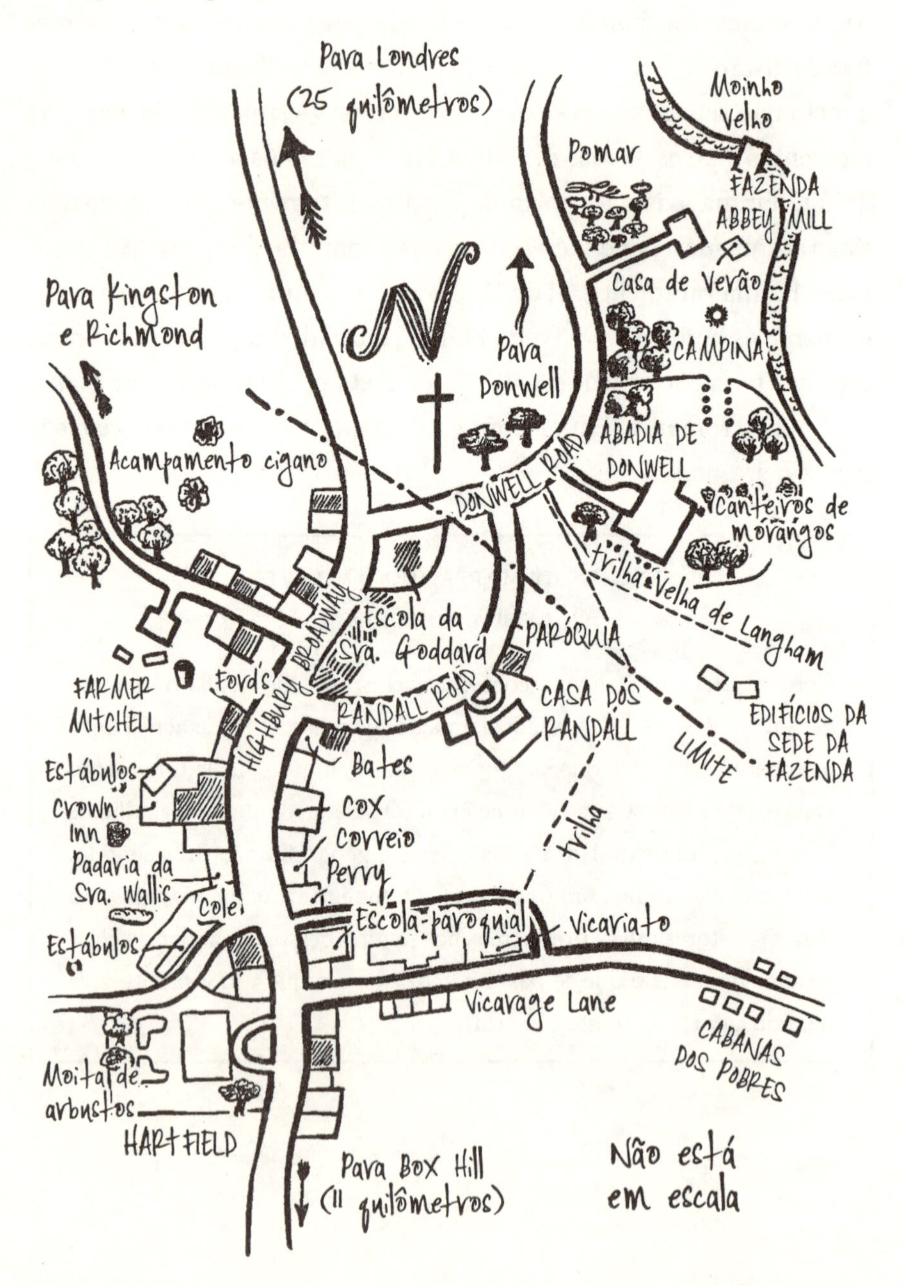

ESPAÇOS PRIVADOS, ESPAÇOS COMPARTILHADOS, ESPAÇOS PÚBLICOS[3]

Em *Emma*, nós vemos os personagens na igreja, encontrando-se dentro da cidade e nos seus arredores, em bailes e na Ford's, que é "a principal loja vendedora de lãs e de linhos e armarinho, tudo no mesmo lugar; a primeira loja em tamanho e em moda no local" e um ponto de encontro significativo. No Capítulo 24, Frank Churchill mostra que entende a importância da Ford's.

> Nesse momento, aproximavam-se da Ford e ele exclamou, rapidamente:
>
> — Ah! Deve ser essa a loja à qual todo mundo vem em todos os dias de suas vidas, segundo meu pai me informou. Ele me contou que costuma vir a Highbury seis dias em sete e sempre tem o que fazer na Ford. Se não houver nenhum inconveniente para as senhoras, peço-lhes que entremos nela para que eu prove a mim mesmo que pertenço a este lugar, que sou um verdadeiro cidadão de Highbury. Preciso comprar algumas coisas na Ford. Isso vai garantir a minha liberdade... Com certeza, eles vendem luvas.
>
> — Oh, sim! Luvas e tudo o mais. Admiro seu patriotismo. O senhor vai ser adorado em Highbury. Já era bastante popular antes de chegar, por ser filho do Sr. Weston... mas, depois que deixar meio guinéu na Ford, sua popularidade irá firmar-se, independentemente de todas as suas virtudes.

Até que ponto você domina os espaços na sua história?

EXERCÍCIO: FAÇA UMA LISTA DOS DIFERENTES ESPAÇOS EM SUA HISTÓRIA

A lista pode crescer à medida que o trabalho foi progredindo. O espaço privado de um personagem pode ser seu quarto de dormir, seu automóvel, galpão ou talvez apenas um armário se estiverem numa escola ou num hospital. Espaços compartilhados podem ser as áreas entre as camas num dormitório, corredores e entradas de automóveis comunais, áreas comuns onde latas de lixo são guardadas e assim por diante. Espaços públicos são inestimáveis para o escritor — é por isso que existem tantas lavanderias, cafés, pubs e praças em novelas e comédias da TV. Um espaço pode ser controlado por um indivíduo como o dono de um pub ou ser propriedade de certas pessoas, mas, ainda assim, funcionar como uma área pública.

Existindo em público e espaço compartilhado

O piquenique em Box Hill, no Capítulo 43 de *Emma*, é um bom exemplo em que os personagens são soltos num espaço público. Os leitores de Jane Austen deveriam estar bem familiarizados com imagens de Box Hill, e o passeio é muito antecipado no romance: "Emma nunca tinha estado em Box Hill; ela desejava ver o que todo mundo achava tão digno de ser visto."

> O dia estava lindo para o passeio a Box Hill, e todas as circunstâncias envolvendo organização, acomodações e pontualidade foram favoráveis ao animado grupo. O Sr. Weston guiou a excursão, passando por Hartfield e pelo vicariado sem imprevistos, e todos foram pontuais. Emma e Harriet foram juntas, a Srta. Bates e a sobrinha, com os Elton e os cavalheiros, a cavalo. A Sra. Weston ficou em Hartfield com o Sr. Woodhouse. Nada mais faltava ao chegarem lá, a não ser que todos fossem felizes. Onze quilômetros haviam sido percorridos sob a expectativa de diversão e todos emitiram exclamações de admiração ao chegar, mas, no cômputo geral do dia, houve deficiência. Havia um langor, uma falta de ânimo e uma falta de união que não podiam ser ignorados. Dividiam-se

> continuamente em grupos menores. Os Elton caminhavam juntos, o Sr. Knightley encarregou-se de acompanhar a Srta. Bates e Jane, enquanto Emma e Harriet caminhavam em companhia de Frank Churchill. O Sr. Weston tentou em vão fazer com que todos se juntassem. A princípio, a divisão pareceu acidental, mas os grupos não se desfizeram. O Sr. e a Sra. Elton, na verdade, demonstravam toda a boa vontade em se misturar com os demais e em ser o mais agradáveis que podiam. Mas, durante as duas horas que passaram na colina, a tendência à separação entre os outros dois grupos pareceu tão forte que nem as belas vistas, a excelente comida fria ou mesmo a alegria do Sr. Weston conseguiram remover.

É significativo que Jane Fairfax não seja citada nominalmente na lista dos que partem para o passeio — ela é apenas "a sobrinha da Srta. Bates" — e uma pessoa lendo o romance pela primeira vez prestaria, como Emma, pouca atenção à presença dela ou perceberia que o comportamento de Frank Churchill tem mais a ver com Jane Fairfax do que com Emma, aquela com quem ele está flertando.

> A princípio, tudo parecia extremamente tedioso para Emma. Ela nunca vira Frank Churchill tão silencioso e tão pouco inteligente: não dizia nada que valesse a pena ouvir, olhava sem ver, admirava sem atenção, escutava sem entender o que era dito. Uma vez que ele se mostrava tão tedioso, não era de admirar que Harriet se comportasse do mesmo modo, e os dois se tornaram insuportáveis.
>
> Quando todos se sentaram juntos, foi melhor — aliás, para o gosto de Emma, muito melhor, pois Frank Churchill voltou a ser falante e alegre, dirigindo-se principalmente a ela, dedicando-lhe toda a atenção que podia oferecer. Era impossível não perceber que o único objetivo dele era impressioná-la, diverti-la e ser agradável a seus olhos. Emma, feliz por ser adulada, sem nenhuma objeção a ser admirada, também se tornou alegre e comunicativa, oferecendo ao jovem cavalheiro um encorajamento amigável e liberdade para que fosse galante de um modo que jamais fizera, nem mesmo durante o primeiro e mais animado período do conhecimento entre eles, pois para

ela a própria atitude nada significava, embora, aos olhos de todos os demais ali presentes, só houvesse uma palavra para definir o comportamento entre eles: flerte. "O Sr. Frank Churchill e a Srta. Woodhouse estão flertando de maneira excessiva." Os dois mostravam-se claramente merecedores dessa frase e de que fosse escrita em uma carta para Maple Grove, remetida por certa dama, e em uma carta para a Irlanda, remetida por outra.

O drama de uma paisagem pode realçar uma cena. Existe algo também em deixar os personagens soltos num espaço público que possa levá-los a se comportarem de maneira imprevista. O que normalmente se espera é removido. Os personagens podem ter expectativas e sentimentos conflitantes sobre a propriedade de espaços e acontecimentos. Como seus espaços públicos e compartilhados vão causar impacto no seu enredo? Você também pode usá-los para apresentar novos personagens. Quem mais poderia ser encontrado nesses locais? Pense da maneira como, no Capítulo 12 de *Persuasão*, Anne Elliot e William Elliot encontram um ao outro em Lyme:

> Quando chegaram à escadaria que subia da praia, um cavalheiro, que se preparava para descer no mesmo instante, educadamente recuou e parou para lhes dar passagem. Eles subiram e passaram por ele; e, conforme passavam, seus olhos se fixaram no rosto de Anne com uma expressão tão encantada que ela não pôde ignorar. Ela estava excepcionalmente bonita; às suas feições, muito regulares e agradáveis, fora devolvido o frescor da juventude, pelo vento suave que tocava sua pele e pela vivacidade em seu olhar. Era evidente que o cavalheiro (um completo cavalheiro em suas maneiras) a admirava excessivamente. O capitão Wentworth imediatamente voltou-se para ela, demonstrando que percebera. Ele lhe lançou um rápido olhar que parecia dizer: "Esse homem está impressionado com a senhorita, e até mesmo eu, neste instante, vejo algo que se assemelha à antiga Anne Elliot."

A beira-mar, para Jane Austen, é um local de romance, aventuras, encontros casuais e, no caso de Lydia Bennet e Georgiana Darcy, desventuras. Quando os personagens são removidos de suas esferas usuais, tudo pode acontecer.

Em outra cena importante de *Emma,* vemos os personagens literalmente negociando o uso de espaço. Frank Churchill e Emma estão dispostos a promover um baile e, quando a casa dos Weston é considerada inadequada, Churchill tem a ideia de usar a Hospedaria Crown. Vemos a reação dos personagens ao espaço e suas maquinações para garantir que todos consigam o que desejam. O Sr. Woodhouse se mostra mais astuto e melhor juiz de caráter do que muitos acreditariam; ele é capaz de ver que, por Frank ser inclinado a abrir janelas e deixar portas escancaradas, não consiste na "escolha ideal", algo que Emma leva mais tempo para perceber.

Aqui estão os residentes de Highbury planejando um baile (de *Emma,* Capítulo 29):

> É perfeitamente possível ficar sem dançar. Sabe-se de jovens que passaram muitos e muitos meses consecutivos sem ir a bailes sem que sofressem dano algum na mente ou no corpo, mas, quando a dança começa, quando se sente um mínimo da felicidade com os movimentos da dança, seria na verdade muito difícil não pedir mais.
>
> Frank Churchill dançara uma vez em Highbury e ansiava por dançar novamente. A última meia hora da noite em que o Sr. Woodhouse fora convencido a ir com a filha a Randalls fora passada com os dois jovens fazendo planos para consegui-lo. Foi Frank quem deu a ideia e foi ele quem mais se empenhou em levá-la adiante, pois Emma era quem avaliava melhor as dificuldades, além de se preocupar mais com acomodações e aparências.

Eles pensam primeiro em fazer o baile em Randalls, lar dos Weston.

> As portas das duas salas ficavam uma diante da outra. "Eles não poderiam usar ambas e dançar passando pelas portas?" Essa parecia ser a melhor ideia. Mas não era ainda boa o bastante, pois todos queriam o melhor possível. Emma disse que aquilo ficaria esquisito; a Sra. Weston ficou preocupada com o jantar e o Sr. Woodhouse opôs-se com veemência, por causa da saúde. Aqueles planos o deixaram tão triste que não havia como colocá-los em prática.

— Oh, não! — disse ele. — Seria a pior das imprudências. Eu não permitiria que Emma participasse! Emma não é forte. Ela pegaria um terrível resfriado. E também a pobre Harriet. E todos vocês. Sra. Weston, não pode concordar com isso; não permita nem sequer que eles falem em algo tão inconsequente. Por favor, não os deixe falar mais nisso. Aquele jovem rapaz — prosseguiu ele, falando mais baixo — não pensa direito. Não diga ao pai dele, mas aquele rapaz não é boa coisa. Esteve abrindo as portas com muita frequência esta tarde, e as manteve abertas sem a menor consideração. Ele não pensa nas correntes de ar. Não quero colocá-la contra ele, mas, de fato, aquele moço não é boa coisa! [...]

Antes da metade do dia seguinte, Frank Churchill estava em Hartfield. E entrou na sala com um sorriso tão agradável que confirmava a continuação do esquema. Logo ficou claro que ele viera anunciar um progresso.

— Bem, Srta. Woodhouse — começou ele, quase imediatamente —, espero que não tenha perdido seu entusiasmo pela dança por causa dos terrores que são as pequenas salas de meu pai. Trago uma nova proposta: uma ideia de meu pai, que espera apenas por sua aprovação para colocá-la em prática. Posso ter a honra de ser seu cavalheiro nas duas primeiras danças do nosso pequeno baile, que seria dado não na casa Randalls, mas na Hospedaria Crown?

— Na Crown?!

— Sim, se a senhorita e o Sr. Woodhouse não fizerem objeção, e creio que não farão, pois meu pai espera que os amigos dele sejam gentis o bastante para ir até lá nessa festa. Poderá prometer a eles melhores acomodações e uma acolhida não menos calorosa do que na casa. A ideia foi dele. A Sra. Weston não faz objeção, desde que a senhorita concorde. É o que todos esperamos. Oh, sim! A senhorita tinha toda a razão! Seria insuportável manter dez casais em qualquer das duas salas de Randalls! Terrível! Eu sabia o tempo todo que a senhorita estava certa, mas me sentia tão ansioso que me agarraria a *qualquer* oportunidade. A troca não é boa? Vai concordar? Posso ter esperança de que a senhorita vai concordar?

— Parece-me ser um plano contra o qual ninguém pode fazer objeção, se o Sr. e a Sra. Weston o aprovam. Penso que é admirável. E, quanto a mim, fico muito contente. Papai, não acha que é uma excelente ideia?

Ela teve de repetir e explicar tudo outra vez, antes de o velho cavalheiro compreender tudo. E depois novas exposições e argumentos foram necessários para tornar a proposta aceitável.

— Não. Ele achava que estava muito longe de ser uma excelente ideia. Ao contrário, achava que era um péssimo plano, muito pior do que o outro. Uma sala de hospedaria é sempre úmida e perigosa, nunca é arejada como deveria ser, nem serve para que alguém fique ali dentro. Se eles quiserem dançar, seria melhor que o fizessem em Randalls. Ele nunca estivera em uma sala da Crown em toda a sua vida, e não conhecia ninguém que sequer a tivesse visto. Oh, não, um péssimo plano. Eles poderiam apanhar resfriados piores na Crown do que em qualquer outro lugar. [...]

— Pelo simples fato de ser maior, senhor. Não teremos motivo para abrir as janelas nem uma vez sequer durante a noite inteira. E, como o senhor bem sabe, o que causa a doença é esse terrível hábito de abrir as janelas, deixando o ar frio em contato com os corpos quentes.

— Abrir as janelas! Mas certamente, Sr. Churchill, ninguém pensaria em abrir as janelas na casa de seu pai. Ninguém seria tão imprudente! Nunca ouvi falar de algo assim. Dançar com as janelas abertas! Tenho certeza de que nem seu pai nem a Sra. Weston (que era a pobre Srta. Taylor) fariam isso.

EXERCÍCIO: NEGOCIANDO E USANDO ESPAÇO PÚBLICO E COMPARTILHADO

Escreva uma cena que envolva personagens em espaço público ou compartilhado. Quais conflitos, rixas, romances ou amizades surgirão? Como o comportamento das pessoas será julgado pelos outros? O espaço não precisa ser externo. Como estar num espaço público ou compartilhado afeta o diálogo e a cena como um todo?

Pensando sobre seus personagens em seus espaços privados

No Capítulo 42 de *Emma*, diante da possibilidade de deixar Highbury para se tornar governanta e incapacitada de estar na presença do homem que secretamente ama, Jane Fairfax confia um pouco de como se sente. Ela praticamente não tem espaço privado e anseia por alguns momentos consigo mesma.

Jane Fairfax entrou, vindo apressada do jardim, parecendo estar fugindo de alguém. Como não esperava encontrar a Srta. Woodhouse no hall, ela estacou, surpresa. Mas era justamente a Srta. Woodhouse quem Jane estava procurando.

— A senhorita faria a gentileza — pediu-lhe — de dizer que fui para casa quando os outros perceberem que sumi? Estou indo agora mesmo. Minha tia não tem noção de como já é tarde, nem de há quanto tempo estamos fora de casa, mas tenho certeza de que precisam de nós em casa e estou decidida a ir embora imediatamente. Não falei nada para ninguém, porque só iria causar preocupações e oposições. Uma parte do grupo foi até os tanques, a outra para a avenida das limeiras. Não vão perceber a minha falta até retornarem e, quando isso acontecer, a senhorita fará a bondade de dizer que já fui?

— Claro, se é o que deseja... Mas vai caminhar até Highbury sozinha?

— Sim... O que poderia me acontecer? Ando depressa. Devo chegar em casa em vinte minutos.

— Mesmo assim, é longe demais para que vá sozinha. Deixe que o criado de meu pai a leve. Deixe-me pedir a carruagem, ela estará pronta em cinco minutos.

— Obrigada, obrigada, mas não é necessário. Prefiro andar. E quanto à possibilidade de *eu* ter medo de andar sozinha... Eu, que logo terei de proteger os outros!

Havia muita agitação na voz e nos gestos da jovem. Então Emma comentou com extrema delicadeza:

— Essa não é uma razão para que se exponha a perigos agora. Vou pedir a carruagem. O próprio calor pode ser um perigo, e a senhorita já está cansada.

— Estou mesmo — concordou Jane Fairfax. — Estou cansada, mas não esse tipo de cansaço. Andar depressa até que será refrescante.

Srta. Woodhouse, todos nós sabemos o que é ter de vez em quando um cansaço espiritual. Meu espírito, confesso, está exausto. A maior gentileza que pode me prestar é deixar que eu vá como desejo e apenas dizer que já fui embora quando for necessário.

Emma não se opôs mais. Compreendeu tudo. E, compreendendo as emoções da jovem, ajudou-a a partir no mesmo instante, observando-a sair em segurança, com o zelo de uma amiga. Seu olhar de despedida era agradecido e suas palavras finais, "Oh, Srta. Woodhouse, que conforto é às vezes ficar sozinha!", pareceram vir diretamente de um coração angustiado, revelando a contínua pressão que ela sofria, até mesmo por parte das pessoas que mais a amavam.

Em *Orgulho e preconceito,* o Sr. Bennet recolhe-se à biblioteca — às vezes perseguido pela Sra. Collins. Em *Razão e sensibilidade,* as irmãs Dashwood e sua mãe perdem sua casa, Norland Park. No Capítulo 19 de *Mansfield Park,* uma invasão do espaço privado do estúdio de Lord Bertram é emblemática da inadequação do teatro e da maneira como os Bertram, os Crawford e o Sr. Yates avançaram os limites normais de sua existência previamente organizada. "Sir Thomas estava bastante surpreso ao encontrar velas acesas em seu cômodo. Ao olhar ao redor, percebeu outros indícios de que fora ocupado recentemente e certo desalinho nos móveis. A retirada da estante para facilitar o acesso à porta da sala de bilhar o surpreendeu em particular."

EXERCÍCIO

Escreva sobre um personagem cujo espaço privado é invadido ou ameaçado ou sobre uma tentativa de anexar o espaço privado de um personagem.

REGRAS, CÓDIGOS, TRADIÇÕES

Emma é uma esnobe e tem uma visão muito particular da sociedade de Highbury e do lugar que ocupa nela. Os leitores veem como a cidade funciona e como as coisas e atitudes mudam. No início do romance, existem pessoas com as quais ela não quer se misturar e chega a ponto de dizer a Harriet Smith que não poderá continuar sua amiga se Harriet casar-se com Robert Martin. Todos os vilarejos têm suas regras, visíveis e ocultas, seus códigos e suas tradições. Eles poderiam determinar quem é encarregado do que, quem estaciona onde, que tipo de presente é ou não aceitável para um professor ou professora ao final do período letivo etc.

Pense em como funciona a sociedade a respeito da qual está escrevendo. Como diferentes personagens se sentem em relação às regras, aos códigos e tradições de seu vilarejo? A diversão começa quando alguém ameaça romper as regras. Em um dos meus filmes favoritos, *Mamãe é de morte*, estrelado por Kathleen Turner, usar sapatos brancos depois do Dia do Trabalho ou se esquecer de reciclar o lixo pode ter consequências fatais.

EXERCÍCIOS

1. Escreva os Dez Mandamentos do seu vilarejo.
2. Agora escreva uma cena em que alguém quebra um ou mais deles; isso poderia ser do ponto de vista de um quebrador de regras, de um mantenedor das regras ou de um espectador.

Estranhos chegando à cidade

Toda literatura, num axioma atribuído a Tolstoi, trata de um homem que parte em viagem ou de um estranho chegando à cidade. Isso certamente parece verdadeiro em relação à obra de Jane Austen. Em *Emma*, as chegadas de Frank Churchill, Jane Fairfax e do Sr. Elton são catalisadores de mudança, comédia, romance e drama. Nos romances de Austen, os leitores veem muitos personagens partindo em viagens (Catherine Morland e Anne Elliot são excelentes exemplos) e estranhos chegando à cidade (o Sr. Bingley, o Sr. Darcy, o Sr. Collins, Wickham e os Crawford).

Falaremos novamente de viagens mais adiante, mas por enquanto acho que um viajante chegando ao vilarejo de seu romance pode ser o incidente que detonará a ação ou levar seu enredo em outra direção. No trabalho de Jane Austen, é impressionante a frequência com que mulheres aguardam notícias, esperam que coisas aconteçam e que pessoas cheguem, uma situação que Jane devia conhecer muito bem; por exemplo, esperando notícias de seus irmãos marinheiros. Aqui a temos escrevendo para Cassandra em novembro de 1801.

> Finalmente tivemos notícias de Frank; uma carta dele para você chegou ontem e eu pretendo mandá-la para você assim que puder... *En attendant,* você deve ficar satisfeita ao saber que, em 8 de julho, o Petterel, com o resto do esquadrão egípcio, estava ao largo da ilha de Chipre, de onde seguiu para Jaffa em busca de suprimentos e de lá deveria zarpar em um dia ou dois para Alexandria, onde aguardaria o resultado das propostas inglesas para a evacuação do Egito. O resto da carta, conforme o estilo de composição que está em voga, é principalmente descritivo. Da sua promoção, ele nada sabe.

Os leitores de Austen muitas vezes encontram heroínas olhando pela janela, ansiando para que pessoas cheguem ou sendo surpreendidas pela chegada repentina de correspondência. Este trecho é do Capítulo 53 de *Orgulho e preconceito*:

> A governanta de Netherfield recebera a ordem de se preparar para a vinda do patrão, que chegaria dali a um ou dois dias, e ficaria algumas semanas para caçar. A Sra. Bennet ficou muito agitada. Não sabia se olhava para Jane, sorria ou balançava a cabeça.

— Muito bem, então o Sr. Bingley está prestes a chegar, minha irmã? (Pois fora a Sra. Phillips quem dera a notícia.) — Bom, tanto melhor. Não que eu me importe, na verdade. Ele não significa nada para nós, como sabe, e certamente eu não desejo vê-lo nunca mais. No entanto, é bom que venha para Netherfield, se é o que quer. Quem sabe o que pode acontecer? Mas isso não faz diferença para nós. Você bem sabe, minha irmã, que há muito tempo resolvemos não dizer uma palavra sobre o assunto. Então, é mesmo certo que ele venha?

— Pode contar com isso — replicou a outra —, pois a Sra. Nicholls esteve em Meryton ontem à noite; eu a vi passando, e saí de propósito para descobrir se era verdade; e ela me afirmou que sim. Ele deve chegar na quinta-feira o mais tardar, provavelmente na quarta. Estava a caminho do açougue, ela me disse, justamente para encomendar carne para quarta-feira, e já tem meia dúzia de patos prontos para serem mortos.

A Srta. Bennet não foi capaz de ouvir a notícia sem mudar de cor. Havia muitos meses que não mencionava o nome dele a Elizabeth mas, assim que ficaram sozinhas, disse:

— Eu a vi olhar para mim hoje, Lizzy, quando minha tia nos trouxe essa notícia; e eu sei que pareci perturbada. Mas não imagine bobagens. Apenas me senti confusa por um momento, porque *senti* que seria observada. Posso lhe assegurar que essa notícia não me causa alegria nem tristeza. Só me alegro com uma coisa: que ele venha sozinho; pois assim o veremos menos. Não que eu tema por *mim*, mas tenho horror às observações dos outros.

Elizabeth não soube o que pensar. Se não o tivesse encontrado em Derbyshire, poderia acreditar que sua volta devia-se ao motivo alegado, mas ainda achava que Bingley tinha uma inclinação por Jane e não sabia se ele tinha a permissão *do amigo* ou se fora audacioso bastante para dispensá-la.

"Embora seja triste", pensava Elizabeth às vezes, "que esse pobre rapaz não possa voltar à própria casa sem levantar todas essas especulações! *Vou* deixá-lo em paz".

Apesar do que a irmã declarava e acreditava sobre os próprios sentimentos a respeito da chegada de Bingley, Elizabeth podia facilmente perceber que seu humor fora afetado. Jane estava mais perturbada e mais instável do que de hábito.

O assunto que fora discutido com tanto ardor pelos seus pais, cerca de um ano antes, voltava à tona.

— Assim que o Sr. Bingley chegar, meu caro — disse a Sra. Bennet —, o senhor lhe fará uma visita, é claro.

— Não, não. A senhora me forçou a visitá-lo no ano passado e prometeu que, se eu fosse, ele se casaria com uma de minhas filhas. Mas isso deu em nada, e eu não farei papel de tolo novamente.

A mulher explicou que essa atenção era absolutamente indispensável a todos os cavalheiros da região quando ele retornasse a Netherfield.

— É uma etiqueta que desprezo — disse ele. — Se quiser nossa companhia, deixe que a procure. Ele sabe onde moramos. Não vou perder *meu* tempo correndo atrás dos vizinhos a cada vez que eles partem e retornam.

— Bem, tudo o que eu sei é que será uma abominável grosseria se o senhor não visitá-lo. Mas, de qualquer modo, isso não impedirá que eu o convide para jantar conosco, estou determinada. Devemos receber a Sra. Long e os Goulding em breve. Contando conosco, seremos treze à mesa e, portanto, haverá justamente um lugar para ele.

Reconfortada por essa decisão, ela conseguiu suportar melhor a falta de cortesia do marido, embora fosse muito mortificante saber que, por causa disso, todos os vizinhos veriam o Sr. Bingley antes *deles*. Conforme o dia da chegada se aproximava:

— Começo a lamentar que ele venha — disse Jane à irmã. — Não significaria nada para mim; eu poderia encontrá-lo com perfeita indiferença, mas não suporto ouvir falar constantemente nesse assunto. A intenção de minha mãe é boa; mas ela não sabe, ninguém pode imaginar, quanto sofro com o que ela diz. Ficarei feliz quando sua estada em Netherfield terminar.

— Gostaria de dizer algo que a consolasse — replicou Elizabeth —, mas está totalmente fora de meu alcance. Sei que está sofrendo, mas até mesmo a satisfação habitual de recomendar paciência aos sofredores me é negada, pois você já a tem de sobra.

O Sr. Bingley chegou. A Sra. Bennet, por intermédio dos criados, conseguiu um meio de conhecer os fatos o mais cedo possível para que seu período de ansiedade e mau humor pudesse prolongar-se ao máximo. Ela contou os dias que deviam se passar antes de o convite ser enviado sem esperança de vê-lo antes. Mas, na terceira manhã após sua chegada a Hertfordshire, ela o viu, pela janela de seu quarto de vestir, entrar a cavalo pelo portão e se aproximar da casa.

As filhas foram ansiosamente chamadas para compartilhar sua alegria. Jane continuou resolutamente sentada à mesa, mas Elizabeth, para contentar a mãe, foi até a janela. Ela olhou, viu o Sr. Darcy ao lado dele e sentou-se novamente ao lado da irmã.

— Há um cavalheiro com ele, mamãe — disse Kitty. — Quem será?

— Algum conhecido dele, minha querida, imagino; estou certa de que não o conheço.

— Ora! — exclamou Kitty —, parece aquele homem que estava sempre com ele antes. O Sr... como ele se chama mesmo? Aquele homem alto e orgulhoso.

EXERCÍCIO

Escreva uma cena de partida ou de chegada — alguém partindo para uma viagem ou um estranho chegando à cidade.

Forasteiros, foras da lei e aqueles que atravessam fronteiras

Assim como faz com visitantes, Jane Austen faz bom uso de forasteiros, foras da lei e pessoas capazes de atravessar as fronteiras da sociedade. Existiriam também muitos outros personagens sem nome, o tipo de personagem do qual Jo Baker fez um uso tão perspicaz e interessante em *As sombras de Longbourn*, que imagina a vida das pessoas dos andares de baixo e nos bastidores de *Orgulho e preconceito*.

No Capítulo 55 de *Emma*, temos os ciganos que amedrontam Harriet Smith, o farmacêutico Sr. Perry e os ladrões de galinhas, cujo retorno Emma e o Sr. Knightley usam para apressar suas núpcias.

Certa noite, todos os perus desapareceram do aviário da Sra. Weston. As criações de aves de outros proprietários da vizinhança sofreram o mesmo desfalque. Esses delitos desviaram o rumo das *preocupações* do Sr. Woodhouse. Ele ficou muito assustado [...].

E o resultado dessa aflição foi que sua filha pôde imediatamente marcar o dia do casamento diante de um alegre e voluntário consentimento que ela nem sequer poderia ter imaginado.

Foras da lei e cruzadores de fronteiras podem não ser humanos. No delicioso livro ilustrado de Inga Moore, *Six Dinner Sid*, as ações de um gato nômade reúnem os residentes de uma rua, um grupo de pessoas que nunca havia conversado antes. Sid tem seis diferentes nomes e se comporta de seis maneiras diferentes para seis diferentes "donos"[4] a fim de que possa garantir seis jantares todo dia. Tudo vai bem até o dia em que pega uma tosse. O veterinário acha estranho que seis residentes da mesma rua tenham gatos pretos idênticos com o mesmo problema...

EXERCÍCIO

Pense como forasteiros, foras da lei e aqueles que cruzam fronteiras existirão no mundo da sua história. Você pode usá-los para aprofundar sua compreensão dos outros personagens e o cenário, para acentuar a tensão ou para provocar mudança. Podem ser raposas, gatos, ratos ou pessoas — talvez alguém que veja o interior da vida das outras pessoas; por exemplo, uma faxineira, um inspetor sanitário, médico, padre ou jardineiro.

Escreva uma cena que esteja centrada nas ações de um forasteiro, de um fora da lei ou de alguém capaz de cruzar fronteiras. Como as ações de um personagem aparentemente menos significativo podem influenciar os acontecimentos de sua história? Como os diferentes personagens se sentem em relação a um forasteiro ou cruzador de fronteiras e como reagem a ele? Todo o enredo pode girar em torno das ações de uma dessas pessoas ou criaturas. Escreva de qualquer ponto de vista.

QUARTOS DOS PERSONAGENS

Fanny Price dorme num pequeno sótão pintado de branco em *Mansfield Park*. Quartos em sótãos eram geralmente ocupados por empregadas, e os leitores podem imaginar como eram bem maiores e melhores os quartos de dormir de seus primos. O outro santuário de Fanny é o quarto da ala Leste, um quarto que ninguém usa mais. Esse cômodo é descrito no Capítulo 16.

> Aquele quarto costumava ser a sala de estudos, e foi assim chamado até que as Srtas. Bertram proibiram que fosse nomeado dessa maneira. O cômodo continuava desabitado. Ali, a Srta. Lee havia morado, e todos haviam lido e escrito, conversado e se divertido até três anos antes, quando ela partiu. O quarto estava sem utilidade, e por algum tempo permaneceu vazio, exceto quando Fanny visitava as suas plantas ou desejava um dos livros, que ela lá conservava com satisfação, considerando-se a deficiência de espaço e acomodação do seu pequeno cômodo. Aos poucos, conforme valorizava mais o conforto que esse quarto oferecia, ela o incluiu em suas posses e passava cada vez mais tempo ali. Não tendo nada que interferisse, foi naturalmente se apropriando, sem muito esforço, até que todos o reconheceram como dela. O quarto da ala leste, assim chamado desde que Maria Bertram tinha dezesseis anos, era então considerado de Fanny, tanto quanto o sótão branco; o tamanho do primeiro fazia com que o uso do segundo fosse justo. As Srtas. Bertram, com seus aposentos apropriados à superioridade de suas condições, aprovavam inteiramente. A Sra. Norris, tendo estipulado que a lareira nunca poderia ser usada por Fanny, tolerou o uso de um quarto que ninguém mais queria, embora os termos com que às vezes se referia à sua indulgência parecessem inferir que aquele era o melhor cômodo da casa.
>
> O aspecto era tão favorável que, mesmo sem o uso da lareira, era perfeitamente habitável nas manhãs de primavera e nas tardes de

outono por um espírito condescendente como o de Fanny. Enquanto houvesse um vislumbre de raio de sol, ela ansiava por não precisar sair de lá, mesmo no inverno. Sentia demasiado conforto nas horas de lazer, e sempre que algo desagradável ocorria, ou quando estava envolvida com algum pensamento, ela ia para esse quarto, onde encontrava consolo imediato. Suas flores e seus livros, dos quais era uma colecionadora desde o primeiro momento em que recebeu o primeiro xelim, a escrivaninha e os trabalhos para a caridade estavam todos ao seu alcance ou se estivesse indisposta para o trabalho, se nada mais pudesse ser feito além de refletir, qualquer objeto naquele quarto lhe traria uma lembrança interessante associada. Tudo era amigável ou a fazia lembrar-se de um amigo, mesmo tendo sofrido em alguns momentos quando as suas motivações haviam sido mal compreendidas, os seus sentimentos desconsiderados e a sua compreensão subestimada. Embora tenha conhecido as dores da tirania, do ridículo e da negligência, qualquer referência a essas situações davam-lhe algum consolo. A tia Bertram teria conversado com ela ou a Srta. Lee a teria encorajado, e o que ocorria com mais frequência era o mais importante: Edmund era seu defensor e amigo. Ele defendia as suas opiniões e explicava o que ela pretendia dizer. Ele lhe dizia que não chorasse ou dava-lhe alguma demonstração de sua afeição, o que tornava as lágrimas dela encantadoras. E tudo se tornava tão coeso e harmonizado pela distância que todas as aflições se envolviam de fascínio. O quarto era muito estimado por ela, que não teria mudado os seus móveis por outros mais bonitos da casa, a despeito dos maus-tratos das crianças. A melhor e mais elegante ornamentação eram um banquinho para os pés feito por Julia, muito rústico para ser usado na sala de estar; três desenhos, feitos num momento de furor em três vidros inferiores de uma das janelas, nos quais Tintern Abbey tinha um posto naval entre uma caverna na Itália e um luar sobre o lago em Cumberland; uma coleção de retratos da família, indignos de estar em qualquer outro lugar além da parede acima da lareira, e, ao lado destes, um pequeno esboço de navio, enviado do Mediterrâneo havia quatro anos, por William, em cuja parte inferior estava escrito HMs *Antwerp*, com letras tão grandes quanto o mastro principal.

Fanny caminhava agora para esse ninho de consolo, buscando suas influências para um espírito agitado e cheio de dúvidas. Ao ver o retrato de Edmund, imaginava poder captar algum de seus conselhos, ou ao expor os gerânios à brisa, ela poderia igualmente aspirar um pouco de ânimo.

Ao contar aos leitores como é o quarto da ala leste, Jane Austen se certificou de que conhecêssemos o tipo de luz e calor que ele possuía. A Sra. Norris faz questão de que Fanny não tenha fogo na lareira; por isso, o quarto seria frequentemente frio. Mais adiante no romance, o tio de Fanny descobre isso e acerta as coisas. Essa descoberta é um pequeno incidente, mas significativo, por alertar Sir Thomas de como Fanny tem sido maltratada pela Sra. Norris. Cenas importantes se desenrolam no quarto e, quando ocorrem, sentimos que Fanny está sob ataque. No Capítulo 16, a representação teatral que precipita tanta coisa está apenas começando. Jane Austen não escreve com frequência sobre objetos particulares, mas, quando ela o faz, o leitor presta atenção. A banqueta feita por Julia, que não teria espaço em nenhum outro lugar, e os gerânios de Fanny acrescentam uma pincelada de cor no quadro que é proporcionado aos leitores. Também somos informados, muito concisamente, sobre os objetos que Fanny mais preza: seus livros, a pintura mandada por William e a pintura enviada por Edmund. É tocante ver que, Fanny tem a "coleção de perfis familiares, considerada indigna de estar em outro lugar qualquer". A maioria dessas pessoas nem sequer é gentil para com ela! Espero que não houvesse um da Sra. Norris. Fanny provavelmente teria sido educada demais para não juntá-lo aos outros, embora quase ninguém mais entrasse no quarto.

EXERCÍCIOS

1. *Ilumine sua história*. Pense em como sua história será iluminada. Romancistas e contistas podem aprender muito com cineastas, pintores e fotógrafos nesse quesito. Até que ponto são mornos/frios/quentes, brilhantes/foscos/nublados os diferentes lugares que seus personagens habitam? Pense em interiores e exteriores. Como a iluminação e a temperatura mudam durante o dia e conforme a época do ano? O que um personagem será capaz de enxergar à noite? Vem alguma luz do lado de fora? Qual é a sua cor? Os lampiões da rua ou as luzes dos outros edifícios entram pelas janelas? Como são as janelas? Estão limpas ou sujas? Qual é o formato delas? Como são as cortinas ou as venezianas? Existem lâmpadas, velas ou espelhos? Pense nos detalhes que você poderia usar para comunicar a luz ao leitor sem escrever passagens descritivas muito longas. Evite contar aos leitores que um personagem acorda e vê partículas de pó dançando nos feixes de sol — os editores já leram isso um sem-número de vezes.

   Reveja as cenas que escreveu até agora para verificar se você as iluminou bem. Você foi consistente e mostrou como os lugares mudam conforme a hora do dia ou a época do ano? Que cores você descreveu para o leitor? O que certos personagens notariam primeiro ao entrar num quarto? O que você quer que o leitor note primeiro? O que você nos conta vai depender do ponto de vista que está usando e do que você está tentando estabelecer.

2. *Crie quartos ou espaços privados para seus personagens*. Podem ser lugares no tempo presente do seu romance ou locais que os personagens lembram; podem ser quartos de dormir, escritórios, cozinhas, estúdios, galpões ou o interior de carros. Alguns personagens poderiam não ter sequer um lugar que pudessem chamar de seu ou apenas um armário ou uma mochila. Releia a descrição do

quarto da ala leste e pense nas coisas que cada um de seus personagensguarda em seu espaço. Não se esqueça de aquecer e iluminar, mas pense também em cheiros, possivelmente poeira e fuligem, sons e texturas e assim por diante. O quarto de Fanny Price poderia cheirar aos seus gerânios. Sem uma lareira, seria geralmente muito frio. O que pode ser visto da(s) janela(s) de seus quartos? Existem espaços secretos dentro de seus espaços? Use detalhes escolhidos com cuidado. O espaço de um personagem poderia estender-se ao ciberespaço. Que aplicativos usam em seus smartfones? O que eles buscam no Spotify?

Crie quartos ou espaços privados para cada um de seus personagens. Eles poderão ou não aparecer em sua obra terminada, mas, mesmo que não apareçam, esse exercício o ajudará a conhecer melhor os seus personagens.

3. *Pense nos escritores que você ama e nos lugares pelos quais eles foram inspirados*. Tente visitar esses lugares e acompanhar os passos de seus escritores favoritos. Escritores quase sempre usam espaços que conhecem em sua obra, ou na totalidade, ou tomando aspectos de diferentes lugares para criar os espaços de que necessitam. Junte fotografias, mapas, guias de viagem, folhetos, jornais locais etc.

   Para Jane Austen, visite a Casa-Museu Jane Austen em Chawton, Hampshire. Depois de visitar o museu, caminhe ao longo da estrada até a Chawton House Library, que outrora foi a casa de Edward Austen, o irmão sortudo de Jane, que herdou uma fortuna. Caminhar pelos jardins aqui e visitar o museu o ajudarão a entender a obra de Jane. A outra casa grandiosa de Edward Austen, Godmersham Park, em Kent, onde Jane e Cassandra ficavam com frequência, também merece uma visita, assim como The Vyne, uma propriedade do Patrimônio Nacional perto de Basingstoke. Os Austen eram amigos da família Churte, proprietária do local. Uma das primas dos Churte (uma parente pobre) foi trazida para viver com a família. Será que a história dessa criança teria inspirado Jane? Existem dezenas de artigos sobre "o verdadeiro Pemberley" e o "verdadeiro Mansfield Park", e você poderia também visitar as casas que eles discutem.

Muitas das cartas de Jane foram escritas de Godmersham. Elas nos dão pistas úteis sobre a vida da casa e fica claro que sua estada lá a influenciou. Jane incluía detalhes sobre pessoas particulares — por exemplo, ela sabia que seu pai gostaria de ser informado acerca das atividades agrícolas de Edward. Jane e Cassandra tiveram a mesma experiência em Godmersham — ao visitarem tias sem dinheiro —, e Jane menciona a Cassandra quanto ela pagou para aprontar seus cabelos para um baile, uma quantia que mostra que o cabeleireiro tinha noção das circunstâncias difíceis de Jane.

> O Sr. Hall partiu esta manhã para Ospringe com um butim que não deixava de ser considerável. Cobrou de Elizabeth cinco xelins para fazer seus cabelos e cinco xelins para cada lição a Sace, sem contar os prazeres de sua visita, a carne, a bebida e o alojamento, o benefício do ar campestre e os encantos do convívio com a Sra. Salkeld e a Sra. Sace. Comigo, ele teve consideração, como eu esperava, devido a meu parentesco com você, cobrando-me dois xelins e seis pence para cortar meus cabelos, embora eles fossem tão paramentados depois do corte para Eastwell como haviam sido para a reunião em Ashford. Ele certamente respeita nossa juventude ou então nossa pobreza.[5]

Bath e Lyme Regis são outros destinos obrigatórios para os janeófilos, mas não guardam os interiores que sabemos que ela habitava; por isso o inspirarão de maneiras diferentes. As casas que, sabemos, foram habitadas por Jane Austen, ou visitadas por ela, devem ter influenciado sua obra, mas sabemos que ela também fazia pesquisa, consultando Cassandra e Martha Lloyd enquanto escrevia *Mansfield Park*: "Se você puder descobrir se Northamptonshire é um condado de cercas vivas, eu ficaria feliz de novo"[6] e "sou agradecida a você por suas investigações sobre Northamptonshire, mas não desejo que você prossiga nelas, já que tenho a certeza de que conseguirei toda a informação necessária com Henry, a quem posso recorrer a qualquer momento conveniente 'sans peur et sans reproche'".[7]

Escritores precisam ser engenhosos, arrancando informação de onde quer que possam.

Um belo par de olhos

Ponto de vista

"O ponto de vista... é a janela que leva você até a história. Você só pode ver a janela se estiver no lugar certo e, quando você encontrar o lugar certo, a história quase que se escreve sozinha."

Maureen Freely[1]

JANE AUSTEN foi pioneira em sua maneira de lidar com o ponto de vista e experimentá-lo na narração de histórias. O ponto de vista é tudo.

EXERCÍCIO: A IMPORTÂNCIA DO PONTO DE VISTA

Esse é um exercício divertido para um grupo de escritores. Escolha um cenário que todo mundo conheça. Na Casa-Museu de Jane Austen, eu usei o museu como cenário, mas com estudantes universitários eu geralmente uso uma loja do Costa Coffee ou do McDonald's ou a cantina ou o bar do grêmio universitário.

Você vai precisar de uma porção de folhas de papel dobradas, contendo cada uma um breve esboço de um personagem. Use uma gama de personagens de diferentes idades e formações; por exemplo, uma criança perdida, alguém que está drogado, um inspetor de saúde e segurança, um batedor de carteiras, alguém que acabou de se apaixonar, um artista, uma pessoa cega, alguém com a perna quebrada, um cuidador tendo uma folga da pessoa que cuida, alguém que conseguiu um emprego, a mãe com três filhos abaixo dos cinco anos. Cada membro do grupo pega uma folha de papel e não deve deixar ninguém mais ver o que está escrito ali. Se a pessoa não gostar do personagem que pegou, poderá escolher outro; isso significa haver uma quantidade grande de folhas disponíveis.

Os personagens (por algum motivo) chegam ao cenário. Entram e vão até o balcão ou simplesmente circulam, dependendo da locação que você escolheu. O que eles notam? Que efeito o local causa neles? Cada membro do grupo escreve do ponto de vista do seu personagem. Escrever na primeira pessoa é preferível porque implica ter de se concentrar na voz do personagem e naquilo que eles irão notar. Usar o tempo presente pode também ajudar cada escritor a habitar o personagem e o momento. As pessoas não deveriam explicitar quem é seu personagem: não diga "Sou o inspetor de saúde e segurança". Depois de quinze minutos, as pessoas leem seus relatos. Compare-os. Se o ponto de vista for bem administrado, as pessoas deverão ser capazes de adivinhar o personagem.[2]

NARRATIVA INDIRETA LIVRE OU DISCURSO, UMA DAS INOVAÇÕES ESTILÍSTICAS MAIS IMPORTANTES DE JANE AUSTEN

Jane Austen não inventou a narrativa indireta livre, mas foi a primeira pessoa a usá-la extensa e efetivamente. A narração indireta livre dá ao escritor a vantagem de usar a primeira pessoa, assim como a liberdade de usar a terceira pessoa. Você pode mudar os pontos de vista e transmitir com eficácia os pensamentos e sentimentos de personagens individuais à medida que sua história for se desenrolando.

Características da narrativa indireta livre

1. A linguagem usada é subjetiva e indica a opinião do personagem.
2. Exclamações e interrogações podem figurar na narração.
3. Ela fixa o cenário no espaço e no tempo a partir da perspectiva do personagem.
4. Muitas vezes não é necessário indicar a quem os pensamentos pertencem — o leitor entenderá.
5. Há um grande potencial para o humor, a ironia e os mal-entendidos.

Aqui temos um exemplo do Capítulo 10 de *Emma*. Emma está tentando arquitetar uma oportunidade para que o Sr. Elton declare seu amor por Harriet Smith.

> O Sr. Elton ainda falava, parecendo entusiasmado com detalhes interessantes, e Emma ficou desapontada ao perceber que ele estava apenas contando à sua linda companheira a festa de seu amigo Cole, à qual fora no dia anterior e que ela deveria estar lá para experimentar

o queijo Stilton, o aipo, a beterraba-do-norte de Wiltshire e todas as sobremesas.

"Não teria demorado para que eles chegassem a um assunto melhor", foi o pensamento que consolou Emma, "a algo que interessasse a um jovem casal que se ama. Mas qualquer assunto serve para chegar ao que guardam em seus corações. Se eu ao menos tivesse conseguido me manter longe deles por mais algum tempo!".

Continuaram andando todos juntos lado a lado, sossegados, até que a visão da cerca do Vicariato a fez lembrar-se da intenção de fazer Harriet entrar na casa e levou-a a descobrir outra coisa errada com a bota, que, mais uma vez, a forçou a ficar para trás. Rápida, arrebentou o cordão com um movimento ágil e fingiu tropeçar em uma valeta, obrigando-os a parar e a tomar conhecimento de sua impossibilidade de caminhar até sua casa de maneira razoavelmente confortável com uma bota naquelas condições.

— O cordão da minha bota arrebentou — explicou Emma — e não sei como vou conseguir caminhar. Estou sendo uma péssima companhia para vocês, mas espero nas próximas vezes não causar tantos problemas. Sr. Elton, vejo-me obrigada a pedir-lhe que nos deixe parar em sua casa e pedir à sua governanta uma fita, um pedaço de barbante ou qualquer coisa para amarrar minha bota.

O Sr. Elton demonstrou-se muito feliz com essa oportunidade, e nada poderia superar sua rapidez e atenção em conduzi-las para a sua casa, esforçando-se para que tudo nela parecesse o melhor possível. A sala para a qual as jovens damas foram levadas era a que ele mais costumava ocupar e dava para a rua; colada a essa sala, havia outra; a porta de comunicação entre elas encontrava-se aberta, e Emma passou para a sala seguinte, a fim de que a governanta pudesse atendê-la de maneira mais confortável. Foi obrigada a deixar a porta escancarada como a encontrara, mas esperou que o Sr. Elton tomasse a iniciativa de fechá-la. Como, porém, ele não o fez, a porta permaneceu completamente aberta, e Emma então passou a tagarelar em voz alta, incessantemente, com a governanta, na esperança de dar ao jovem cavalheiro a possibilidade de falar à vontade na sala ao lado. Por dez minutos, não ouviu voz alguma a não ser a sua. Não seria possível protelar mais do que isso a retirada e viu-se obrigada a voltar para a sala da frente.

Os namorados estavam de pé junto a uma das janelas. O quadro era mais do que promissor e, por meio minuto, Emma sentiu a glória de ter sido bem-sucedida. Mas não acontecera de fato, o Sr. Elton ainda não chegara a esse ponto. Havia sido muito agradável, atencioso, dissera a Harriet que as vira passar por ali, que as seguira de propósito e expressara muitas outras pequenas galanterias e alusões gentis, mas nada dissera de sério.

EXERCÍCIOS

1. Escreva usando a narrativa indireta livre. Experimente fazer um relato de uma época em que você ou um de seus personagens interpretou algo terrivelmente errado. Não há necessidade de revelar a verdade no seu relato; simplesmente viva o momento. Se estiver escrevendo autobiograficamente, use a terceira pessoa para esse exercício.
2. Pratique entrar na pele de um personagem a fim de obter o ponto de vista certo. Este é um exercício que usa objetos para ajudar escritores a entrarem na mente de seus personagens. Existe uma coleção deles na Casa-Museu Jane Austen, que é perfeita para isso, mas você pode usar qualquer objeto que lhe interessar. Se você está num grupo de escritores, peça a todo mundo para trazer algumas coisas que encontraram em bazares de caridade ou que receberam de alguém.

   Primeiro escolha um objeto como elemento de trabalho. Às vezes são aqueles objetos obviamente menos atraentes que provocarão as reações mais imaginativas e surpreendentes, porque temos de pensar com mais afinco sobre eles. Os objetos não precisam ser muito velhos, mas devem ter tido pelo menos um dono.

Então, usando todos os seus sentidos, examine o seu objeto cuidadosamente e faça a si mesmo perguntas sobre ele. Por exemplo:

- O que ele é? Quem o fez? Como?
- Qual é sua aparência? Qual é a sensação de apalpá-lo?
- De onde veio? A quem poderia ter pertencido?
- Como eles reagiram diante dele? Gostaram ou não gostaram dele?
- Eles o usaram? Eles se apaixonaram por ele? Eles o jogaram fora? Poderiam tê-lo perdido?
- Por que ele sobreviveu para ser parte da coleção de um museu/ acabou num bazar de caridade/ foi passado adiante numa família?
- Você tem algo parecido com ele?
- Do que ele faz você lembrar? Ele desperta alguma lembrança?

Anote suas respostas. Não se censure nem se preocupe com a possibilidade de estar cometendo alguns erros. Não se esforce atrás de frases requintadas — simplesmente siga escrevendo. Gaste cerca de dez minutos nisso.

Agora reveja o que você escreveu e use suas anotações e pensamentos para criar um personagem inspirado por ou de certa forma ligado ao seu objeto. Seu personagem pode ser da mesma época que o objeto, alguém que viveu em outra época, uma pessoa que está viva hoje ou alguém no futuro. Pode ser o dono do objeto, alguém que o encontra, cuida dele, o odeia, o rouba ou... Depende de você.

Escreva então um rápido esboço do seu personagem. Inclua seu nome, idade, ocupação, com quem vive, as coisas de que mais gosta, detalhes ou idiossincrasias em sua aparência, alguma coisa pela qual ele anseie... Gaste cerca de dez minutos nisso.

Finalmente, escreva um monólogo interno para o seu personagem ou pratique escrever usando a narrativa indireta livre. Tente captar a voz do personagem. Ele poderia estar falando/pensando sobre o objeto ou sobre algo inteiramente diferente. Por exemplo, se você escolhe uma luva, o monólogo interno poderia começar assim: "Minhas luvas novas estão aqui. Não posso esperar por amanhã à noite, quando...". Ou: "As luvas novas chegaram. Ela não podia esperar pela noite em que...". Ou, se você escolheu um castiçal: "Odeio ter de polir esta coisa. Minhas mãos doem; acordei antes do amanhecer e, por mais que eu capriche, Lady Catherine acha que não é suficiente...". Ou: "Ela detestava ter de polir o castiçal. Suas mãos doíam. Estava de pé desde antes do amanhecer e sabia que, por mais que trabalhasse, Lady Catherine acharia sempre algo para criticar...". Gaste cerca de quinze minutos nisso e então continue se quiser. Você pode usar isso como o ponto de partida para um poema ou um conto.[3]

A visão do mundo do seu personagem

Reflita sobre a maneira como seu personagem vê o mundo em que vive. Mostre-nos o que ele vê. Experimente mostrá-lo olhando por uma janela, olhando através do seu escritório, caminhando para o trabalho... Não precisa ser uma cena passiva, você pode fazer algo acontecer. Repare na cena em que Emma olha pela janela na Ford's (página 203) e nessa cena do Capítulo 14 de *Persuasão* em que Anne Elliot e Lady Russell contemplam Bath.

Cada um tem seu gosto em relação a ruídos e a outros assuntos; e o barulho é inofensivo ou perturbador, mais por seu tipo que por sua intensidade. Não muito tempo depois, quando Lady Russell estava entrando em Bath em uma tarde chuvosa, tendo percorrido as extensas ruas de Old Bridge a Camden Place, em meio ao grande número de carruagens, carroças e carrinhos, os gritos incessantes dos vendedores de jornal, de leite e de pão, e o incessante tinir dos tamancos, ela não reclamou. Não, aqueles eram ruídos que pertenciam aos encantamentos do inverno: seu ânimo crescia sob sua influência; e, assim como a Sra. Musgrove, ela sentia, embora não falasse, que, após uma longa estada no campo, nada poderia lhe fazer tão bem do que um pouco de tranquila animação.

Anne não compartilhava esses sentimentos. Ela persistia em uma aversão muito determinada, embora muito silenciosa, a Bath; teve o primeiro relance das grandes construções, com suas chaminés soltando fumaça na chuva, sem qualquer desejo de observá-las melhor; considerou o progresso através das ruas, embora desagradável, muito rápido; pois quem ficaria feliz em vê-la quando chegasse? E olhou para trás, pesarosa, para o alvoroço de Uppercross e a reclusão de Kellynch.

EXPERIMENTANDO OUTRAS FORMAS DE NARRAÇÃO

Assim como Jane Austen experimentava diferentes estilos de narração, arrisque escrever de um modo que você nunca tentou (ou praticou pouco) anteriormente.

Tente usar um narrador dissimulado, objetivo ou aparentemente objetivo. Exemplos úteis a serem examinados incluem o conto "The Things They Carried", de Tim O'Brien, e partes de *O que se perdeu*, de Catherine O'Flynn. Nesse romance, ela usa a primeira pessoa, a terceira pessoa (com um pouco de narrativa indireta livre), anotações de um diário de uma criança e narração objetiva.

Tente usar diferentes modos de narração para acrescentar textura, e evite enredar o leitor nos pensamentos do personagem. Você pode usar a segunda pessoa para colocar o leitor no centro da ação e para criar humor, ironia e empatia com seu protagonista. Meus exemplos favoritos são os contos de Lorrie Moore em sua coletânea *Faça você mesma* e o romance de Mohsin Hamid *Como ficar podre de rico na Ásia emergente.*

Usar a primeira pessoa do plural pode ser realmente eficaz se você está escrevendo sobre pessoas numa situação de grupo reconhecível; por exemplo, um escritório ou uma equipe esportiva. *E nós chegamos ao fim*, de Joshua Ferris, é um exemplo notável de como isso pode ser bem-feito.

OS OLHOS DE SEU PERSONAGEM

Pense em como Jane Austen usava os olhos de seus personagens em sua obra e em como você pode utilizar olhares, troca de olhares e comunicação não verbal. Como são os olhos de seus personagens? Como eles os usam? Até que ponto sua visão é boa? Como é a iluminação onde eles vivem e trabalham em diferentes etapas do dia? Em alguns gêneros, a ausência de luz artificial pode ser realmente importante. Aqui está Elizabeth no Capítulo 43 de *Orgulho e preconceito* visitando Pemberley e olhando para um retrato do Sr. Darcy.

> A galeria de retratos e dois ou três dos principais quartos de dormir eram tudo o que lhes restava ver. A primeira continha muitos quadros interessantes; mas Elizabeth não entendia nada de arte; e, quando a criada mostrara os outros, no andar de baixo, ela desviara sua atenção para examinar alguns desenhos a *crayon* da Srta. Darcy, cujos temas eram mais interessantes e também mais compreensíveis.
>
> Na galeria, havia também muitos retratos de família, mas eles tinham pouco interesse para uma estranha. Elizabeth caminhou em busca do único cujos traços reconheceria. Afinal, um deles lhe

despertou a atenção, e ela observou a notável semelhança com o rosto do Sr. Darcy com um sorriso que ela já se lembrava de ter visto quando olhava para ela.

Deteve-se por vários minutos diante do retrato em intensa contemplação e, antes de deixar a galeria, voltou a examiná-lo. A Sra. Reynolds informou-os de que fora pintado quando o pai dele ainda estava vivo.

Mais do que nunca, havia no espírito de Elizabeth um sentimento de benevolência em relação ao retratado. Os elogios com os quais a Sra. Reynolds o havia coberto não eram pouco importantes. Que louvor é mais valioso que o de um criado bem-informado? Como irmão, senhor de terras e patrão, ela considerou que a felicidade de muitos estava sob a responsabilidade dele. Quanto de alegria e de tristeza estava em seu poder proporcionar! Quanto bem e quanto mal poderiam ser feitos por ele! Tudo o que a Sra. Reynolds dissera a seu respeito tinha sido favorável, e ela ficou diante da tela na qual seu rosto fora retratado e cujos olhos pareciam fitá-la. Elizabeth pensou na admiração do Sr. Darcy com uma gratidão que jamais sentira; recordou o ardor e suavizou as expressões de sua declaração.

O Sr. Darcy certamente apreciou observar os olhos de Elizabeth (Capítulo 6).

Ocupada em observar as atenções que o Sr. Bingley dispensava à sua irmã, Elizabeth estava longe de suspeitar que se tornava objeto de algum interesse aos olhos do amigo dele. A princípio, o Sr. Darcy nem sequer a considerara bonita; olhara para ela com desdém no baile; e, quando se encontraram novamente, observara-a apenas para criticar. Mas, assim que declarou a si mesmo e aos amigos que Elizabeth não possuía um só traço agradável, começou a achar que a bela expressão de seus olhos negros dava àquele rosto um ar excepcionalmente inteligente. A essa descoberta, sucederam-se outras igualmente humilhantes. Embora seu olhar crítico houvesse descoberto mais de um defeito na simetria das formas da jovem, foi forçado a reconhecer que sua figura era esbelta e agradável; e, apesar de afirmar que não tinha maneiras sofisticadas, sentiu-se fascinado por sua naturalidade. Elizabeth ignorava tudo isso; a seus olhos, o Sr. Darcy era apenas o homem que não sabia ser agradável em lugar algum e que não a considerara bela o bastante para merecer uma dança. Ele começou a desejar conhecê-la melhor e, como primeiro passo para falar pessoalmente com ela, passou a prestar atenção em suas conversas com os outros. Essa atitude atraiu a atenção de Elizabeth.[...]

O Sr. Darcy, com grande amabilidade, pediu a ela que lhe concedesse a honra de uma dança; mas foi em vão. Elizabeth estava decidida; e nem mesmo o Sir William conseguiu abalar sua resolução com a tentativa de persuadi-la:

— A senhorita dança tão bem, Srta. Eliza, que seria cruel negar-me a felicidade de admirá-la; e, embora este cavalheiro normalmente não aprecie esse divertimento, não fará objeção, estou certo, a nos obsequiar por uma meia hora.

— O Sr. Darcy não poderia ser mais cortês — disse Elizabeth, sorrindo.

— De fato, mas, considerando a tentação, minha cara Srta. Eliza, não é de surpreender que se mostre disposto, pois quem faria objeção a um par como a senhorita?

Uma expressão maliciosa perpassou o rosto de Elizabeth, e ela se virou. Sua resistência não ofendera o Sr. Darcy, e ele refletia sobre a jovem com certa complacência quando foi abordado pela Srta. Bingley.

— Creio que conheço o objeto de seu devaneio.

— Creio que não.

— O senhor está imaginando quanto seria insuportável passar mais noites desse modo, em tal companhia; aliás, sou da mesma opinião. Nunca me aborreci tanto! A insipidez, apesar do barulho; a insignificância, apesar do ar de importância de toda essa gente. O que eu não daria para ouvir suas críticas sobre eles!

— Sua suposição está inteiramente equivocada, asseguro-lhe. Minha mente ocupava-se de pensamentos mais agradáveis. Eu meditava sobre o imenso prazer que pode conceder um par de belos olhos no rosto de uma mulher.

A Srta. Bingley imediatamente fixou o olhar no rosto do Sr. Darcy e desejou que ele revelasse qual das damas inspirara tais reflexões. O Sr. Darcy respondeu com intensa intrepidez:

— A Srta. Elizabeth Bennet.

E, no Capítulo 8, no qual Elizabeth caminhava através dos campos até Netherfield para visitar Jane, o Sr. Darcy responde às críticas que as irmãs Bingley faziam a Elizabeth dizendo que o exercício só fazia brilharem mais seus belos olhos.

EXERCÍCIO

Escreva uma cena em que você focaliza ou inclui a maneira como um personagem usa seus olhos. O que ele vê? Como são seus olhos?

Leve, vivo e brilhante

Escrevendo diálogos

TODO ESTE livro poderia ser dedicado ao uso do diálogo por Jane Austen. Ela o usa para desenvolver seus personagens, para adiantar o enredo e, claro, para jogar com a comédia e a ironia. À medida que você vai conhecendo melhor seus personagens, suas vozes se tornarão consistentes. Seus leitores deveriam ser capazes de distingui-los por seu vocabulário, pelo ritmo de sua fala, pelas piadas que fazem, pela maneira como interrompem outras pessoas, por suas atividades, pelas palavras que usam errado, por sua gíria e seus palavrões (ou pela ausência deles) e pelo modo como usam palavras para intimidar, bajular, cativar ou se defender.

Não há coisa melhor do que ler seu diálogo em voz alta para si mesmo, a fim de que possa ouvir até que ponto ele soa natural. Encare seu trabalho de forma crítica para verificar se as vozes dos personagens são distintas. Se seus personagens forem todos do mesmo meio social, da mesma idade e da mesma área, você vai ter de trabalhar duro para garantir que não pareçam clones um do outro ou então diferentes versões de si mesmo.

É impossível misturar Lucy e Anne Steele, de *Razão e sensibilidade*, a partir de seu diálogo. Lucy é muito mais esperta e fala de maneira muito mais refinada (e odiosamente confiante e manipuladora). A obsessão de Anne por namorados é imediatamente aparente, e seu sotaque e o jeito como deixa escapar as palavras mostram sua falta de traquejo nos jogos sociais da época. Lucy frequentemente tenta calar a irmã ou mudar o rumo da conversa.

Este trecho do Capítulo 21 mostra o primeiro encontro de Elinor e Marianne com as irmãs.

> — Percebo — comentou Lucy — que a senhorita considera os pequenos Middleton mimados demais, e talvez eles o sejam mesmo, um pouco mais do que o normal. No entanto, isso é bem natural em Lady Middleton. Quanto a mim, adoro ver crianças cheias de vida e energia. Não suporto quando elas são retraídas e quietas.
>
> — Devo declarar — Elinor foi sincera — que, quando venho a Barton Park, não considero aborrecidas as crianças retraídas e quietas.
>
> Uma curta pausa seguiu-se a essas palavras. Quem rompeu o silêncio foi a Srta. Steele, que parecia muito disposta a conversar, dizendo abruptamente:
>
> — Gosta de Devonshire, Srta. Dashwood? Suponho que tenha ficado muito, muito triste, quando teve de sair do Sussex. Surpreendida pela intimidade da pergunta e pela maneira como a jovem dama falara, Elinor respondeu que, de fato, lamentara por ter vindo embora.
>
> — Norland é um lugar de prodigiosa beleza, não? — voltou a Srta. Steele.

— Ouvimos Sir John falar nele com enorme admiração — acrescentou Lucy, que parecia achar que era necessário apresentar uma espécie de pedido de desculpa pela liberdade que a irmã tomara.

— Acredito que todos *devem* admirá-lo — respondeu Elinor — quando conhecem Norland, embora ninguém seja obrigado a achar bonito o que outra pessoa considera bonito.

— Por acaso, encontrou muitos homens bonitos por aqui? Suponho que não existam muitos nesta parte do mundo. Quanto a mim, acho que eles estão sempre em falta.

— O que a faz pensar — perguntou Lucy, parecendo estar envergonhada pela irmã — que há menos cavalheiros gentis em Devonshire do que em Sussex?

— Não, minha cara. Não pretendo afirmar isso, assim como tenho absoluta certeza de que há uma grande quantidade de homens bonitos em Exeter. Mas, como é possível supor a mesma coisa a respeito de Norland, eu apenas temo que as Srtas. Dashwood se aborreçam em Barton, se aqui não houver a quantidade de jovens e lindos cavalheiros à qual estão acostumadas. Ou pode ser, quem sabe, que as senhoritas não se importem com eles e vivam bem, quer os tenham por perto ou não. Na minha opinião, acho a presença deles muito agradável, desde que se vistam bem e sejam educados. Não suporto ver um homem desleixado e sujo. Em Exeter, há o Sr. Rose, um jovem prodigiosamente inteligente, e muito bonito também, escrevente do Sr. Simpson, conhece? Porém, quem o encontra pela manhã, sabe que não é nada agradável de olhar. Suponho que seu irmão era muito bonito antes de se casar, Srta. Dashwood. Ele é rico?

— Francamente — replicou Elinor —, eu não saberia responder a essa pergunta, pois não compreendo perfeitamente o significado dessa palavra. Tudo que posso lhe dizer é que, se meu irmão era bonito antes de se casar, ainda é, porque não houve a menor alteração nele.

— Oh, meu Deus! Nunca se pensa em um homem casado como bonito, uma vez que eles têm outras coisas a fazer.

— Por favor, Anne! — horrorizou-se Lucy. — Você não sabe falar de outra coisa a não ser de homens bonitos? Vai fazer a Srta. Dashwood acreditar que não pensa em outra coisa! E, para mudar de assunto, começou a falar de quanto admirava a casa e os móveis.

Já era o bastante o que conhecera das Srtas. Steele! A liberdade vulgar e louca da mais velha não a recomendava bem, e Elinor não se deixava cegar pela beleza e a aparência cuidada da mais nova a ponto de não perceber sua falta de refinamento verdadeiro e de naturalidade. Foi embora da casa dos Middleton sem vontade de conhecê-las melhor.

Jane Austen usa as Steele para contrastar com as irmãs Dashwood, mais velhas. Marianne geralmente se exprime com entusiasmo e pode falar pelos cotovelos com Willoughby, enquanto Elinor é muito ponderada naquilo que diz. Elinor pode ser severa, é mais sensível que sua própria mãe e, como Lucy Steele, tenta conter as efusões da irmã. A fala de sua irmã pequena, Margaret, é convincente e encantadora; ela também não pode se impedir de falar o que pensa.

Aqui está Marianne em plena torrente com sua mãe no Capítulo 3.

— Edward é muito amável e eu gosto dele com ternura. No entanto... ele não é o tipo do jovem... Há algo que lhe falta... Sua aparência não é impressionante; ele não tem aquele encanto que eu esperava no homem destinado a ligar-se seriamente à minha irmã. Falta em seus olhos todo aquele espírito, aquele fogo que, ao mesmo tempo, revela virtude e inteligência. Além de tudo isso, receio, mamãe, que ele não tenha bom gosto. A música parece exercer pouca atração sobre Edward e, embora ele admire muito os desenhos de Elinor, não se trata de uma pessoa que possa entender seu valor. É evidente que, na verdade, ele não entende nada do assunto, apesar da constante atenção que lhe dá enquanto ela desenha. Edward a admira como quem ama, não como um *connaisseur*. Para me satisfazer, essas qualidades precisam estar juntas. Eu não poderia ser feliz com um homem cujo gosto não coincidisse com o meu em todos os pontos; ele precisará compartilhar os meus sentimentos; os mesmos livros e as mesmas músicas deverão encantar a nós dois. Oh, mamãe, como foi sem vida a leitura que Edward fez para nós na noite passada! Sinto muito por minha irmã. Mas, mesmo que ela tenha se aborrecido com tanta austeridade, não deu demonstrações de notá-la. Quanto a mim, eu mal podia ficar quieta em minha cadeira. Ouvir aquelas lindas frases que sempre me deixam transtornada de emoção ditas com tão impenetrável calma, com tão assustadora indiferença!

— Ele certamente teria se saído melhor com uma prosa simples e elegante. Pensei isso naquele momento, mas você lhe *daria* Cowper.

— Não, mamãe! E se ele não se animar nem mesmo com Cowper? Mas devemos reconhecer que há gostos diferentes. Elinor não reage da mesma maneira que eu e, portanto, na certa ela irá passar por cima disso e ser feliz com ele. Mas o *meu* coração se partiria se eu o amasse e o ouvisse ler com tão pouca sensibilidade. Mamãe, quanto mais conheço o mundo, mais me convenço de que nunca encontrarei um homem a quem possa de fato amar. Eu sou tão exigente! Ele deveria ter todas as virtudes de Edward, porém a personalidade e as atitudes teriam de ornamentar sua bondade com todos os demais e possíveis encantos.

Marianne é frequentemente efusiva, mas nem sempre se dá ao trabalho de falar com as pessoas e deixa que Elinor faça o esforço social requerido. Não conta apenas o que seus personagens falam, às vezes quando eles dizem pouco ou escolhem não falar é importante também.

A partir do momento em que vemos John Thorpe em *A Abadia de Northanger*, podemos adivinhar que ele é um enganador. Ele se gaba e entedia os outros com carruagens, estradas e quilometragens. Catherine começa a reparar que ele está sempre a se contradizer, e isso, sua jactância e suas blasfêmias são indicadores ao leitor de que ele não é digno de confiança. Por outro lado, o adorável Henry Tilney sabe guiar um coche muito melhor do que Thorpe e não tem nada de sua presunção e despautério. Sua conversa é sempre interessante.

EXERCÍCIO: PRESA EM UM VEÍCULO

Catherine Morland é ludibriada a sair com John Thorpe no trole dele. Emma Woodhouse cai na armadilha do Sr. Elton ao voltar de uma festa de Natal e tem dificuldades para escapar às suas investidas dentro da carruagem. Escreva uma cena em que um de seus personagens cai numa armadilha, talvez dentro de um veículo, com uma pessoa com a qual não tem nenhuma vontade de estar. Nesse exercício, concentre-se no diálogo. Seus personagens farão outras coisas também: dirigir, olhar pela janela, checar seus telefones. Certifique-se de integrar suas ações e seus gestos na conversação.

A Sra. Norris é a pior intimidadora em toda a obra de Jane Austen. Ela tem rancor de Fanny Price e a tiraniza, negando-lhe aquecimento em seu quarto, mandando-a em incumbências desnecessárias e a depreciando constantemente. A Sra. Norris talvez perceba que sua posição e a de Fanny em Mansfield Park são muito similares e, assim, quer reforçar sua superioridade. Fanny não pode protestar — é mais jovem e deve agir com respeito, e está amedrontada demais para nem sequer falar. Os atos de menosprezo e reprovação são incessantes. O que quer que Fanny faça é errado. Aqui (Capítulo 23), a tia Norris vem a pleno vapor quando Fanny é convidada para jantar pela Sra. Grant. A Sra. Norris embarca numa crítica aos Grant e tenta abalar ainda mais o espírito de Fanny dizendo que vai chover e ela vai ficar ensopada. Ela quer que Fanny seja sempre "a pior e a última".

— Ouça o que digo, Fanny; você tem muita sorte em encontrar tamanha atenção e favor! Você deve sentir-se muito agradecida à Sra. Grant por pensar em você, e à sua tia, por deixá-la ir. Você deve perceber tudo isso como algo extraordinário. Espero que tenha consciência de que não existe qualquer razão para você participar desse tipo de encontro ou mesmo para jantar fora. E não deve esperar que isso se repita ou acreditar que esse convite tenha sido uma gentileza para *você* em especial. Essa honraria destina-se a seu tio, sua tia e a mim. A Sra. Grant acredita que é cordial *conosco* ao dar atenção a você ou, então, isso nunca teria passado por sua cabeça, e você pode ter certeza de que, se a sua prima Julia estivesse em casa, você não teria sido convidada.

A Sra. Norris tinha engenhosamente destruído toda a consideração da Sra. Grant, e Fanny, que acreditou precisar dizer algo, conseguiu apenas declarar que estava muito agradecida à tia Bertram por deixá-la ir e que se empenharia em adiantar o trabalho de sua tia para evitar que a sua ausência pudesse ser sentida.

— Ah! Se dependesse disso... a sua tia pode se sair muito bem sem você ou não teria sido permitido que você fosse. *Eu* estarei aqui; então não precisa se preocupar com ela. Espero que tenha um dia muito *agradável* e que considere tudo *encantador*. Mas devo observar que cinco é um dos números mais estranhos para se compor uma mesa e não posso deixar de me surpreender com o fato de uma senhora tão *elegante* como a Sra. Grant ter ignorado isso! E em torno de sua grande mesa, que domina o cômodo terrivelmente! Se o doutor tivesse aceitado a minha mesa de jantar quando fui embora, como qualquer pessoa em seu juízo perfeito teria aceitado, em vez daquela nova e absurda mesa, literalmente maior do que a mesa daqui, teria sido infinitamente melhor! E ele seria bem mais respeitado, já que as pessoas nunca são respeitadas quando saem dos seus próprios meios. Lembre-se disso, Fanny. Apenas cinco pessoas para sentar-se em torno daquela mesa! No entanto, você terá jantar suficiente para dez pessoas, ouso afirmar.

A Sra. Norris tomou novo fôlego e continuou.

— A insensatez e a tolice das pessoas ao saírem do seu próprio nível e tentarem parecer algo mais do que são me fazem pensar que devo dar a *você* uma deixa, Fanny, agora que está indo a um evento social sem a companhia de qualquer um de nós. Eu lhe imploro para não se comportar indevidamente; você não deve falar e dar a sua opinião como se fosse uma de suas primas, a querida Sra. Rushworth ou a Julia. *Isso* nunca dará certo, acredite em mim. Lembre-se, esteja onde estiver, você deve ser humilde. Embora a Srta. Crawford tenha os modos dela no presbitério, você não deverá tentar assumir comportamento semelhante. E, em relação à hora de voltar para casa à noite, você deve deixar que Edmund tome a decisão. Deixe que ele determine *isso*.

— Sim, senhora. Eu não faria de qualquer outra maneira.

— Se chover, o que acho muito provável acontecer, já que nunca vi tamanha ameaça em um dia úmido, você deverá agir como for possível e não esperar que a carruagem seja enviada para ir buscá-la. Certamente eu não vou para casa hoje; então, a carruagem não precisará sair por minha causa; então, você deverá decidir sobre o que fazer e tomar as próprias providências.

A sobrinha achou perfeitamente razoável. Ela mesma não pensava merecer nada diferente em relação ao seu próprio bem-estar. Porém, em seguida, Sir Thomas abriu a porta e disse:

— Fanny, a que horas deseja que a carruagem venha buscá-la? — Tamanha foi sua surpresa que ela não conseguiu se pronunciar.

— Meu querido Sir Thomas! — exclamou a Sra. Norris, ruborizada de raiva. — Fanny pode caminhar.

— Caminhar? — retrucou sir Thomas com tom de indignidade enquanto entrava no aposento.

— Minha sobrinha caminhar para um compromisso de jantar nesta época do ano? Às quatro horas e vinte minutos está bem para você?

— Sim, senhor — foi a humilde resposta de Fanny, cujos sentimentos pareciam os de um criminoso diante da Sra. Norris; e, sem conseguir permanecer ao seu lado denotando tal estado de triunfo, ela seguiu o tio para fora do aposento, ainda em tempo de ouvir as palavras proferidas com fúria pela tia:

— Totalmente desnecessário! Muita gentileza! Mas Edmund vai, é verdade: então, Edmund deve decidir. Eu observei que ele estava rouco na quinta à noite.

Mas isso não poderia afetar Fanny. Ela acreditava que a carruagem seria somente para ela, e a consideração de seu tio para com ela, em contraste com as reclamações da tia, a fez derramar lágrimas de gratidão quando estava sozinha.

Fanny Price fica quieta quanto à terrível intimidação da Sra. Norris. Sir Thomas, ao menos, tenta tratá-la com bondade, mas o seu personagem pode ser mais próximo da postura de Elizabeth Bennet. Dê uma olhada na maravilhosa cena no Capítulo 56 de *Orgulho e preconceito*, em que Lady Catherine aparece do nada com a intenção de intimidar Elizabeth a não se casar com seu sobrinho, o Sr. Darcy. Lady Catherine é rude com a mãe de Elizabeth e rude também em relação à casa delas. Ela se assegura de ficar sozinha com Elizabeth pedindo para ser levada a ver o que ela chama "um recanto bonito com certo ar selvagem no seu gramado". É como se as duas mulheres fossem para um local deserto para um duelo, um duelo para o qual Elizabeth não tivera tempo de se preparar. Sabemos que Lady Catherine apreciou anteriormente a companhia de Elizabeth — quando ela estava hospedada com Charlotte e o Sr. Collins, Lady Catherine chegou até a tentar fazê-la ficar mais tempo. A situação é bem diferente agora. Lady Catherine ouviu falar que Jane deverá se casar com o Sr. Bingley, e os rumores sobre Elizabeth e o Sr. Darcy também devem ter chegado a ela. Elas estão armadas com sombrinhas e palavras.

> Assim que entraram no bosque, Lady Catherine começou a falar da seguinte maneira:
>
> — Sei que compreende, Srta. Bennet, a razão de minha viagem até aqui. Seu coração e sua consciência devem lhe revelar por que vim.
>
> Elizabeth olhou para ela com sincera surpresa.
>
> — Na verdade, está enganada, minha senhora. Não imagino o porquê da honra de vê-la aqui.
>
> — Srta. Bennet — replicou Lady Catherine em um tom irritado —, deve compreender que não sou de brincadeiras. Mas, por menos sincera que a *senhorita* prefira ser, saiba que *eu* não farei o mesmo. Meu caráter é célebre pela sinceridade e a franqueza, e em um assunto de tamanha importância, como o presente, não me mostrarei diferente do que sou. Uma notícia da mais alarmante natureza chegou a meus ouvidos há dois

dias. Disseram-me não somente que sua irmã estava às vésperas de realizar um casamento dos mais vantajosos, como também que a *senhorita*, que a Srta. Elizabeth Bennet, muito em breve deveria unir-se a meu sobrinho, meu próprio sobrinho, o Sr. Darcy. Embora eu *saiba* que isso tem de ser uma escandalosa falsidade e embora eu me recuse a ofendê-lo a ponto de supor que possa ser verdade, resolvi vir sem demora a este lugar a fim de lhe revelar claramente o que penso.

— Se a senhora acha impossível ser verdade — disse Elizabeth, corando de espanto e desdém —, não compreendo por que se deu ao trabalho de vir de tão longe. O que Sua Senhoria pretende com isto?

— Insistir para que tal notícia seja universalmente desmentida.

— Sua vinda a Longbourn para visitar a mim e à minha família — respondeu Elizabeth com frieza — seria, antes, uma confirmação; se existe tal rumor.

— Se? Finge ignorar a notícia? Não foi posta astutamente em circulação por sua própria família? Não sabe que esse boato corre por aí?

— Nunca ouvi falar em tal coisa.

— E pode declarar igualmente que não existe *fundamento* para ele?

— Não tenho a pretensão de ter a mesma franqueza que Sua Senhoria. A *senhora* pode fazer perguntas às quais *eu* escolho não responder.

— Isto é inaceitável. Srta. Bennet, exijo que me responda. Meu sobrinho lhe fez alguma proposta de casamento?

— Sua Senhoria mesma declarou que isso era impossível.

— Tem de ser; é evidente, a menos que ele não esteja em seu juízo perfeito. Mas *seus* artifícios e sedução podem tê-lo levado a esquecer, em um momento de fraqueza, o que ele deve a si próprio e a toda a sua família. É possível que o tenha seduzido.

— Se o fiz, serei a última pessoa a confessar.

— Srta. Bennet, sabe quem eu sou? Não estou acostumada a que me falem nesse tom. Sou o parente mais próximo que ele tem no mundo e tenho o direito de estar a par de seus assuntos mais íntimos.

— Mas não tem esse direito quanto aos *meus*; nem esse tipo de comportamento me obrigará a ser explícita.

— Permita que eu fale mais claramente: esse casamento, ao qual a senhorita tem a ousadia de aspirar, nunca se realizará. Não, nunca. O Sr. Darcy está noivo de *minha filha*. E agora, o que tem a dizer?

— Apenas isto: que, sendo este o caso, não precisa temer que ele me faça uma proposta.

Lady Catherine hesitou por um momento e depois respondeu:

— O noivado deles é de natureza especial. Desde a infância, foram destinados um ao outro. Era o maior desejo da mãe *dele*, bem como o meu. Planejamos essa união enquanto ainda estavam no berço. E agora, quando o desejo de ambas as partes pode ser realizado com esse casamento, ele seria impedido por uma moça de nascimento inferior, sem qualquer importância na sociedade e totalmente estranha à família! Tem alguma consideração pelo desejo dos amigos dele? Para com seu compromisso tácito com a Srta. de Bourgh? Terá perdido todos os sentimentos de delicadeza e de equilíbrio? Não me ouviu dizer que desde o nascimento ele foi destinado à prima?

— Sim, e já ouvira dizer antes. Mas o que eu tenho a ver com isso? Se não existisse outra objeção a meu casamento com seu sobrinho, o simples fato de saber que sua mãe e a sua tia queriam que ele casasse com a Srta. de Bourgh não me faria renunciar a ele. Ao planejarem o casamento, fizeram tudo o que podiam. A realização depende de outras pessoas. Se o Sr. Darcy não está ligado à prima por honra ou inclinação, por que não poderia fazer outra escolha? E, se essa escolha recair sobre mim, por que não a aceitaria?

— Porque a honra, a decência, a prudência e até o interesse a impediriam. Sim, Srta. Bennet, o interesse; pois não espere ser recebida pela família e pelos amigos dele se agir contra a vontade de todos. Será censurada, humilhada e desprezada por todos que são ligados a ele. Seu casamento será sua desgraça; seu nome nunca será mencionado por qualquer um de nós.

— Esses são graves infortúnios — replicou Elizabeth. — Mas a esposa do Sr. Darcy terá tantos motivos de felicidade devidos à sua situação que, em última análise, não terá motivo para se arrepender.

— Menina teimosa e obstinada! Envergonho-me de você! E esta é a gratidão com que me paga as atenções com que a cumulei na primavera? Acha que não me deve nada por isso?

— Vamos nos sentar. Deve compreender, Srta. Bennet, que vim decidida a fazer valer minha vontade, e nada poderá me dissuadir. Não fui habituada a me submeter aos caprichos dos outros. Não estou habituada a que resistam a meus desejos.

— *Isso* tornará sua situação presente mais lamentável, mas não terá efeito algum sobre mim.

— Não serei interrompida. Ouça-me em silêncio. Minha filha e meu sobrinho foram feitos um para o outro. Ambos descendem pelo lado materno da mesma linhagem nobre; e, pelo lado paterno, de famílias respeitáveis, honradas e antigas, embora sem título. As fortunas de ambos os lados são magníficas. É voz unânime nas respectivas famílias que estão destinados um ao outro. E quem pretende separá-los? As pretensões ambiciosas de uma jovem sem família, relações ou fortuna. Isso deve ser tolerado? Não deve ser e não será. Se pesasse seus próprios interesses, não desejaria sair da esfera em que foi criada.

— Não acharia que o casamento com seu sobrinho me tiraria dessa esfera. Ele é um cavalheiro; eu sou a filha de um cavalheiro. Portanto, somos iguais.

— De fato. A senhorita *é* a filha de um cavalheiro. Mas quem era sua mãe? Quem são seus tios e tias? Não pense que ignoro a situação deles.

— Qualquer que seja a situação deles — respondeu Elizabeth —, se seu sobrinho não faz objeção, eles não podem dizer respeito à *senhora.*

— Diga-me francamente: está noiva dele?

— Embora Elizabeth não quisesse responder a essa pergunta, pois a resposta agradaria Lady Catherine, não pôde se impedir de dizer, depois de pensar por alguns instantes:

— Não.

Lady Catherine pareceu ficar satisfeita.

— E promete nunca aceitar tal compromisso?

— Não farei promessas dessa espécie.

Lady Catherine decidiu que a confrontação terá lugar e então arranja para que vão sozinhas até o local "selvagem". Sua carruagem e a "acompanhante" ficam ao portão, como que para uma retirada estratégica. Durante a conversa, Elizabeth permanece polida — ela perderia a dignidade e a vantagem moral se fosse deliberadamente rude —, embora seu ânimo seja realmente testado, mas ela é capaz de rebater todos os golpes de Lady Catherine e também de acertar muitos sarcasmos próprios, colocando em relevo o ridículo daquilo que sua adversária está tentando fazer.

Existe muito a ser extraído desta cena, além, naturalmente, do puro deleite:

1. *As palavras em si.* Diálogos brilhantes e complexos como esse necessitam de muito polimento para ser bem-sucedido.

2. *As diferenças no modo como os personagens falam e a duração de suas falas.* Lady Catherine não sabe quando parar, e sua invectiva e intimidação geralmente se prolongam por parágrafos; as respostas de Elizabeth tendem a ser muito mais curtas. Lady Catherine se revela solitária e pomposa. Embora fique realmente perturbada com o que Lady Catherine diz, Elizabeth mostra que ela é páreo para qualquer um.

3. *As pausas na conversação.* Os leitores, bem como os personagens, às vezes precisam fazer uma pausa ou recuperar o fôlego para apreciar mudanças que ocorreram ou o impacto do que foi dito.

4. *As instruções de cena que recebemos.* São poucas durante essa acalorada conversa. Somos informados de que estão caminhando pelo pequeno bosque. (Haveria caminhos; não estão se arrastando pelo capinzal.) Lady Catherine diz que elas deveriam sentar-se, mas depois é Elizabeth quem se levanta e diz que quer voltar a casa. Existe um jogo de poder nesses movimentos também. Algumas vezes é preciso suplementar a fala com uma porção de

gestos ou ações enquanto seus personagens não estão dizendo o que pensam, mas aqui as palavras não são economizadas (por Lady Catherine, de qualquer modo), e o que é dito comunica quase tudo. Em contraste, há uma cena no Capítulo 34 de *Mansfield Park* em que Henry Crawford está sendo realmente muito gentil, e as ações de Fanny, mais do que suas palavras, falam por ela. Ela interrompe o que está fazendo e se permite ouvi-lo lendo e (quase) se deixar fascinar.

O leitor se sentirá tão ofegante quanto Elizabeth depois desse encontro. Jane Austen termina a cena e o capítulo rapidamente com a carruagem de Lady Catherine se afastando e Elizabeth evitando dar qualquer explicação à sua mãe. Depois de uma cena tão dramática, você precisa dar ao leitor um momento para respirar e refletir sobre o que aconteceu. O capítulo seguinte começa com Elizabeth considerando as implicações da visita de Lady Catherine. Ela é então chamada para falar com seu pai, que recebera uma carta do Sr. Collins. Essa carta se refere ao noivado de Jane com o Sr. Bingley e também adverte Elizabeth contra se casar com o Sr. Darcy, uma vez que isso seria contrário aos desejos de Lady Catherine. O Sr. Bennet quer que Lizzy ria com ele do ridículo da sugestão de que ela e o Sr. Darcy pudessem casar-se. Estão muito acostumados a rir juntos das doidices dos outros, mas Elizabeth é mergulhada em mais confusão e dúvida. O capítulo termina assim:

— Oh! — exclamou Elizabeth. — Estou extremamente entretida. Mas tudo isso é tão estranho!

— Sim, e é *isso* o que torna tudo tão engraçado. Se tivessem escolhido outro homem qualquer, seria insignificante; mas a perfeita indiferença dele e *sua* manifesta antipatia tornam a suposição deliciosamente absurda! Por mais que eu abomine escrever, jamais desistiria da correspondência com o Sr. Collins. Não, quando leio uma carta dele, não posso deixar de preferi-lo até a Wickham, por mais que preze a impudência e a hipocrisia de meu genro.

— Conte-me, Lizzy, que disse Lady Catherine sobre esse boato? Ela veio para recusar seu consentimento?

A essa pergunta, sua filha respondeu apenas com uma risada; e, como a pergunta fora feita sem a mínima suspeita, ela não se sentiu embaraçada. Elizabeth jamais sentira tamanha dificuldade em esconder seus sentimentos. Era necessário rir, quando teria preferido chorar. O pai a tinha mortificado da forma mais cruel com o que dissera a respeito da indiferença do Sr. Darcy, e a ela só restava surpreender-se diante daquela falta de sensibilidade ou temer, talvez, que o pai não tivesse percebido *pouco*, mas que ela tivesse fantasiado *muito*.

Note a maneira como Jane Austen faz oscilar a atmosfera entre cenas e capítulos. Você pode achar útil pensar nos diferentes climas em termos de cores e imaginar suas páginas coloridas à medida que for trabalhando. Como os contrastes de atmosfera funcionarão? Você tem contrastes suficientes? Assim que tiver um rascunho, experimente desenhar linhas nas margens com canetas de cores diferentes para indicar atmosferas diferentes. Faça isso para todo o seu rascunho usando uma cor para cada personagem, a fim de verificar se alguém está dominando de uma forma que você não intencionava ou desaparecendo por tanto tempo que o leitor esquecerá o personagem. Você deveria também usar diferentes cores para tipos particulares de escrita: diálogo, exposição, passagens descritivas, lugares onde você se concentra nos pensamentos do personagem (muito provavelmente por tempo demais) e assim por diante.

As palavras faladas pelas personagens femininas de Jane Austen são tão reveladoras porque ela escrevia numa época em que a capacidade de atuação das mulheres era fortemente restringida. As palavras das mulheres, por conta disso, muitas vezes tinham de falar mais alto do que suas ações. Naturalmente, algumas mulheres — aquelas mais ricas, mais poderosas e mais confiantes do que a maioria — eram relativamente livres para fazer o que quisessem.

A grosseria de Emma para com a Srta. Bates no piquenique de Box Hill mostra como ela caíra sob a influência maligna de Frank Churchill. Em *Mansfield Park*, se Edmund Bertram tivesse dado a devida atenção ao que a enganadora Mary Crawford dissera, ele não teria caído sob o seu encanto. Fanny Price nunca teria feito gracejos picantes ou falado injuriosamente da Igreja. Edmund leva o romance inteiro para se dar conta de que Fanny, e não Mary, é a mulher certa para ele, embora no Capítulo 6 ele fique chocado com a troça de Mary Crawford.

— A Srta. Price tem um irmão marinheiro — disse Edmund [...]

— Marinheiro? Sob os serviços do rei, naturalmente.

Fanny preferiria que Edmund pudesse contar a história, mas o seu silêncio determinado a obrigava a revelar a situação do irmão. A voz dela demonstrava seu entusiasmo ao falar da profissão do irmão e dos lugares que tinha visitado, mas não pôde conter as lágrimas ao mencionar o número de anos em que ele estava ausente. A Srta. Crawford educadamente desejou que ele fosse promovido em breve.

— Você sabe algo a respeito do capitão do meu primo? — perguntou Edmund. — Capitão Marshall? Você tem muitos contatos na Marinha, não?

— Entre os almirantes, bastante. — E continuou com um ar de grandeza: — Nós conhecemos muito poucos de patentes inferiores. Embora os capitães sejam bons homens, não os conhecemos. Mas sobre diversos almirantes, poderia lhes falar bastante a respeito. Sobre eles e suas bandeiras, seus soldos, suas contendas e ciúmes. Mas, em geral, posso assegurá-los de que são desprezados e subvalorizados. Certamente, a convivência na casa do meu tio fez com que eu conhecesse um círculo de almirantes. De *contras e vices*, eu vi bastante. Agora, não suspeitem de que seja um trocadilho, eu suplico.

Edmund novamente ficou sério e limitou-se a comentar:

— É uma profissão nobre.

— Sim, a profissão é nobre o suficiente sob duas circunstâncias: se fizer fortuna e caso haja discrição no seu uso. Mas, em suma, não é uma de minhas profissões favoritas e nunca a vi pessoalmente com muito bons olhos.

Não é apenas *o que* seus personagens dizem que é importante; é quanto eles dizem, se falam *muito* ou se falam *pouco*. Em contraste com o fala-mansa Frank Churchill, que tem passado sua lábia e flertado por toda Highbury, o Sr. Knightley encontra dificuldades em expressar a profundidade de seu amor por Emma (Capítulo 49):

— Não posso fazer discursos, Emma — prosseguiu o Sr. Knightley, em um tom suave e sincero que denotava uma profunda e convincente ternura. — Talvez se a amasse menos, eu conseguisse dizer mais. Mas você sabe como eu sou. Nunca ouviu de mim senão a verdade. Eu a acusei, a repreendi e você suportou tudo como nenhuma outra mulher na Inglaterra o faria. Escute as verdades que vou lhe dizer agora, querida Emma, como sempre tem feito. O modo que vou dizê-las talvez as recomende muito pouco... Deus sabe que tenho sido um apaixonado muito indiferente. Mas você me compreende. Sim, veja, você compreende meus sentimentos e os retribuirá se puder. No momento, peço-lhe apenas que me permita ouvir sua voz, pelo menos uma vez.

Em *Razão e sensibilidade*, Marianne Dashwood acha Willoughby fácil de conversar, e ele parece compartilhar todos os entusiasmos e opiniões dela. É fácil para ela se deixar arrebatar, algo que Elinor logo ressalta no Capítulo 10:

— Bem, Marianne — disse Elinor, assim que ele as deixou —, para apenas *uma* manhã, acho que você se saiu muito bem. Conseguiu averiguar a opinião do Sr. Willoughby em quase todos os pontos importantes. Sabe o que ele pensa de Cowper e de Scott, tem certeza de que ele avalia as belezas desses autores como merecem e obteve a constatação de que ele admira o papa não mais do que é apropriado. Mas quanto tempo o relacionamento de vocês vai suportar essa exposição e análise tão rápidas de cada tema de conversa? Logo terão esgotado todos os tópicos favoritos de cada um. Então, o encontro seguinte bastará para expor as opiniões dele sobre belezas pictóricas, sobre segundos casamentos, e vocês não terão mais nada para conversar.

Em *Orgulho e preconceito*, se Elizabeth Bennet tivesse parado para pensar, teria percebido que Wickham estava falando demais. Só retrospectivamente ela se dá conta de que o fato de Wickham se mostrar tão ávido de enxovalhar o caráter do Sr. Darcy com histórias fictícias deveria despertar um sinal de alerta nela. Aqui eles estão na casa da tia de Elizabeth, no Capítulo 16. Wickham imediatamente começa a se insinuar e a aferir o que se conhece localmente do Sr. Darcy e dele. Elizabeth muitas vezes acha que não deveria perguntar mais, que fazer isso seria bastante indelicado, mas, sempre que sua conversa sobre o Sr. Darcy está chegando a um fim, Wickham a reinicia. Elizabeth foi fisgada.

O Sr. Wickham era o felizardo para quem se dirigiam quase todos os olhares femininos, e Elizabeth, a feliz eleita ao lado da qual ele se sentara; e a forma agradável como ele imediatamente iniciou uma conversa, embora o assunto se limitasse apenas à noite úmida que fazia e à probabilidade de uma estação chuvosa, a fez sentir que até a maior banalidade podia tornar-se interessante graças à arte do narrador.

Diante de uma rivalidade tão desigual pela atenção, com a presença do Sr. Wickham e dos oficiais, o Sr. Collins pareceu mergulhar na insignificância; para as moças, ele não era nada, sem sombra de dúvida, mas esporadicamente encontrava na Sra. Philips uma ouvinte gentil e era, graças à sua atenção, servido de café e biscoitos em abundância.

Quando as mesas de jogo foram colocadas, ele teve a oportunidade de retribuir aquelas amabilidades, oferecendo-se como seu parceiro de uíste.

— Sou um pouco fraco no jogo atualmente — disse ele —, mas aproveitarei de boa vontade a presente oportunidade para me aperfeiçoar, pois em minha atual posição...

A Sra. Philips ficou muito grata pela atitude, mas não podia esperar para ouvir as razões.

O Sr. Wickham não jogava uíste, e sua presença foi recebida com prazer na outra mesa, entre Elizabeth e Lydia. A princípio, pareceu haver certo perigo de que Lydia monopolizasse sua atenção, pois conversava com grande entusiasmo, mas, como também era grande apreciadora de bilhetes de loteria, logo estava tão interessada no jogo, tão ávida por apostar e exclamar seus prêmios que não dispensava particular atenção a ninguém. Assim, o Sr. Wickham ficou à vontade para falar com Elizabeth, que muito desejava ouvi-lo, embora não tivesse a esperança de que ele contasse o que ela mais desejava: a história de suas relações com o Sr. Darcy. Ela não ousou sequer mencionar o nome daquele cavalheiro. Sua curiosidade, entretanto, foi inesperadamente aliviada. O próprio Sr. Wickham introduziu o assunto. Perguntou qual a distância que separava Netherfield de Meryton; e, depois de ouvir a resposta, perguntou, hesitante, há quanto tempo Sr. Darcy estava lá.

— Há um mês, mais ou menos — respondeu Elizabeth; e em seguida, para não deixar o assunto morrer, acrescentou: — Ouvi dizer que ele tem uma grande propriedade em Derbyshire.

— Sim — replicou Wickham —, ele tem uma bela propriedade. Dez mil libras líquidas por ano. A senhorita não poderia encontrar melhor informante do que eu sobre esse assunto, pois desde a infância conheço a família intimamente.

Elizabeth não pôde evitar manifestar espanto.

— Sua surpresa, Srta. Bennet, é muito natural, após ter visto com que frieza nos cumprimentamos ontem. Conhece intimamente o Sr. Darcy?

— Não queria conhecê-lo mais do que conheço. Passei quatro dias na mesma casa que ele e o considero muito desagradável.

— Não tenho o direito de manifestar *minha* opinião — disse Wickham — sobre ele ser ou não agradável. Não estou qualificado para formar um juízo. Eu o conheço há tanto tempo e tão bem que não seria um bom juiz. Para mim, é impossível ser imparcial. Mas acredito que sua opinião surpreenderia a todos, e talvez nunca a exprimisse tão categoricamente em outro lugar. Aqui a senhorita está entre sua própria família.

— Dou-lhe a minha palavra de que não falo *aqui* de maneira diferente de como falaria em qualquer outra casa das redondezas, exceto em Netherfield. O Sr. Darcy não é benquisto em Hertfordshire. Todos o acham insuportavelmente orgulhoso. O senhor não encontrará outra opinião mais favorável a seu respeito.

— Não posso fingir lamentar — disse Wickham após uma breve interrupção — que ele ou qualquer outro homem não seja apreciado além do que merece; mas no caso *dele* acho que isso não acontece com frequência. A sociedade se deixa cegar por sua fortuna e por sua importância ou se deixa atemorizar por suas maneiras altivas e despóticas, e o vê apenas como ele deseja ser visto.

— Mesmo o conhecendo tão pouco como *eu* o conheço, acho que é um homem de mau gênio.

O Sr. Wickham se limitou a balançar a cabeça.

— Pergunto-me — disse Wickham, na oportunidade seguinte de conversa — se ele pretende se demorar por aqui.

— Não tenho a mínima ideia, mas não ouvi falar a respeito de sua partida quando estive em Netherfield. Espero que seus planos em favor de ...shire não sejam afetados pela presença dele nestas redondezas.

— Oh, não. Não serei *eu* a deixar que o Sr. Darcy *me* enxote daqui. Se *ele* quiser evitar encontrar-se *comigo*, ele é quem deve partir. Não estamos em termos muito amigáveis, e é desagradável vê-lo, mas não tenho outros motivos para evitá-*lo* senão aqueles que afirmo diante de todos: a consciência de ter sido tratado injustamente por ele e o desconforto que me causa seu feitio desagradável. O pai dele, Srta. Bennet, o falecido Sr. Darcy, foi um dos melhores homens que já pisaram sobre a Terra, e o melhor amigo que já tive; e eu sou incapaz de estar na presença do atual Sr. Darcy sem me sentir ferido por mil lembranças tristes. Sua conduta em relação a mim tem sido escandalosa, mas creio realmente que o perdoaria por toda e qualquer coisa, contanto que ele não desgraçasse a memória do pai.

Elizabeth sentiu crescer o interesse e ouviu-o com toda a atenção, porém a delicadeza do assunto impedia maiores investigações.

O Sr. Wickham abordou outros temas de natureza menos especial: Meryton, a vizinhança, a sociedade, e pareceu muito satisfeito com tudo o que vira, referindo-se especialmente a esta última com sutil, mas muito perceptível, galanteria.

— Foi a perspectiva de uma vida social intensa e de boa qualidade — ele adicionou — o que mais me incentivou a aceitar o posto em ...shire.

Sabia que era um dos regimentos mais respeitáveis, e meu amigo Denny me tentou ainda mais com a descrição que fez da sociedade de Meryton, das grandes atenções que tinha recebido e das excelentes relações que fizera. Confesso que a sociedade me é necessária. Sofri certos desenganos e meu espírito não tolera a solidão. *Preciso* de uma ocupação e de vida social. A vida militar não era meu objetivo, mas as circunstâncias a tornaram aceitável. Minha carreira *devia* ter sido o clero. Fui educado para ingressar na Igreja, e neste momento eu teria uma posição importante, se assim tivesse desejado aquele cavalheiro de quem falávamos ainda agora.

— Verdade?

— Sim. O falecido Sr. Darcy me legara a melhor paróquia de seus domínios. Era meu padrinho e me dedicava grande afeição. Nunca poderia pagar o que lhe devo. Ele tencionava velar por meu futuro e pensou que o tivesse feito, mas, quando o lugar vagou, foi dado a outra pessoa.

— Santo Deus! — exclamou Elizabeth. — Como *isso* pode ter acontecido? Como a vontade dele pôde ser desrespeitada? Por que o senhor não procurou uma reparação legal?

— Os termos da herança eram informais. Não havia fundamento para uma ação legal. Um homem de honra não questionaria as disposições paternas, mas o Sr. Darcy preferiu questioná-las... ou tratá-las como uma mera recomendação. Afirmou que eu tinha perdido todo o direito ao lugar que pleiteava por minha extravagância e minha imprudência; enfim, por algum motivo qualquer. O certo é que o lugar ficou vago há dois anos, no momento exato em que eu atingia a idade exigida para ocupá-lo, e foi entregue a outra pessoa; e não é menos certo que eu nada tenha feito para desmerecê-lo. Tenho um gênio franco e impulsivo e talvez algumas vezes tenha manifestado minha opinião *sobre* ele com demasiada liberdade. Não me lembro de ter feito nada mais grave. Mas o fato é que somos homens muito diferentes e que ele me detesta.

— Isso é revoltante! Ele merece ser desonrado em público.

— Mais cedo ou mais tarde, *será*, mas não por mim. Enquanto a memória do pai dele viver em *mim*, jamais o provocarei ou denunciarei.

Elizabeth o admirou por tais sentimentos e o achou ainda mais bonito quando *ele* os expressou.[...]

— Que tipo de moça é a Srta. Darcy? [Elizabeth prossegue, com essa pergunta.]

Ele sacudiu a cabeça.

— Eu gostaria de responder que ela é amável. Causa-me mágoa falar mal de um Darcy. Mas é extremamente parecida com o irmão. Muito, muito orgulhosa. Quando criança, era bastante afetuosa e agradável, e gostava muito de mim; e eu devotei horas e mais horas a seu divertimento. Mas agora ela já não representa mais nada para mim. É uma bela jovem de quinze ou dezesseis anos e, dizem, muito prendada. Desde a morte do pai, vive em Londres em companhia de uma senhora que orienta sua educação.

Esta cena é construída de maneira tão habilidosa que um feliz novo leitor do romance acompanhará o ponto de vista de Elizabeth e muito provavelmente acreditará nas histórias mentirosas sobre a covardia do Sr. Darcy. A maneira como Wickham fala de Georgiana Darcy, que ele tentara seduzir — algo que hoje chamaríamos de aliciamento ou rapto —, chamamos de sedução e abdução, é particularmente odiosa.

Em *Razão e sensibilidade* vemos o mesmo tipo de confidências manipuladoras praticadas por Lucy Steele sobre Elinor Dashwood. Sentindo que ela é uma ameaça ao seu domínio sobre Edward Ferrars, Lucy conta a Elinor — que ela mal conhece — do seu noivado secreto.

DIÁLOGO, AÇÃO E MAL-ENTENDIDOS

Uma das habilidades principais ao escrever diálogos consiste em transmitir o que é entendido e o que é mal-interpretado. *Emma*, com seus enigmas e erros, é uma aula magistral de Jane Austen nessa área. No Capítulo 9, ficamos sabendo que Harriet Smith está "colecionando e transcrevendo todo tipo possível de charada que lhe vem ao conhecimento em um volume em quarto de papel fino que um amigo fizera para ela, ornamentado com cifras e troféus. Naquela época da literatura, tais coletâneas em grande escala não são incomuns. A Srta. Nash, diretora da escola da Sra. Goddard, havia escrito pelo menos trezentas; e Harriet, que recebera a primeira sugestão dela, esperava, com a ajuda da Srta. Woodhouse, conseguir muito mais."[1]

Emma consegue resolver o enigma que o Sr. Elton deixou para elas ("Corte"), mas acha que ele é dirigido a Harriet e não a ela. A cena em que os personagens olham a pintura que Emma fez de Harriet é um excelente estudo de como estruturar uma cena e mostrar as diferentes formas como as pessoas interpretam as coisas. As pessoas raramente ficam imóveis quando falam; mesmo que seja apenas examinar suas unhas ou olhar por cima do ombro da pessoa a quem deveriam estar escutando, elas quase sempre fazem alguma coisa. Num de meus contos favoritos de Raymond Carver, "Boxes", o narrador está ao telefone tendo uma conversa difícil com sua mãe, mas o tempo todo fica olhando por uma janela, observando um homem em cima de uma escada consertando linhas telefônicas.

Pense no que seus personagens fazem em cada cena e como isso afeta seu diálogo. Geralmente ajuda uma cena dar a eles a atividade com limite de tempo — algo que pode ser fazer uma omelete ou assistir a um jogo de futebol. Jane Austen usava todo tipo de coisa para estruturar suas cenas — danças, jogos de cartas, caminhadas, refeições, passeios de carruagem, idas ao teatro. A ação e o diálogo funcionam juntos. Nos séculos XVIII e XIX, visitas sociais seguiam uma etiqueta rigorosa, de modo que seus leitores saberiam que, se uma pessoa em particular aparecia para uma visita, ela ficaria por um tempo considerável.

Examine o modo como os personagens interpretam mal uns aos outros e também traem sua própria índole e seus sentimentos nessa passagem do Capítulo 6 de *Emma*. Emma mostra ao Sr. Elton alguns dos retratos que ela já fez, terminando com um do marido de sua irmã, John Knightley. Ela explica que havia prometido deixar de pintar retratos porque sua irmã fazia pouco-caso de seus esforços... "Mas por Harriet ou, na verdade, por mim mesma, e como não existem maridos e mulheres no caso presente, eu romperei minha resolução agora."

O Sr. Elton se apropria do que ela disse e o toma como um encorajamento, repetindo:

— Sem dúvida, atualmente não existem esposas nem maridos *no caso*, como a senhorita observou. Exatamente isso, nem esposas nem maridos...

Ele disse essas palavras com tanto sentimento que Emma chegou a considerar se não seria melhor deixá-los a sós naquele momento. Mas queria desenhar, e a declaração podia ser adiada por mais algum tempo.

Não tardou a determinar o tamanho e o tipo do retrato. Seria um corpo inteiro em aquarela, como o do Sr. John Knightley, e, se ficasse satisfeita com o resultado, seria pendurado acima da lareira.

Começou a sessão de pintura. Sorrindo, corando, com medo de não conseguir manter a pose e a expressão, Harriet apresentava um ar encantador e jovial aos olhos atentos da artista. Mas era impossível trabalhar com o Sr. Elton atrás dela, observando cada traço. Ela lhe deu crédito por ele ter-se colocado em uma posição de onde podia olhar à vontade sem ofender Harriet. Ainda assim, foi obrigada a dar um fim naquilo e a pedir que ficasse a uma distância da qual pudesse acompanhar o trabalho sem atrapalhar. Então, de súbito, ocorreu-lhe que podia ocupá-lo fazendo-o ler.

— Se ele fosse tão bondoso a ponto de ler para elas, seria uma grande gentileza! Isso tornaria o trabalho dela mais divertido e diminuiria o aborrecimento da Srta. Smith.

O Sr. Elton se dispôs a ler com grande prazer. Harriet ouvia, e Emma desenhava em paz. Tinha apenas de permitir que ele frequentemente fosse dar uma olhada; exigir menos do que isso seria pedir demais a um apaixonado e ele mantinha-se atento: à menor imobilização do creiom, saltava em pé, ia verificar o progresso e encantava-se. Não havia como zangar-se com um assistente tão encorajador, pois a admiração dele o fazia discernir parecenças no desenho quando isso ainda era impossível. Emma podia não respeitar o olho dele, mas seu amor e sua complacência eram excepcionais.

A sessão foi muito satisfatória de maneira geral, e a artista gostou bastante do primeiro dia de trabalho, tanto que se animou a continuar. Havia muita semelhança, ela fora feliz na escolha da pose e fez também uma pequena melhoria na figura, aumentando-lhe um pouquinho a altura, o que lhe proporcionou mais elegância. Estava confiante de que faria um bonito quadro e que faria jus às duas: seria um eterno memorial da beleza de uma, da habilidade da outra e da amizade de ambas, além de muitas outras agradáveis associações que a afeição do Sr. Elton prometia.

Harriet deveria posar outra vez no dia seguinte, e o Sr. Elton, como era de esperar, solicitou permissão para estar presente e ler de novo.

— Com certeza! Ficaremos felizes em tê-lo conosco.

As mesmas gentilezas e cortesias, o mesmo sucesso e satisfação tiveram lugar no outro dia e acompanharam todo o progresso do quadro, que foi rápido e bem-sucedido. Agradava a todos que o viam, mas o encanto do Sr. Elton era contínuo, e ele o defendia de toda e qualquer crítica.

— A Srta. Woodhouse deu à amiga a única beleza que lhe falta — comentou a Sra. Weston para ele, sem desconfiar que estava se dirigindo a um apaixonado. — A expressão dos olhos está correta, mas a Srta. Smith não tem aquelas sobrancelhas e aqueles cílios. São as únicas coisas que faltam ao seu rosto.

— A senhora acha? — replicou ele. — Não posso concordar. O retrato me parece perfeito e semelhante em cada traço. Jamais vi tanta fidelidade na minha vida. É preciso considerar o efeito das sombras, a senhora sabe.

— Você a fez alta demais, Emma — observou o Sr. Knightley. Emma sabia que havia feito isso, mas nunca o admitiria, e o Sr. Elton interferiu:

— Oh, não! Não muito mais alta, com certeza. Repare que ela está sentada... o que, naturalmente, confere uma diferença considerável... e o quadro dá exatamente a ideia... As proporções precisam ser preservadas, como o senhor sabe. Proporções, perspectivas... Oh, não! Dá a ideia exata da altura da Srta. Smith. Exatamente, sem dúvida.

— Está muito bonito — disse o Sr. Woodhouse. — Muito bem pintado! Como os seus quadros sempre costumam ser, minha querida.

Não conheço ninguém que desenhe tão bem quanto você. A única coisa que não gosto tanto é que ela parece estar sentada ao ar livre, apenas com um pequeno xale sobre os ombros... e faz com que se tenha medo de apanhar um resfriado.

— Mas, papai querido, trata-se de um dia de verão, um dia quente de verão. Veja a árvore.

— Mas nunca é seguro ficar sentado lá fora, meu bem.

— O senhor pode pensar assim — argumentou o Sr. Elton —, mas devo confessar que considerei uma ideia muito feliz colocar a Srta. Smith ao ar livre, e essa árvore tem um toque impressionante de vida! Qualquer outro ambiente seria muito descaracterizado. A ingenuidade das maneiras da Srta. Smith... e tudo o mais... oh, é admirável! Não posso desviar meus olhos da pintura. Jamais vi tanta fidelidade.

O próximo passo foi emoldurar o quadro, e então surgiram algumas dificuldades. Era preciso fazê-lo imediatamente e, para isso, a tela pintada teria de ser enviada a Londres. A escolha da moldura deveria ser feita por uma pessoa inteligente e de bom gosto. Isabella, que costumava encarregar-se desses afazeres, não podia cuidar disso no momento, pois era dezembro e o Sr. Woodhouse não suportava a ideia da filha saindo do aconchego de sua casa para as ruas repletas da terrível neblina característica do mês. Mas, assim que o problema foi conhecido pelo Sr. Elton, deixou de existir. Sua galanteria estava sempre alerta. "Ele poderia encarregar-se dessa missão e teria infinito prazer em executá-la! Podia cavalgar até Londres a qualquer momento. Era impossível dizer quanto se sentia honrado por realizar tal incumbência."

"Ele era tão bondoso!" Emma não podia nem sequer pensar nisso! Não queria encarregá-lo de uma das missões mais aborrecidas do mundo. Provocou o número necessário de súplicas e garantias de que não seria problema algum, e então o impasse foi desfeito em poucos minutos.

O Sr. Elton levaria a pintura a Londres, escolheria a moldura e daria todas as orientações necessárias. Emma preocupou-se e perguntou-lhe se ela poderia empacotar o quadro de modo a garantir-lhe segurança, porém sem que o incomodasse muito, enquanto ele se mostrava temeroso por não ser incomodado o bastante.

— Que precioso encargo! — disse, com um suspiro terno, ao receber a tela.

"Este homem parece-me quase galante demais para quem está apaixonado", pensou Emma. "É a minha impressão, mas creio que existem cem maneiras de estar apaixonado. Ele é um excelente jovem cavalheiro e serve perfeitamente para Harriet. Exatamente, sem dúvida... como ele mesmo diz. Mas vive suspirando, languidamente; e desmancha-se em mais elogios do que eu poderia suportar se fosse o principal objeto de suas atenções. Já recebo uma boa quantidade deles sendo apenas um alvo secundário... Mas é a consideração dele por Harriet."

A Sra. Weston, sensível e cheia de tato, salienta que as sobrancelhas e os cílios de Harriet não são exatamente como Emma os pintou. O Sr. Elton só é capaz de ver perfeição na pintura de Emma, perfeição que Emma julga que ele vê em Harriet. O Sr. Knightley diz a Emma que ela "a fez alta demais". É como se ele estivesse comentando sobre todas as ações de Emma em relação a Harriet Smith. O Sr. Woodhouse está preocupado com a possibilidade de que a Harriet na tela fique resfriada, sentada ao ar livre somente com um pequeno xale sobre os ombros. Levando em conta que sua mulher morreu muito jovem, podemos entender por que ele se preocupa tanto em relação a todo mundo, mas é o Sr. Elton quem diz o principal. Ele não tem elogios suficientes para a tela e se oferece para levar o precioso retrato a Londres para emoldurá-lo. Emma pode ver que as palavras enfastiantes e o comportamento do Sr. Elton são "galantes demais", mas está convencida de que todos os seus esforços têm Harriet como alvo.

Você é um escritor, obviamente você tem um notebook; portanto, assegure-se de sempre levá-lo consigo para que possa anotar gracejos ou coisas estranhas/cruéis/espirituosas que ouça ou que subitamente lhe ocorram. Talvez Jane tenha ouvido uma mulher sugerir ao seu marido que sua filha parasse de tocar piano porque já havia deleitado as pessoas por tempo suficiente.

EXERCÍCIOS USANDO DIÁLOGO

1. *O diálogo revela*. Às vezes uma pessoa diz algo que lembramos porque parece uma coisa reveladora ou muito significativa. Tente usar o diálogo para levar adiante seu enredo e, ao mesmo tempo, mostrar ao leitor exatamente como são seus personagens. Os personagens podem estar falando de algo aparentemente trivial ou insignificante ou fazendo um gracejo como Mary Crawford. Escreva uma cena em que uma conversa aparentemente insignificante esteja longe de sê-lo.
2. *Intimidadores e manipuladores*. Escreva uma cena em que um personagem esteja intimidando ou manipulando alguém. Tais cenas podem ser essenciais na preparação de coisas para o futuro e para a evolução do enredo. Pense em Lucy Steele, Wickham, Lady Catherine e na Srta. Norris.
3. *Dizendo demais, dizendo muito pouco e não dizendo*. Quais de seus personagens são volúveis? Quais dizem muito pouco? Lembre-se de que boa parte de uma conversa tem a ver com gestos, ações e olhares. Escreva uma cena em que você preste uma atenção particular a quanto ou quão pouco é dito e como os significados são transmitidos por outros meios.
4. Escreva uma cena estruturada em torno de uma atividade específica. Jane Austen frequentemente usava bailes, mas você poderia ter personagens numa caminhada circular (como acontece em *Persuasão*), compartilhando uma refeição, fazendo algo, assistindo a uma peça, a um filme ou a algum esporte, fazendo as unhas... As possibilidades são quase infindáveis. Pense no que você quer que aconteça na cena e no que você quer que seja dito. Como a atividade afetará a conversação? Por exemplo, como uma cena de "discussão da relação" numa festa de aniversário infantil diferiria de uma cena de discussão da relação ocorrendo durante uma caminhada numa praia varrida pelo vento?

Segredos e suspense

A receita e o método de Jane Austen para um romance cheio de suspense

SEGREDOS SÃO fundamentais na ficção de Jane Austen e na condução de suas narrativas. Ela vivia numa sociedade em que a vida era vivida de maneira muito pública e, ao mesmo tempo, os reais sentimentos e emoções eram mantidos em segredo. Em *Amor e amizade*, ela parodiou o culto à sensibilidade — os personagens têm ataques constantes de desmaios, choro e loucura —, mas, em suas obras mais maduras, Jane Austen demonstrou a força de manter os sentimentos dos personagens debaixo do pano. O primeiro pedido de casamento feito pelo Sr. Darcy a Elizabeth é um exemplo maravilhoso de emoções reprimidas que vêm à tona. No Capítulo 34 de *Orgulho e preconceito*, ele explode: "Em vão, tenho lutado. É inútil. Meus sentimentos não podem ser reprimidos. Preciso que me permita dizer quão ardentemente eu a admiro e amo", frases que hoje podem ser encontradas em bolsas e chaveiros. Até este ponto, o Sr. Darcy manteve suas emoções ocultas, por achar que a família de Elizabeth estivesse abaixo dele.

Nesta seção, examinamos os segredos e o suspense na ficção, na criação bem-sucedida de um roteiro e no uso dramático da ironia — todos tão importantes nos romances e histórias de hoje quanto eram duzentos anos atrás.

Na Casa-Museu de Jane Austen é possível ver o livro de receitas da família mantido por Martha Lloyd, amiga de Jane. Há todo tipo de receitas, de sopa branca — como é servida no Baile de Netherfield — a "curry à moda indiana", neve de maçã (um pudim de merengue de maçã que parece delicioso), tinta de lula, curas medicinais e produtos caseiros. Há até mesmo uma receita de pudim escrita em rimas pela Sra. Austen. Jane estava ocupada demais escrevendo para contribuir com o livro; Cassandra e Martha a poupavam de muitos afazeres domésticos. Aqui, no entanto, está uma receita para um romance cheio de suspense.

UMA RECEITA PARA UM ROMANCE CHEIO DE SUSPENSE

Histórias de fundo

São necessárias histórias de fundo interessantes e convincentes para todos os seus personagens. Você precisa decidir o que vai revelar ao leitor e aos outros personagens e quando irá fazê-lo. Essa é uma maneira de criar suspense. Está tudo na revelação: uma espécie de dança dos sete véus da narrativa. Pense nas coisas que os leitores e os personagens sabem e não sabem nas partes iniciais do seu romance e quando (se é que) essas coisas serão reveladas.

Em *Razão e sensibilidade*, Elinor e Marianne nunca descobrem exatamente como foram desprovidas de sua herança, mas, ainda assim, precisam lidar com a realidade de sua nova vida, ao passo que a história de fundo de Willoughby é revelada relativamente tarde. Em *Orgulho e preconceito*, a história de fundo de Wickham também é negada ao leitor até mais adiante.

Na abertura de *Mansfield Park*, a história de fundo das três irmãs (Lady Bertram, Sra. Norris e Sra. Price) define a trama. É isso que estabelece os temas do romance e faz a história inteira seguir em frente.

Subtramas

Você precisa delas para dar textura, para ajudar a criar suspense e para garantir que a narrativa seja interessante o suficiente e "funcione". Pense em como você vai passar de um fio de sua trama a outro e em como juntar todos esses fios no final. Pense em como usar os pontos de vista, os tempos e a cronologia, e que impacto isso terá no modo como o leitor vivencia seu trabalho. Em determinadas ocasiões, as subtramas serão um modo de resolver problemas em sua trama principal.

Pense nos personagens em suas subtramas e em como poderiam ser os personagens da trama principal. *Emma* poderia, na verdade, ter sido um romance chamado *Jane Fairfax*.

Mas por que ela simplesmente não...?

Seu enredo deve ser bastante sólido, visto que os leitores o questionarão constantemente. Não deve haver soluções fáceis. Certifique-se de que os motivos para seus personagens agirem como agem sejam convincentes. O enredo de *Razão e sensibilidade* se baseia na estimativa de Lucy Steele de que Elinor não descobrirá seu segredo. Da mesma forma que Wickham estima que o Sr. Darcy não revelará a verdade sobre ele devido à desgraça e ao distúrbio que isso causaria a Georgiana.

Reflexos e paralelos

Pense no equilíbrio de sua história. Você pode usar tramas e personagens paralelos para mostrar coisas diferentes e oferecer ao leitor desenlaces diferentes para situações e dilemas similares. A simetria agrada. Elinor e Marianne oferecem ao leitor maneiras contrastantes de ver as coisas e de se comportar; seus paralelos são Lucy e Anne Steele. Quando Willoughby fica noivo, Elinor aprecia as consequências que isso tem para a parte rejeitada (Marianne). Elinor não gostaria de ser responsável por dar cabo à felicidade de outra mulher, nem mesmo a da terrível Lucy. Edward Ferrars e seus irmãos, a avarenta Fanny e o autocentrado Robert também apresentam seus contrastes. Suas atitudes em relação a bens e dinheiro movem o enredo, e nós vemos o valor de cada personagem. Uma vez após outra, Jane Austen nos dá histórias e personagens paralelos para compararmos e contrastarmos. Pense na textura de sua ficção e em como utilizar paralelos e reflexos pode enriquecê-la.

UM MÉTODO

Faça seus personagens desejarem,
esperarem, lutarem...

Esteja escrevendo uma narrativa de assédio ou uma narrativa de busca,[1] você deve sempre ir aumentando a tensão. As tramas são conduzidas pela avidez e pelo desejo. Pense no que seus personagens precisam e como isso é transmitido de forma clara ao leitor. Pense em como necessidades e desejos podem ganhar tons mais urgentes à medida que a história for avançando. Talvez você precise fazer alguns cortes para tornar seu trabalho mais atraente. Certifique-se de que toda cena tenha uma função real. Pergunte a si próprio o que ela irá revelar sobre os personagens e como irá desenvolver a trama.

As heroínas de Jane Austen muitas vezes se encontram à espera de notícias ou da chegada de outros personagens, particularmente de homens. As limitações da liberdade das mulheres eram parte integrante das tramas de Austen. Em *Razão e sensibilidade*, Marianne espera por um longo tempo até que Willoughby responda às suas cartas, ao passo que Elinor deve aguentar até o fim da história até que Edward esteja livre para declarar seu amor por ela. Em *Persuasão*, Anne Elliot tem de esperar para descobrir como o Capitão Wentworth se sente em relação a ela e para dizer a ele como ela própria se sente. Mesmo depois do encontro em Pemberley, o Sr. Darcy e Lizzy têm de esperar para ver como seus sentimentos mudaram; e, no momento em que parecem estar prestes a se unir, a fuga de Lydia e Wickham faz tudo sair dos trilhos. Os personagens masculinos também precisam esperar — em *Razão e sensibilidade*, o Coronel Brandon tem de esperar pelo amor de Marianne —, mas o foco principal de Jane Austen está nas experiências e emoções de suas heroínas.

Mas espera e desejo em demasia podem tornar-se maçantes. Certifique-se de que haja bastante ação, humor e desenvolvimento constante para manter as coisas caminhando. Caso a história pareça estar emperrando ou se arrastando, acrescente alguma espécie de bomba-relógio. Naquela que é a maior narrativa de assédio de Jane, o Capitão Wentworth e Anne Elliot podem acabar se casando com as pessoas erradas (Louisa Musgrove e William Elliot) caso seus mal-entendidos se mantenham. É preciso algo para romper um assédio, e isso pode vir das ações de um de seus personagens secundários ou de algum acontecimento numa de suas subtramas.

Suas heroínas e heróis devem cometer erros

Para serem atraentes e convincentes, seus heróis e heroínas não podem ser perfeitos; eles têm de errar de tempos em tempos. Você precisará decidir quando o leitor irá perceber que isso aconteceu. Todas as heroínas de Jane Austen cometem erros, até mesmo a sábia e reservada Elinor Dashwood. Ela fica feliz em acreditar que Edward tem um anel contendo um cacho de seus cabelos, mesmo sem jamais lhe haver dado um. O trecho a seguir faz parte do Capítulo 18 de *Razão e sensibilidade*.

Marianne permaneceu pensativamente silenciosa, até que um novo assunto de repente chamou-lhe a atenção. Encontrava-se sentada ao lado de Edward, e a mão dele passou-lhe diante do rosto para pegar a xícara de chá que a Sra. Dashwood lhe oferecia. Notou, então, que ele usava um anel bem visível com uma trança de cabelos no centro.

— Nunca o vi usando anel antes, Edward — comentou. — Os cabelos são de Fanny? Lembro-me de que ela prometeu lhe dar, mas pensei que seus cabelos fossem mais escuros que esses.

Marianne falara sem pensar, como era seu hábito dizer tudo que lhe vinha à cabeça, mas, ao ver a dor que causara a Edward, sua própria vergonha pela falta de consideração foi maior que a dele. O jovem cavalheiro ficou muito vermelho e, depois de lançar um rápido olhar para Elinor, respondeu:

— Sim. São os cabelos de minha irmã. Eles sempre mudam de tonalidade quando são engastados em uma joia, você sabe.

Os olhos de Elinor encontraram os dele, e ela teve certeza de que aqueles cabelos eram seus no mesmo instante em que Marianne também teve certeza disso. A única diferença entre a conclusão de ambas era: o que Marianne considerava um presente voluntário, feito por sua irmã, Elinor sabia que fora conseguido por furto ou por artifício à sua revelia. No entanto, não se encontrava com disposição tal para encarar aquele fato como uma afronta. Fingindo não ter percebido o que acontecera, enquanto se apressava a falar sobre outras coisas, interiormente se determinou a aproveitar a primeira oportunidade para olhar direito os cabelos em questão e saber, sem nenhuma sombra de dúvida, se eram exatamente do tom dos seus.

Elinor se dá conta de seu erro no Capítulo 22.

— Escrever um para o outro — Lucy tornou a guardar a carta no bolso — é o único conforto que temos durante as longas separações. Sim. *Eu* tenho maior conforto por causa deste retrato, e o pobre Edward nem *isso* tem. Se tivesse meu retrato, ele diz sempre, poderia ser mais fácil. Dei-lhe um cacho dos meus cabelos encastoado em um anel, na última vez em que esteve em Longstaple, e ele disse que já era um consolo, mas não como seria um retrato. Por acaso, reparou nesse anel quando esteve com Edward?

— Reparei, sim.

A voz controlada de Elinor escondia uma emoção e uma dor que ela jamais sonhara que poderia sentir. Sentia-se aflita, chocada e confusa.

Segredos, ironia, drama e revelações

Limitar o que os personagens sabem e criar camadas de ironia contribui para a condução rumo a cenas dramáticas, momento em que revelações são feitas. Como Elinor é muito contida, os momentos em que revela ou descobre algo são particularmente fortes e emocionantes. Quando recai sobre ela a ingrata missão de dizer a Marianne que o noivado de Edward e Lucy foi descoberto e que os dois estão prestes a se casar, ela é levada a finalmente expressar seus sentimentos.

— Durante quatro meses, Marianne, tudo isso ficou martelando em minha cabeça sem que eu tivesse a liberdade de conversar a respeito com uma pessoa sequer. O pior é que nem mesmo podia prepará-las para esse desfecho, sabendo que iria deixar você e mamãe muito infelizes se lhes dissesse o que acontecia. Foi-me contado que um compromisso anterior destruía todas as minhas perspectivas... Aliás, foi a maneira de a própria pessoa interessada forçar-me a me retirar. Pelo que pude perceber, tudo me foi dito com uma sensação de triunfo. Tive de me opor às suspeitas dessa pessoa aparentando indiferença por algo em que estava profundamente interessada. E isso não foi apenas uma vez; tive de ouvir várias vezes as esperanças e as alegrias dela. Fiquei sabendo que me achava separada de Edward para sempre, sem tomar conhecimento de pelo menos uma circunstância que me fizesse acreditar que deveria cortar relações com ele. Nada demonstrava que Edward não era digno, nada indicava que ele era indiferente a mim. Eu teria de lutar contra a indelicadeza da irmã e contra a insolência da mãe dele; teria de sofrer um castigo pela afeição que dedico a ele, sem, no entanto, poder aproveitar as vantagens. E tudo isso aconteceu num momento em que, como você sabe muito bem, eu não era a única a ser infeliz. Se você me considera capaz de sentir, com certeza pode imaginar o que *sofri*. A atitude de compostura e elegância que mantenho enquanto falo nesses acontecimentos e o consolo que não procurei, porque não podia fazê-lo, resultam de esforços contínuos e dolorosos... Essas coisas não surgiram por si mesmas, não apareceram logo no começo para me dar forças e apoio. Não, Marianne... *Naquele momento*, se eu não me visse obrigada a um silêncio absoluto, talvez nada tivesse conseguido me impedir... nem mesmo o carinho que tenho por meus melhores amigos... de mostrar a todos quanto eu estava infeliz.

Marianne estava então quase persuadida.

— Oh, Elinor! — exclamou. — Você faz com que eu me odeie para sempre. Como fui malvada com você! Logo com você, que foi meu único consolo, que me deu forças para suportar tanta miséria, que pareceu estar sofrendo apenas por mim! E este foi o meu agradecimento! Este é o único modo que tenho para recompensá-la? Você tem o direito de chorar no meu ombro, pois foi o que sempre fiz!

Os mais ternos afagos seguiram-se a esta confissão.

É bem típico da incorrigível Marianne que o fato de saber da infelicidade de Elinor a faça falar mais de si mesma. Não se trata de você, Marianne! E logo então vem a ironia, quando John Dashwood lamenta o desafortunado destino de Edward — ser deserdado e ver que tudo que deveria ser seu acaba sendo entregue a um irmão...

— Certamente, madame, esta é uma consideração bastante melancólica sobre alguém nascido com a perspectiva de uma vida na riqueza! Sinto-me incapaz de imaginar situação mais deplorável. (...)

— Pode algo ser tortura maior para a alma de um homem — comentou John — do que ver o irmão mais jovem tornar-se dono de uma propriedade que seria dele? Pobre Edward! Sinto muito por ele, sinceramente![2]

Quando parecer que as coisas não podem piorar, é aí mesmo que elas devem piorar

Certifique-se de que, mesmo quando seu herói ou heroína tiver aparentemente chegado ao fundo do poço, seja possível afundar mais ainda. Em *Razão e sensibilidade*, mesmo depois de acontecer o pior — o noivado de Edward e Lucy se tornar público; Edward ser deserdado em favorecimento ao irmão e *ainda* ser honrado demais para abandonar Lucy —, as coisas conseguem piorar. O Coronel Brandon, agindo por bondade e acreditando estar ajudando um amigo de Elinor, oferece sustento a Edward, de modo que ele e Lucy possam casar-se. A pobre Elinor tem de levar a notícia da oferta a Edward e sabe que, uma vez aceita, ele e Lucy viverão bem perto do Chalé Barton. Ela será torturada pelo resto de sua vida.

E finalmente você irá precisar de um encerramento

Razão e sensibilidade funciona como uma comédia shakespeariana, no sentido de que tudo deve ser desemaranhado. Pense em como os fios soltos são tratados no seu romance. Talvez você queira reunir todos no palco para a penúltima ou a última cena.

Perto do fim de *Razão e sensibilidade* descobrimos a verdade sobre os sentimentos de Willoughby, por que ele agiu como agiu e o que o futuro lhe reserva. Em *Orgulho e preconceito* descobrimos que Wickham jamais será recebido em Pemberley; Jane e o Sr. Bingley terão de se mudar para ficarem mais perto dos Darcy e nos são mostrados os futuros de todos os outros personagens importantes. Aqui estão algumas partes do capítulo final.

> O Sr. Bennet sentiu muito a falta da segunda filha; sua afeição por ela o tirava mais de casa dali em diante do que qualquer outra coisa. Ele gostava muito de ir a Pemberley, principalmente quando não era esperado. [...]
>
> Kitty, para sua grande vantagem, passava a maior parte do tempo com as duas irmãs mais velhas. Em uma sociedade tão superior à que ela havia conhecido, fez grandes progressos. Ela não tinha um gênio tão rebelde quanto o de Lydia; e, longe da influência e do exemplo da irmã, graças a certos cuidados e atenções, tornou-se menos irritável, menos ignorante e menos insípida. (...)
>
> Mary foi a única filha que permaneceu em casa e acabou sendo impedida de prosseguir no aperfeiçoamento de seus talentos, porque a Sra. Bennet era incapaz de ficar sozinha. Mary foi obrigada a frequentar mais assiduamente a sociedade, mas continuava a tirar conclusões morais de cada visita que fazia; e, como não se mortificasse mais com as comparações entre a beleza das irmãs e a própria, seu pai desconfiou que ela aceitava sem muita relutância essa alteração dos seus hábitos. (...)
>
> A Srta. Bingley ficou profundamente mortificada com o casamento de Darcy; mas, como julgava aconselhável conservar o direito de frequentar Pemberley, sufocou todos os ressentimentos, continuou a gostar mais do que nunca de Georgiana, mostrava-se quase tão atenciosa com Darcy como antes e pagou com juros todas as cortesias que devia a Elizabeth.
>
> Pemberley passou a ser o lar de Georgiana; e a afeição das duas novas irmãs correspondeu a todas as expectativas de Darcy. (...)
>
> Lady Catherine ficou extremamente indignada com o casamento do sobrinho; e deu vazão a toda a genuína franqueza de seu caráter em sua resposta à carta que o anunciava com termos tão violentos, especialmente contra Elizabeth, que durante algum tempo todas as relações foram cortadas. Mas, afinal, com a persuasão de Elizabeth, ele

foi levado a esquecer a ofensa e procurar uma reconciliação; e, depois de alguma resistência, o ressentimento da tia cedeu, talvez diante da afeição que nutria pelo sobrinho ou da curiosidade de ver como sua esposa se conduzia; e ela consentiu em ir visitá-los em Pemberley, apesar da ofensa que seus ilustres antepassados tinham recebido, não somente pela presença de uma esposa como aquela, como pelas visitas de seus tios de Londres.

Com os Gardiner, eles ficaram sempre nos termos mais íntimos. Darcy, assim como Elizabeth, realmente os adorava. E, além disso, nunca se esqueceram da gratidão que deviam às pessoas por cujo intermédio eles haviam reatado suas relações, durante aquele passeio por Derbyshire.

FIM

Este trecho faz parte do capítulo final de *Razão e sensibilidade*:

Assim, o Coronel Brandon tornou-se feliz como todos que o amavam acreditavam que deveria ser. Em Marianne encontrou o consolo para suas antigas aflições; as atenções e a proximidade dela despertaram-lhe animação e alegria em seu espírito. E os amigos, que observavam, encantaram-se e regozijaram-se com a felicidade que Marianne demonstrava: ela jamais soubera amar pela metade, e seu coração foi devotado, em seu devido tempo, por inteiro ao marido, como outrora fora devotado a Willoughby.

Willoughby não pôde ouvir falar no casamento dela sem uma dor profunda. E seu castigo logo foi completado pelo perdão voluntário da Sra. Smith, que, baseando sua clemência no casamento dele com uma jovem de caráter, deu-lhe motivos para acreditar que, se tivesse mantido sua palavra de honra para com Marianne, poderia ter sido ao mesmo tempo feliz e rico. Não há dúvida de que o arrependimento dele pelo modo tão errado de agir era sincero, nem que pensou por muito tempo no coronel Brandon com inveja e em Marianne com remorso. Mas também não é o caso de pensar que ele tinha permanecido inconsolável para sempre, que se refugiara na inconstância da sociedade, que vivera toda a sua vida triste e sombrio ou que morrera de coração partido, pois nada disso aconteceu. Ele viveu para ter alegria e demonstrá-la. Não faltava bom humor à sua esposa, nem sempre sua casa era desconfortável e ele encontrou uma considerável felicidade doméstica criando seus cavalos e praticando esportes.

Quanto a Marianne, no entanto — apesar de ter sobrevivido à perda dela —, ele sempre se manteve interessado em tudo que dizia respeito a ela e tornou-a seu padrão secreto da perfeição feminina; nenhuma beleza das maiores belezas em ascensão, nos dias que se seguiram, nem sequer podiam comparar-se à beleza da Sra. Brandon.

A Sra. Dashwood era prudente o bastante para permanecer no chalé sem fazer tentativa alguma de ir morar em Delaford. Felizmente para Sir John e a Sra. Jennings, quando Marianne foi tirada deles, Margaret já havia atingido uma idade adequada para ir a bailes e não muito distante de já permitir que se começasse a pensar em um namorado.

Entre Barton e Delaford havia aquela comunicação constante que é naturalmente ditada por uma forte afeição familiar. E, entre os méritos de Elinor e Marianne, é preciso que se mencione, como o mais considerável, que, apesar de serem irmãs e vivendo quase coladas uma à outra, jamais houve um desentendimento entre elas, nem qualquer frieza entre seus maridos.

FIM

A frase "Marianne jamais soubera amar pela metade, e seu coração foi devotado, em seu *devido tempo,*[3] por inteiro ao marido, como outrora fora devotado a Willoughby" é particularmente interessante. O "em seu devido tempo" diz muito. Seria um desapontamento que Marianne terminasse com o bondoso, dedicado, rico e carinhoso Coronel Brandon? Teria Marianne perdido algo ao casar com ele? Ter um marido vinte anos mais velho não era incomum na época, uma vez que muitas mulheres (e primeiras esposas) morriam no parto. Marianne, assim como Louisa Musgrave, emergiu mais sóbria e séria de sua enfermidade, mas o final apresenta nuances e dá ao leitor alguns pontos interessantes sobre os quais refletir.

Na bolsa de Jane Austen

Técnicas e artifícios da grande autora

IRONIA

A ironia é a base da obra de Jane Austen. Há ironia no tom da narração, ironia verbal, ironia nas situações dos personagens e ironia dramática. O uso que ela faz da ironia constrói uma relação entre a autora e o leitor e entre o leitor e os personagens. Jane Austen dá aos leitores o crédito da inteligência para compreenderem o que está acontecendo, para captarem as piadas e entenderem as emoções e os predicados de seus personagens sem que as coisas sejam colocadas de maneira óbvia. Isso dá a falsa impressão de leveza à sua escrita, mas as histórias e os diálogos ecoam. A sagacidade, o drama e as emoções que ela evoca perduram. O trecho a seguir vem do Capítulo 14 de *A Abadia de Northanger*. Catherine Morland sai para uma caminhada com os Tilney, dotados de uma educação e uma articulação maiores que as dela.

> Os Tilney logo começaram a falar de algo sobre o qual ela não tinha opinião alguma a dar. Estavam observando a paisagem com os olhos de pessoas acostumadas a desenhar e decidindo sobre sua capacidade de ser transformada em quadros com toda a avidez de quem tem verdadeiro bom gosto. Aqui, Catherine ficou completamente perdida. Não sabia coisa alguma sobre desenho e não tinha gosto para isso. Ouviu-os com uma atenção que não a beneficiou, pois eles utilizavam frases que nada significavam para ela. O pouco que compreendeu, no entanto, contradizia as escassas noções que tinha sobre o assunto. Parecia que uma bela visão não podia ser encontrada no topo de uma colina e que um céu azul não era mais prova de um lindo dia. Catherine ficou muito envergonhada de sua ignorância, mas se enganava ao sentir-se assim. Quando se quer conquistar alguém, deve-se sempre ser ignorante. Ter uma mente bem-informada demais é não possuir habilidade em administrar a vaidade dos outros, algo que uma pessoa sensata deve sempre evitar. Uma mulher, em especial, se por acaso tiver o infortúnio de saber qualquer coisa, deve escondê-lo o melhor que puder.

Catherine tem só dezessete anos e é a mais ignorante heroína de Jane Austen, mas é claro que Jane não acreditava que era melhor ser ignorante ou estúpida do que ser bem-informada e inteligente. A ironia vai até o final do romance. Henry Tilney pode ser mais velho e mais culto que Catherine — ele gostava de lhe contar coisas e de moldar, de maneira geral, as ideias dela —, mas é ela quem enxerga o vilão que é o pai dele.

Jane Austen faz grande uso da ironia em seus relatos de relacionamentos. Há muitíssimos exemplos, mas pensem em *Persuasão*. Anne Elliot é "apenas Anne", desdenhada pelo pai e pela irmã mais velha, além de mentora e babá não remunerada da irmã mais nova e dos pequenos Musgrove, mas é ela quem desperta o interesse de William Elliot, é a ela que o Capitão Wentworth ama e é ela quem tem um final verdadeiramente feliz. O romance inteiro trata das ações e emoções de uma mulher que é deixada para trás, subestimada e desprezada. Aqui estão as irmãs Elliot pouco antes de Sir Walter e Elizabeth partirem para Bath.

> Mary, frequentemente adoentada, sempre muito envolvida com as próprias queixas e sempre chamando Anne por qualquer problema, estava indisposta.[1] Ao prever que não passaria bem um dia sequer ao longo do outono, suplicou, ou melhor, solicitou, pois não era de fato uma súplica, que ela fosse para o chalé de Uppercross e lhe fizesse companhia pelo tempo que fosse necessário em vez de ir para Bath.
>
> — Eu simplesmente não posso ficar sem Anne — foi a ponderação de Mary. Então, estou certa de que o melhor é que Anne fique, pois ninguém irá desejar sua presença em Bath.

E aqui está outro exemplo maravilhoso — de *Razão e sensibilidade*, Capítulo 39. O Coronel Brandon descobre que Edward Ferrars foi rejeitado pela família devido ao seu noivado com Lucy e pretende lhe oferecer o presbitério de Delaford. O Coronel Brandon ficou impressionado com Edward e deseja fazer algo para ajudar o amigo de Elinor. Não só isso, mas também que seja Elinor a dar a boa notícia a Edward. Com o cargo, Edward poderá casar-se com Lucy e lhe oferecer um lar. À pobre Elinor, só resta fazer o que lhe é pedido, agradecer ao Coronel Brandon e dar a boa notícia a Edward.

> — Ouvi falar — dissera ele, com profundo sentimento — da injustiça que a família de seu amigo, o Sr. Ferrars, infligiu a ele. Se entendi direito o que me contaram, o jovem cavalheiro foi castigado pelos seus por haver mantido o compromisso assumido com uma jovem merecedora de respeito. Fui bem-informado? Foi isso que aconteceu?

Elinor respondera-lhe que sim.

— Crueldade, a imprudente crueldade! — exclamara ele, revoltado. — Querer separar dois jovens tão apegados um ao outro é terrível. A Sra. Ferrars não deve saber o que está fazendo, nem no que poderá levar seu filho a fazer. Vi o Sr. Ferrars duas ou três vezes na Harley Street e simpatizei muito com ele. Não é um homem de quem se pode ficar íntimo em pouco tempo, mas observei-o o suficiente para desejar-lhe um bom futuro e, como é amigo da senhorita, desejo-o ainda mais. Ouvi dizer que ele pretende ordenar-se. A senhorita poderia ter a bondade de dizer-lhe que o presbitério de Delaford, vago atualmente, segundo fui informado por resposta a uma carta minha, será dele, caso queira aceitá-lo. Acredito, porém, que *isso* está fora de dúvida, na situação em que ele se encontra. Eu só queria que esse presbitério fosse mais valioso. Tem uma residência presbiteral não muito grande e acredito que o presbítero anterior não recebia mais do que duzentas libras por ano. Creio que é uma igreja capaz de crescer, mas temo que não a ponto de oferecer-lhe uma quantia muito confortável. De qualquer maneira, terei imenso prazer em apresentá-lo para o cargo, se o Sr. Edward quiser. Por favor, transmita isto a ele.

A perplexidade de Elinor diante dessa solicitação não teria sido maior (...). O cargo que apenas dois dias atrás ela considerava sem esperança para Edward estava à disposição dele, permitindo-lhe que se casasse. E justamente *ela*, entre todas as pessoas do mundo, vira-se encarregada de comunicar-lhe esse fato!

Elinor espera poder simplesmente escrever a Edward, mas ele a chama e ela tem de lhe dar a notícia face a face; as coisas se tornam cada vez mais excruciantes para ela.

O uso habilidoso da ironia traz à tona o desespero das situações vivenciadas por seus personagens. Os leitores vão estremecer diante do horror e da crueldade dos seus predicados.

EXERCÍCIOS

1. Usando a ironia:
   - Escreva uma cena em que pelo menos um dos personagens não sabe de tudo o que se passou ou está se passando. Talvez ajude se você estruturar tal cena acerca de uma atividade, como, por exemplo, uma espécie de jogo, uma caminhada circular, uma visita a algum lugar. Use bastante diálogo.
   - Coloque um dos seus personagens em uma situação excruciante. Somente o personagem e o leitor devem saber quanto as coisas de fato lhe provocam desconforto.
   - Escreva uma cena em que alguém comete um equívoco. Pense na Sra. Bennet sendo rude com o Sr. Darcy sem saber que foi ele quem resgatou Lydia.
2. Imprima uma cópia do trabalho que estiver desenvolvendo. Então, olhe para essa cópia e faça a si mesmo as seguintes perguntas:
   - Onde posso ser mais sutil?
   - Onde posso ser mais astuto?
   - Estou satisfeito com o tom?
   - A trama se arrasta em algum ponto?
   - Estou dando à inteligência dos leitores o devido crédito?
   - Posso tornar as coisas mais dolorosas para meus personagens?
   - Estou revelando informações demais para os leitores ou para algum personagem em particular?
   - Posso ser mais divertido?

Faça anotações nas margens e depois releia seu manuscrito, fazendo as devidas revisões. Isso pode levar certo tempo. Seja metade romancista, metade raposa.

LIDANDO COM O TEMPO

Se estiver escrevendo um romance para adultos, você terá de lidar com algo entre cinquenta mil palavras (muito curto) e umas cem mil palavras (comprido demais). Um romance típico tem cerca de setenta mil ou oitenta mil palavras. Como você vai usar todas essas palavras? E como decide quanto tempo vai abranger? Será apenas um dia? Cem anos? Cinco gerações de toda uma família? O tempo é algo que os escritores podem administrar, alongar ou compactar; como observou David Tennant, de *Doctor Who*: "As pessoas pressupõem que o tempo é uma progressão rigorosa de causa e efeito, mas, *na verdade*, de um ponto de vista não linear, é mais como uma bola feita de matéria molenga bamboleante...".[2] A principal coisa para um escritor saber é que deve exercer um controle consciente sobre o tempo em sua obra. E era exatamente isso que Jane Austen fazia.

Essa passagem do Capítulo 27 de *Emma* é uma de minhas favoritas em toda a obra de Jane Austen.

> Harriet precisava fazer compras na Ford, e Emma achou que seria prudente acompanhá-la. Era possível outro encontro casual com o Sr. Martin, e isso seria perigoso no estado em que ela se encontrava.
>
> Harriet, tentada por todas as coisas e indecisa sobre o que escolher, demorava muito para fazer compras e, enquanto largava uma musselina para pegar outra, mudando de ideia a cada instante, Emma foi até a porta para distrair-se. Não era de esperar muito nem mesmo se tratando da parte mais movimentada de Highbury. O Sr. Perry caminhava com seu passo muito rápido, o Sr. William Cox chegava à porta do escritório, a carruagem do Sr. Cole voltava depois do exercício dele ou um perdido garoto de recados montado em uma teimosa mula formavam o máximo da distração que ela poderia esperar; e, quando seus olhos depararam por fim com o açougueiro carregando seu tabuleiro, com uma asseada velha senhora saindo de uma loja carregando a sacola cheia e encaminhando-se para casa, com dois cães vira-latas brigando por um osso imundo e com um grupo de crianças vadias, os narizes esmagados contra o vidro da vitrina da padaria namorando os pães doces, Emma achou que não tinha motivo de queixa, que se divertia o bastante; pelo menos o suficiente para continuar parada à porta. Uma

mente alegre e desocupada pode divertir-se com pouco, e pouco pode ver que não a divirta.

Emma olhou a estrada que ia para Randalls. O cenário ampliou-se e duas pessoas surgiram: a Sra. Weston e seu enteado vinham chegando a Highbury, com certeza a caminho de Hartfield. No entanto, pareciam pretender passar primeiro na casa da Sra. Bates, que ficava quase em frente à loja Ford. Mas, quando viram Emma, não bateram à porta. Imediatamente atravessaram a rua em direção a ela, e os bons momentos passados juntos na noite anterior pareceram tornar esse encontro ainda mais agradável. A Sra. Weston informou-a de que iria fazer uma visita às Bates a fim de ouvir o piano novo.

Amo a maneira como vemos o mundo pelos olhos de Jane Austen e como o vislumbre nessa passagem nos transporta para dentro do vilarejo muito real e em pleno funcionamento de Highbury. Adoro os detalhes sobre os quais os olhos de Emma (e também do leitor) se demoram. Sempre penso nessa passagem quando estou na Casa-Museu Jane Austen, olhando pela janela ao lado da sua mesa de trabalho, embora Highbury não tenha sido modelada em Chawton. Nas cartas de Austen, encontramos pequenos detalhes como os que ela usa, por exemplo, nessa carta a Cassandra, escrita de Chawton, em 23 de junho de 1814.

A Sra. Driver etc. partiram por Collier,[3] mas tão perto sendo tão tarde que ela não teve tempo de passar para deixar suas chaves pessoalmente. Porém, eu as tenho. Suponho que uma delas seja a do armário de roupa branca, mas não consigo adivinhar para que serve a outra.

A carruagem parou no ferreiro e elas voltaram correndo com Triggs e Browning e baús e gaiolas de pássaros. Muito divertido.

Minha mãe envia-lhe seu amor e espera ouvir de você.

Com muito afeto, sua
J. AUSTEN

Na passagem de *Emma*, temos a pressuposição de que Frank Churchill está a caminho de visitá-la, *naturalmente*. Não lhe ocorre que Frank queira ver Jane Fairfax e ouvi-la tocar o piano que deu a ela. Essa poderia parecer uma passagem estática, mas não é. Embora Emma esteja apenas parada, olhando, nosso entendimento sobre ela e o cenário está sendo desenvolvido e a ação se acelera com a chegada de Frank e da Sra. Weston. Harriet está bem ali ao fundo, e Emma está prestes a entrar para lhe dizer o que ela deveria escolher. Qualquer quietude nessa cena é rapidamente rompida pela tagarelice da Srta. Bates e pelo piano de Jane Fairfax, tocando enquanto o capítulo prossegue.

EXERCÍCIO: DESACELERE O TEMPO

Permita que sua "câmera" se demore sobre um personagem em uma cena particular. Escreva a partir do ponto de vista desse personagem para que o leitor possa ver o que ele vê e ter acesso às suas impressões sobre o ambiente. Use detalhes evocativos, mas não se prolongue. Siga o exemplo de Jane Austen, encerrando a cena de observação tranquila com movimento e diálogo.

Às vezes, quando você desacelera as coisas porque o momento é importante e quer que os leitores o apreciem, ajuda dar a eles uma imagem particular para focarem. Você pode fazer isso com uma peça musical ou uma canção (pense nos personagens de Jane Austen sentados ao redor do piano) ou com outra peça de literatura (Henry Crawford lê em voz alta, e Fanny quase se deixa arrebatar) ou com uma pintura, como aquela que Emma faz de Harriet Smith.

No Capítulo 22 de *Razão e sensibilidade*, quando Lucy Steele mostra a Elinor a miniatura que tem de Edward, não há dúvida de que Lucy está falando a verdade e de que é do Edward de Elinor que ela está noiva.

— Santo Deus! — exclamou Elinor. — O que quer dizer? Conhece o Sr. Robert Ferrars? Será que é...

E ela não se sentiu muito alegre com a possibilidade de aquela moça se tornar sua concunhada.

— Não — negou Lucy. — Não é o Sr. *Robert* Ferrars... Nunca o vi na minha vida. É — ela fixou os olhos nos de Elinor — o irmão mais velho dele.

O que Elinor sentiu nesse momento? Sentiria aturdimento, que seria tão forte quanto doloroso, se acreditasse de imediato no que acabava de ouvir. Voltou-se para Lucy em silenciosa descrença, incapaz de adivinhar o motivo ou o objetivo de tal declaração e, com seu rosto perdendo a cor, permaneceu firme na incredulidade, assegurando-se de que não havia risco de ter um ataque histérico ou um desmaio.

— Deve estar surpresa — prosseguiu Lucy —, pois é evidente que não poderia ter a menor ideia desta situação. Atrevo-me até a dizer que se trata de algo que jamais passaria pela sua cabeça ou pela cabeça de alguém da sua família, pois sempre foi mantida no maior segredo, que respeitei absolutamente até este momento. Nenhum dos meus parentes sabe disso, a não ser Anne, e eu jamais teria lhe dito nem uma palavra sequer se não houvesse percebido que a senhorita é uma das poucas pessoas deste mundo capazes de guardar um segredo. Também considerei que realmente estava lhe dando uma impressão muito esquisita fazendo tantas perguntas sobre a Sra. Ferrars e por isso decidi explicar-lhe. Não acredito que o Sr. Ferrars ficará aborrecido quando souber que confiei na senhorita, porque sei que ele tem as mais elevadas opiniões sobre a sua família e a considera, juntamente com a outra Srta. Dashwood, irmã dele.

Ela se calou e Elinor também ficou em silêncio por alguns instantes. A surpresa, enorme, a impedia de dizer qualquer coisa. Mas aos poucos foi-se forçando a falar e, com uma incrível calma que escondia a surpresa e a dor, disse:

— Posso perguntar se estão noivos há muito tempo?

— Estamos noivos há quatro anos.

— Quatro anos!

— Sim.

Sob a ação de um forte choque, Elinor não conseguia acreditar no que acabara de ouvir e comentou:

— Até outro dia, eu não sabia que ele a conhecia.

— No entanto, nós nos conhecemos há anos. Ele ficou aos cuidados de meu tio por um tempo considerável.

— Seu tio?

— Sim, o Sr. Pratt. Ele nunca lhe falou do Sr. Pratt?

— Creio que falou, sim.

Elinor precisava esforçar-se para falar à medida que as emoções iam aumentando.

— Edward ficou quatro anos com meu tio, que mora em Longstaple, perto de Plymouth. Foi lá que nos conhecemos, pois eu e minha irmã sempre vamos à casa de meu tio, e foi lá que nos comprometemos. Porém, isso aconteceu um ano depois que ele deixou de ser discípulo de meu tio, mas continuou indo lá da mesma maneira. Como a senhorita pode imaginar, hesitei muito em aceitar essa situação sem o conhecimento e aprovação da mãe dele; mas eu era muito jovem e o amava demais para ser prudente, como na verdade deveria ter sido. Sei que não o conhece tão bem quanto eu conheço, Srta. Dashwood, mas deve conhecer o bastante a respeito de Edward para saber que é capaz de fazer uma mulher apegar-se sinceramente a ele.

— Com certeza... — assentiu Elinor, sem saber o que dizia.

Mas, depois de um instante de reflexão, acrescentou, com renovada segurança em relação à honra e ao amor de Edward, e à falsidade da Srta. Steele:

— Noiva do senhor Edward Ferrars! Confesso-me muito surpresa com o que acaba de me dizer e, de fato... Perdoe-me, mas com certeza há algum engano de nome e de pessoa. Não devemos estar falando do mesmo Sr. Ferrars.

— Ao contrário, não podemos é estar falando de outro — sorriu Lucy. — O Sr. Edward Ferrars, o filho mais velho do Sr. Ferrars da Park

Street, irmão da sua cunhada, a Sra. John Dashwood, é o cavalheiro de quem falo. Tem de reconhecer que não posso estar enganada a respeito do nome do homem de quem depende toda a minha felicidade.

— É estranho — murmurou Elinor, na mais dolorosa perplexidade — que eu nunca o tenha ouvido mencionar seu nome.

— Não. Considerando a nossa situação, não é estranho. Nosso primeiro cuidado foi manter tudo em segredo. A senhorita nada sabia a meu respeito, nem sobre a minha família, e talvez ele não tenha tido a *oportunidade* de mencionar-lhe meu nome. Como Edward sempre se preocupou muito em evitar que sua irmã suspeitasse de qualquer coisa, *havia* motivo suficiente para jamais mencionar meu nome.

Lucy calou-se, e a segurança de Elinor naufragou, mas seu autocontrole não afundou junto.

— Estão noivos há quatro anos... — observou com a voz firme.

— Sim. E só Deus sabe quanto tempo mais teremos de esperar. Pobre Edward! Nossa situação o aflige tanto! — Então, pegando um minúsculo porta-retrato do bolso, Lucy acrescentou:

— Para verificarmos se há algum engano, olhe este retrato. Esta imagem não faz justiça a ele, com certeza, mas deverá esclarecer de quem estamos falando. Tenho este retrato há três anos.

Enquanto falava, colocou o minúsculo porta-retrato na mão de Elinor, e quando esta viu a pintura, todas as dúvidas, o medo de uma decisão apressada demais, o desejo de que tudo fosse uma mentira que aliviasse a dor que sentia, tudo isso desapareceu diante do rosto de Edward. Devolveu-o imediatamente após ter a certeza de que se tratava dele.

Em um momento muito mais feliz, no Capítulo 43 de *Orgulho e preconceito*, Elizabeth Bennet para e olha um retrato do Sr. Darcy. Dê uma olhada naquela cena também em busca de inspiração. Eu a transcrevi na página 127.

A introdução de uma peça de música ou de obra de arte em palavras chama-se *ekphrasis*.[4]

EXERCÍCIO: *EKPHRASIS*

Use uma obra de arte em seu texto. Pode ser qualquer coisa, de um pôster no quarto de alguém a um concerto, mas deve ser algo que pertença ao(s) personagem(ns) ou que cruze naturalmente o seu caminho. Ele não precisa gostar dessa coisa. Você pode usar a *ekphrasis* para acrescentar textura à sua obra, para torná-la mais visual ou dar a ela uma trilha sonora. Ao fazer os leitores levarem algo em conta junto com seu(s) personagem(ns), você pode desacelerar as coisas e ajudar os leitores a apreciarem o significado de um momento e qualquer mudança que esteja ocorrendo. Nos exemplos que dei aqui não há nenhum foco em pinceladas ou cores, mas você pode usar esse tipo de detalhes se eles forem coisas que seu(s) personagem(ns) notaria(m).

UM POUCO MAIS SOBRE DIÁLOGO

Haverá conversações mais significativas que você precisará atribuir aos seus personagens e talvez fazer com que sejam entreouvidas. Jane Austen usa o diálogo como um método-chave para a progressão dos enredos. Às vezes, as conversações são do tipo que o romance inteiro preparou para eclodirem — propostas de casamento, por exemplo —, mas, em outros momentos, são peças de diálogo aparentemente triviais que depois se mostrarão significativas. Em *Persuasão*, por exemplo, existem discussões sobre quais são os melhores noivados: os curtos ou os longos? E se os sentimentos das mulheres duram mais do que os dos homens — e esses debates serão cruciais para juntar Anne e o Capitão Wentworth.

As heroínas quietas de Jane Austen, particularmente Fanny Price e Anne Elliot, são geralmente colocadas em situações em que outras pessoas falam e elas ouvem. Em *Mansfield Park* e *Persuasão*, Jane Austen faz uso de cercas vivas para que suas heroínas ouçam por acaso o que outras pessoas discutem. Você pode usar cercas vivas, baias em escritórios abertos, monitores de bebês ligados ou quaisquer outros dispositivos para atingir o mesmo efeito.

No Capítulo 10 de *Persuasão*, Anne Elliot ouve acidentalmente os pensamentos do Capitão Wentworth sobre pessoas que se deixam persuadir com muita facilidade.

> O topo da colina, onde tinham permanecido, era um local agradável: Louisa retornou; Mary, tendo encontrado um lugar confortável para sentar-se, estava bastante satisfeita, contanto que todos os demais permanecessem próximos a ela; mas, quando Louisa se afastou com o Capitão Wentworth para tentar coletar algumas nozes em um bosque próximo, e os dois foram aos poucos saindo de seu campo de visão e audição, a satisfação de Mary acabou: ela implicou com seu assento, e estava certa de que Louisa tinha encontrado um muito melhor em algum lugar, e nada poderia impedi-la de ir procurar outro também. Ela foi em direção ao mesmo portão, mas não conseguiu vê-los. Anne encontrara um bom local para sentar-se em um declive seco e ensolarado, sob as árvores, na qual estava certa de que eles ainda estavam, em algum lugar. Mary sentou-se por um momento, mas não sossegou; estava certa de que Louisa achara um lugar melhor para descansar e ela não desistiria até encontrá-la.
>
> Anne, bastante cansada, ficou satisfeita por sentar-se; e logo ouviu o Capitão Wentworth e Louisa no bosque atrás de si, como se estivessem cruzando o caminho de volta ao longo de uma espécie de canal irregular. Estavam conversando conforme se aproximavam. Ela distinguiu primeiro a voz de Louisa. Parecia estar em meio a um acalorado discurso. O que Anne ouviu foi:
>
> — E, então, eu a obriguei a ir. Eu não podia suportar que ela estivesse temerosa em relação à visita por tamanha insensatez. Eu desistiria de fazer algo que estava determinada a fazer, algo que sabia ser correto, por causa da atitude e da interferência dessa pessoa, ou de qualquer

outra? Não, eu não sou tão facilmente persuadida. Quando tomo uma decisão, está tomada. Henrietta parecia inteiramente determinada a visitar Winthrop hoje; no entanto, estava a ponto de desistir por uma complacência absurda.

— Então, ela teria desistido se não fosse pela senhorita?

— Sim, certamente. Estou quase envergonhada em admitir.

— Que felicidade a dela por ter uma mente tão determinada quanto a sua por perto! Após as insinuações que acabou de revelar, que serviram apenas para confirmar minhas próprias observações na última vez em que estive na companhia dele, eu não preciso fingir que não sei o que está acontecendo. Vejo que se tratava de mais que uma mera visita matutina de cortesia à sua tia; e ai dele, e dela também, quando se tratar de coisas importantes, quando se virem em circunstâncias que exijam determinação e firmeza de propósitos, se ela não possui determinação suficiente para resistir a interferências indolentes em situações sem importância como esta. Sua irmã é uma criatura adorável; mas vejo que o seu é um caráter forte e determinado. Se a senhorita preza a conduta e a felicidade de sua irmã, tente incutir nela o máximo de seu caráter que puder. Mas estou certo de que o vem fazendo desde sempre. O pior de um temperamento submisso e indeciso é que nunca podemos ter certeza da influência exercida sobre ele. Nunca se pode estar certo de quanto uma boa impressão irá durar; qualquer um pode alterá-la. Que aqueles que desejam ser felizes sejam firmes. Aqui está uma noz — disse ele, colhendo uma entre os galhos mais altos — para exemplificar: uma bela e lustrosa noz que, abençoada com a resistência, sobreviveu a todas as tempestades do outono. Não há nenhuma imperfeição, nenhum ponto fraco. Essa noz — ele continuou, com uma solenidade brincalhona —, enquanto muitas de suas irmãs caíram e foram pisoteadas, ainda possui toda a felicidade que uma avelã é capaz de ter. — Então, voltando ao tom sério: — Meu principal desejo em relação àqueles que me interessam é de que sejam determinados. Para Louisa Musgrove ser bela e feliz no outono de sua vida deve cultivar todas as suas qualidades atuais.

Ele tinha terminado e não obtivera resposta. Anne teria ficado surpresa se Louisa pudesse responder imediatamente a um discurso como aquele: palavras tão interessadas, ditas com tão sério ardor! Ela podia imaginar o que Louisa estava sentindo. Quanto a si mesma, temia mover-se e ser vista. Enquanto permanecia parada, um pequeno ramo sinuoso a protegia, e logo eles continuaram a caminhar. Antes que saíssem de seu campo de audição, Louisa falou novamente:

— Mary tem um bom temperamento em muitos aspectos — disse ela —, mas às vezes ela me provoca imensamente com a sua insensatez e seu orgulho, o orgulho dos Elliot. Nós desejávamos que Charles tivesse se casado com Anne. Imagino que saiba que a intenção dele era casar-se com Anne.

Após uma breve pausa, o Capitão Wentworth disse:

— A senhorita quer dizer que ela recusou a proposta?

— Oh! sim, certamente.

— Quando isso aconteceu?

— Não sei exatamente, pois Henrietta e eu estávamos na escola, mas acredito que tenha sido um ano antes do casamento com Mary. Eu gostaria que ela o tivesse aceitado. Todos nós gostaríamos muito mais dela; e papai e mamãe acreditam que tenha sido ideia de sua grande amiga, Lady Russell. Eles acham que Charles pode não ser suficientemente letrado e culto para agradar Lady Russell e, sendo assim, ela convenceu Anne a recusá-lo.

Os sons estavam tornando-se mais difusos, e Anne não pôde compreender nada mais. Suas emoções a mantinham paralisada. Havia muito do que se recuperar antes que conseguisse se mexer. Não sofrera o destino proverbial dos que escutam as conversas alheias: não ouvira falar mal de si mesma, mas o assunto lhe causava grande sofrimento. Percebera de que maneira seu caráter era analisado pelo Capitão Wentworth, e o nível de interesse e curiosidade demonstrado por ele a deixara extremamente agitada.

Tão logo foi possível, ela saiu ao encontro de Mary e, tendo-a encontrado, caminharam juntas até onde estavam anteriormente.

Sentiu-se reconfortada quando todos se reuniram e novamente se puseram a caminho. Seu espírito desejava a solidão e o silêncio que somente um grupo pode oferecer.

EXERCÍCIO: CONVERSAÇÕES INVISÍVEIS

Às vezes você precisa apenas resumir uma conversação, dedicando uma ou duas linhas a ela, mas outras merecem ser expandidas para que o leitor possa ver as coisas se desdobrando. Escreva uma conversação, mas faça isso do ponto de vista de um personagem que pode ouvir o que está acontecendo, mas não necessariamente vê os interlocutores envolvidos. Esse é um exercício útil não só para colocar em foco seu ponto de vista, mas também para coreografar seus personagens e garantir que encontrem suas vozes certas.

ACELERANDO AS COISAS

Existem muitas ocasiões em que Jane Austen gasta apenas poucas palavras em coisas para as quais escritores menores poderiam gastar páginas. Ela faz isso quando precisa adiantar o enredo e não quer desperdiçar palavras.

Vejam esta passagem no Capítulo 42 de *Orgulho e preconceito*, que leva Elizabeth de Longbourn a Lambton com humor e economia, evocando em nossa mente os lugares que ela visita no caminho sem a necessidade de descrevê-los e se assegurando de que o leitor entenda suficientemente o que são os Gardiner como companheiros de viagem.

> Os Gardiner passaram apenas uma noite em Longbourn, e partiram na manhã seguinte com Elizabeth, em busca de novidades e aventuras. Um prazer era certo: o de ter bons companheiros de viagem; com saúde e bom temperamento para suportar pequenos contratempos,

bom humor para realçar todos os prazeres, e afeição e inteligência capazes de sugerir novas distrações, caso surgissem aborrecimentos.

Não é intenção desta obra fazer uma descrição de Derbyshire, nem dos vários lugares notáveis por que passaram no caminho; Oxford, Blenheim, Warwick, Kenilworth, Birmingham etc. são bem conhecidos. Uma pequena parte de Derbyshire é tudo o que interessa. À pequena cidade de Lambton, onde a Sra. Gardiner residira e onde, recentemente descobrira, ainda se encontravam alguns de seus velhos conhecidos, eles direcionaram seus passos depois de visitar todas as principais belezas do condado; e Elizabeth soube pela tia que Pemberley ficava a oito quilômetros de Lambton. Não ficava na estrada que tomariam, mas dois ou três quilômetros fora dela. Conversando sobre o itinerário na véspera, a Sra. Gardiner tornou a manifestar o desejo de rever a propriedade. O Sr. Gardiner concordou e perguntaram a Elizabeth se ela aprovava a ideia.

— Minha querida, você não gostaria de ver um lugar do qual tanto ouviu falar? — perguntou a tia. — Além disso, um lugar ao qual tantos de seus conhecidos estão ligados? Wickham passou lá toda a juventude, como sabe.

Elizabeth sentiu-se angustiada. Percebia que nada tinha a fazer em Pemberley e foi obrigada a manifestar sua falta de desejo. Precisou admitir que estava farta de grandes casas; depois de percorrer tantas, não encontrava mais prazer algum em belas tapeçarias ou cortinas de cetim.

Às vezes vale gastar palavras em uma viagem, em uma conversação ou em algo que possa parecer trivial, mas que seja realmente significativo. Por exemplo, temos muita tagarelice aparentemente inconsequente da Srta. Bates porque precisamos saber como ela é, como as pessoas reagem a ela e entender Highbury. É importante para o romance; por isso, Jane Austen a incluiu. Sua conversa é, alternadamente, engraçada e triste, mas não está ali em vão.

EXERCÍCIO: ELEGANTE E SIMPLES

Este é um exercício de edição. Dê uma olhada em algum trecho do seu trabalho, algo que você sinta perto de estar terminado. Para cada cena e passagem pergunte: "Isso desenvolve os personagens e adianta o enredo? Poderia meu trabalho ser mais simples?" Pense em cada palavra que usa como uma moeda e pergunte se vale a pena gastá-la.

Escolha uma passagem ou uma cena que agora pareça mera enrolação ou que podia ser contada de maneira mais vívida, elegante ou divertida. Faça cortes drásticos e reescreva. Síntese e eficiência são bons ingredientes. Lembre-se de que chatear os leitores é a pior coisa que você poderia fazer.

“E o que são oitenta quilômetros de estrada boa?”

Fazendo uso de viagens (e ficando em casa) no seu trabalho

“E o que são oitenta quilômetros de estrada boa?
Pouco mais do que meio dia de viagem.
Sim, eu a chamaria uma distância *muito* fácil.”

Sr. Darcy, Capítulo 32,
Orgulho e preconceito

COMO MENCIONEI em “Construindo o vilarejo de sua história”, o axioma de que toda grande literatura se resume a duas histórias — um homem parte em uma viagem ou um forasteiro chega à cidade — certamente parece verdadeiro na obra de Jane Austen. Em *Orgulho e preconceito*, o Sr. Bingley e o Sr. Darcy chegam à cidade, e Elizabeth parte em uma viagem. Frank Churchill chega à cidade em *Emma*, e as chegadas de Jane Fairfax e do Sr. Elton atuam para impulsionar ainda mais o enredo. Henry e Mary Crawford são os estrangeiros em *Mansfield Park*, enquanto Fanny Price é mandada a Portsmouth, tendo sido ela própria a forasteira em Mansfield Park. Catherine Morland vai a Bath e, mais além, em *A Abadia de Northanger*; Anne Elliot vai a Lyme e Bath em *Persuasão*; e *Sanditon* deveria ser inteiramente sobre viagens até a beira-mar.

Viagens são extremamente úteis para escritores. Ao mandar seus personagens em viagens, você pode fazer coisas aconteceram de maneiras interessantes e verossímeis. As viagens lhe permitem desenvolver seus personagens, introduzir outros e garantir que o enredo não fique estagnado. Os leitores gostam de ser levados em viagens e de visitar novos mundos. Coisas extraordinárias podem acontecer e preconceitos podem ser derrubados.

Em contraste com um romance passado em um vilarejo (de qualquer tipo) onde sua ação será confinada a um lugar, talvez dar à história uma atmosfera de cerco (um cerco que deve ser rompido), um romance estruturado em torno de uma viagem provavelmente tenderá a ter um tipo de enredo de busca, ou de "viagem e retorno". *A Abadia de Northanger* é o romance de Austen que mais segue esse esquema. Naturalmente, nem todos os romances obedecem a esse tipo de enredo.[1]

Frequentemente vemos os personagens de Jane Austen em trânsito. Em geral, quando são arrancados do ambiente em que se desenvolvem, eles aprendem e mudam. Estar em um local que não lhes é familiar e está fora da sua "zona de conforto" (frase horrível!) significa que os personagens experimentam coisas de diferentes maneiras, veem o mundo com olhos frescos e se tornam mais vulneráveis ao enamoramento, à sedução ou ao mau comportamento.

No primeiro capítulo de *A Abadia de Northanger*, Jane Austen joga sua heroína no mundo em uma viagem de mudança de vida.

> Atingira a idade de dezessete anos sem haver visto sequer um jovem agradável que pudesse lhe despertar a sensibilidade, sem haver inspirado uma paixão verdadeira e sem haver provocado qualquer admiração, a não ser muito moderada e passageira. Isso era o mais estranho de tudo! Mas os fatos estranhos, em geral, podem ser explicados se suas causas forem investigadas com algum afinco. Não havia um único lorde na vizinhança. Não, nem mesmo um baronete. Tampouco entre as famílias conhecidas havia alguma que houvesse abrigado e criado um rapaz encontrado na porta de casa por acidente ou sequer um jovem de origem misteriosa. Seu pai não tinha um protegido, e o senhor mais rico da paróquia não tinha filhos.
>
> Mas, quando uma jovem está destinada a se tornar uma heroína, a perversidade das quarenta famílias que a rodeiam não pode impedi-la. Algo forçosamente irá acontecer para atirar um herói em seu caminho.
>
> O Sr. Allen, que possuía a maior parte das terras perto de Fullerton, a cidadezinha em Wiltshire onde a família Morland vivia, recebeu ordens médicas para ir à cidade de Bath tratar-se de gota. Sua esposa, uma mulher bem-humorada, que gostava da Srta. Morland e que provavelmente estava consciente de que, se aventuras não acontecem a uma jovem em sua própria cidade, ela deve ir buscá-las em outro lugar, convidou-a para ir com eles. O Sr. e a Sra. Morland permitiram imediatamente, e Catherine ficou radiante.

Assim, o tom do romance é estabelecido, e Catherine Morland segue o seu caminho.

Quando o Sr. Darcy diz "E o que são oitenta quilômetros de estrada boa? Pouco mais do que meio dia de viagem. Sim, eu a chamaria uma distância *muito* fácil", mostra que é livre para viajar e fazer o que bem quiser. Tem uma irmã caçula para cuidar e a responsabilidade de Pemberley, mas, ao contrário de Elizabeth, pode ir aonde quiser quando quiser. Jane

Austen viajava, mas quase sempre tinha de esperar para ser acompanhada, geralmente por um irmão. Com frequência, vemos suas heroínas esperando, olhando pelas janelas, enquanto outras pessoas — mais ricas ou masculinas — vão e vêm à vontade. Até mesmo a rica Emma Woodhouse é mantida em casa pela necessidade de cuidar do pai. Pense nas restrições que poderiam ou não afetar seus personagens. Com percepção tardia, Elizabeth e o leitor se darão conta de que o Sr. Darcy a estava sondando em relação a se afastar da sua família. Pense nas pressuposições que seus viajantes farão. Gostam e são capazes de viajar sozinhos? Quais recursos têm para sua hospedagem? Com o que irão se preocupar? Onde irão comer? Serão obrigados a comer almoço de caixinha?

Quando você escreve sobre viagens, pode evocar todas as emoções associadas a partidas, a viagem em si e a volta ao trabalho. Uma viagem pode energizar seu enredo. Vamos começar pela partida.

EMBARCANDO EM UMA VIAGEM

Isso poderia ser usado no começo, em alguma parte do meio ou como um bom final para sua história. Em *Orgulho e preconceito*, Elizabeth se deleita diante da perspectiva de uma viagem com o Sr. e a Sra. Gardiner. Ela já estivera com Charlotte Lucas (agora Collins), passando um tempo com o Sr. Darcy e o Coronel Fitzwilliam em Rosings, a residência de Lady Catherine. Ela recusou o pedido de casamento do Sr. Darcy, mas ficou sabendo a verdade sobre Wickham, enquanto Jane se desapontou com o Sr. Bingley. Elizabeth está totalmente farta de todo o negócio de homens e do mercado matrimonial. Não admira que, no Capítulo 27, prefira a ideia de rochas e montanhas aos homens.

> Antes que a conversa fosse interrompida pelo fim da peça, Elizabeth teve o prazer inesperado de receber um convite para acompanhar os tios em uma excursão que se propunham fazer no verão.

— Ainda não decidimos onde terminará nosso passeio — disse a Sra. Gardiner. — Talvez nos Lagos.

Nenhum plano poderia ser mais agradável para Elizabeth, e a receptividade ao convite foi pronta e agradecida.

— Minha querida tia! — exclamou ela, deliciada. — Que prazer! Que felicidade! A senhora me inspira nova vida e vigor.

Adeus desapontamentos e tristezas! Que importam os homens se comparados a rochedos e montanhas? Oh! Que horas agradáveis passaremos! E, *quando* voltarmos, não faremos como os outros viajantes, que nada podem descrever com precisão. Nós *saberemos* onde estivemos, nos *lembraremos* do que vimos. Lagos, montanhas e rios não se confundirão em nossas lembranças, nem, ao tentarmos descrever uma cena, discutiremos a respeito de sua localização. Que nossas primeiras efusões sejam menos insuportáveis que as da maioria dos viajantes!

Um pouco mais adiante, no Capítulo 41, Lydia se deleita igualmente com a ideia de ir a Brighton, mas por motivos bem diferentes.

Mas as sombrias perspectivas de Lydia foram logo dissipadas, pois a Sra. Forster, a mulher do coronel do regimento, a convidara para ir a Brighton em sua companhia. Essa inestimável amiga era muito jovem e estava casada havia muito pouco tempo. A semelhança dos temperamentos alegres e bem-humorados as aproximou e, dos *três* meses em que se conheciam, eram amigas íntimas havia *dois*.

O êxtase de Lydia, sua adoração pela Sra. Forster, o deslumbramento da Sra. Bennet e a mortificação de Kitty são impossíveis de descrever. Inteiramente indiferente aos sentimentos da irmã, Lydia corria pela casa em uma felicidade inextinguível, exigindo que todos lhe dessem parabéns, rindo e falando com mais violência do que nunca; enquanto a infeliz Kitty permanecia na sala de estar, lamentando seu destino em termos irracionais e em tom ressentido:

— Não compreendo por que a Sra. Forster não *me* convidou com Lydia — disse ela. — Embora eu *não* seja sua amiga particular, tenho tanto direito a ser convidada quanto ela, mais até, pois sou dois anos mais velha. [...]

Na imaginação de Lydia, uma visita a Brighton compreendia todas as possibilidades de felicidade terrena. Ela via, com os criativos olhos da imaginação, as ruas daquela alegre cidade balneária repletas de oficiais. Imaginava-se o centro das atenções de centenas de rapazes que ainda não conhecia. Via todos os esplendores do campo militar; as barracas se estendendo em belas filas regulares, povoadas de jovens alegres, resplandecentes em suas túnicas vermelhas; para completar a cena, via a si mesma sentada sob uma dessas barracas, flertando com pelo menos seis oficiais ao mesmo tempo. [...]

Quando o grupo se retirou, Lydia foi com a Sra. Forster para Meryton, de onde deveriam partir cedo na manhã seguinte.

A separação entre ela e o restante da família foi mais barulhenta do que terna. Kitty foi a única que chorou, mas as lágrimas eram de humilhação e inveja. A Sra. Bennet foi generosa nos desejos de felicidade para a filha e eloquente nas recomendações de que não perdesse nenhuma oportunidade de se divertir; conselho que, tudo levava a crer, seria seguido à risca; e, na clamorosa felicidade de suas próprias despedidas, Lydia não ouviu os adeuses menos ruidosos das irmãs.

EXERCÍCIO

Escreva sobre alguém partindo em uma viagem. Experimente descrever as reações de outras pessoas a esse acontecimento também. Um personagem embarcar em uma viagem dá um bom final, porque você não só pode usar as emoções relacionadas a partidas, como também sua história terminará com a sensação de que seus personagens continuam depois da última página — e você poderá até mesmo criar uma sequência.

CRIANDO LUGARES

Escritores não precisam restringir-se a lugares que já visitaram. Sabemos que Jane Austen usava lugares que ela conhecia bem em sua obra, mas não tinha medo de imaginar e inventar locações para suas histórias — às vezes, a partir de lugares vistos pela janela de uma carruagem, às vezes, a partir do que as pessoas lhe contavam, e outras vezes por meio de um inteligente trabalho de adivinhação e pesquisa.

Os Watsons e *Emma* se passam em Surrey, que Jane Austen deve ter atravessado muitas vezes em suas viagens entre Hampshire e a casa de Edward, Godmersham, em Kent, onde frequentemente ela ficava. Ela também visitava parentes em Great Bookham, perto de Box Hill, que era um popular centro de excursões. Se você o visitar (ou simplesmente o ver em fotos), entenderá por que ela queria mandar o grupo de Highbury para lá. Acostumada a um vilarejo e a uma paisagem mais plana, arborizada e com alamedas, o fato de subitamente estar em um lugar tão elevado e ser capaz de ver a quilômetros de distância teria um grande impacto sobre Emma — como, sem dúvida, teve sobre a própria Jane. Existe uma sensação de os personagens serem alçados às alturas e colocados em um palco mais elevado.

Você poderia fazer uma coisa similar mandando seus personagens para outro topo/pico/cume de morro ou para o alto de uma torre ou o cimo de um arranha-céu ou de uma roda-gigante que poderia sofrer uma pane. Austen, mesmo em *Emma*, um de seus romances mais contidos geograficamente, faz muito uso de diferentes locações, das mudanças de estações e do tempo: a neve na noite da festa dos Westons resulta em Emma viajar sozinha em uma carruagem com o Sr. Elton; Jane Fairfax é vista indo ao correio na chuva e depois foge da festa de colheita de morangos em um dia de calor terrível. Os personagens viajam ao longo do ano e da mudança de estações de uma maneira que Jane Austen elaborou meticulosamente.

Podemos ver como Jane construía o mundo de seus romances em torno dos vislumbres e memórias dos lugares que visitou e daqueles sobre os quais leu, assim como daqueles que conhecia intimamente. [2]

EXERCÍCIO: É UM CONDADO DE SEBES VIVAS?

É tão fácil hoje pesquisar lugares sem ter de ir até eles, mas não seja preguiçoso. Mesmo que estude um local usando mapas ou fotografia de satélites, a realidade ainda será diferente de como você imagina. Assegure-se de haver coletado suficiente informação sobre os lugares que está usando em sua história, sejam reais ou imaginários. Pregue lembretes acima da sua mesa para inspirá-lo ou mantenha uma ficha das coisas que descobriu.

Escolha uma locação importante para sua história e pesquise a história do lugar. O que está debaixo dos pés dos seus personagens? Como o lugar mudou ao longo dos anos? Quais vestígios persistem ainda do passado do local? Desenhe um mapa dele. Que infraestrutura existe ali? Onde as pessoas comem/fazem compras/relaxam? Que árvores, plantas, animais e pássaros vivem ali? Existem pontos de tensão e lugares a evitar? Existem mundos em colisão? Colecione cartões-postais, fotos, folhetos, boletins locais, recortes de imprensa, informações sobre o mundo natural, cardápios etc.

CHEGADA

Pense em alguém chegando em algum lugar. Essa pessoa pode estar vendo o local pela primeira vez ou já ter estado lá antes. Como a chegada a esse lugar afetará seu personagem? O que suas impressões dirão aos leitores sobre o lugar e si mesmo? Como as preconcepções dos personagens e dos seus leitores poderiam ser derrubadas? Aqui Elizabeth chega a Pemberley no Capítulo 43 de *Orgulho e preconceito*.

No caminho, Elizabeth esperava, com alguma agitação, pela primeira vista dos bosques de Pemberley; e, quando afinal chegaram ao portão e entraram no parque, seu espírito estava em grande alvoroço.

O parque era muito grande e tinha as mais variadas paisagens. Entraram pela parte mais baixa e, durante algum tempo, seguiram através de um belo bosque que cobria uma grande extensão.

Apesar da conversa animada que mantinha com os tios, Elizabeth viu e admirou todas as vistas e lugares pitorescos. Por cerca de um quilômetro, o caminho subia suavemente, e depois de algum tempo se encontraram no topo de um morro bastante alto, onde o bosque cessava e a visão era imediatamente tomada pela Pemberley House, situada do outro lado do vale, pelo qual a estrada, encurvando-se bruscamente, descia. Era uma grande e bela construção de pedra, situada em uma elevação e emoldurada por uma série de colinas arborizadas; e, em frente à casa, um riacho fora represado, embora não tivesse uma aparência artificial. Suas margens não eram simétricas nem adornadas de maneira pouco natural. Elizabeth ficou encantada. Nunca vira um lugar onde a natureza tivesse sido mais generosa ou onde a beleza natural fosse tão preservada de intervenções de gosto duvidoso. Todos manifestaram admiração; e, naquele momento, ela sentiu que ser a senhora de Pemberley significava alguma coisa!

Desceram a colina, atravessaram a ponte e se aproximaram da porta; e, enquanto examinavam de perto cada aspecto do que viam, todas as suas apreensões quanto a um possível encontro com o dono da casa retornaram. Temia que a criada pudesse ter se enganado. Após solicitarem uma visita ao lugar, foram conduzidos ao hall; e, enquanto esperavam pela governanta, Elizabeth teve tempo bastante para se perguntar por que estava ali.

EXERCÍCIO

Escreva sobre alguém chegando a algum lugar. Seu personagem pode estar feliz, triste, amedrontado, relutante, a caminho de uma surpresa... O lugar não precisa ser seu destino final. Estabeleça o que vai acontecer a seguir no enredo ou use os sentimentos que seu personagem nutre pelo lugar para criar alguma tensão. Esteja pronto para surpreender o leitor.

Elizabeth não tem nenhuma ideia de que vai ver muito o Sr. Darcy quando estiver hospedada com Charlotte e o Sr. Collins em Hunsford, nem que se encontrarão de novo em Pemberley. Em *Persuasão*, Anne Elliot não sabe que ela e o Capitão Wentworth se reencontrarão de novo em Bath. Em *Razão e sensibilidade*, Marianne fica excitada pela ideia de rever Willoughby em Londres.

A VIAGEM EM SI

Viajar podia ser perigoso nos tempos de Jane Austen; até uma viagem curta podia terminar em tragédia. A prima de Jane Austen, Jane Cooper, morreu em um acidente de carruagem. Mas tais acidentes nem sempre eram fatais, e um infortúnio é o incidente incitador em *Sanditon*, exposto na abertura do romance.

> Um cavalheiro e uma dama viajando de Tunbridge para aquela parte da costa de Sussex que fica entre Hastings e Eastbourne, sendo induzidos pelos negócios a deixar a estrada principal e tentar uma vereda muito acidentada, capotaram quando faziam a longa subida, metade pedra, metade areia. O acidente ocorreu logo além da única casa próxima da vereda... A severidade da queda foi amortecida por sua marcha lenta e pela estreiteza da via; e tendo o cavalheiro saído com certa dificuldade e ajudado sua companheira a sair verificaram que nenhum dos dois sofrera mais do que o susto e algumas esfoladuras. Mas o cavalheiro havia, ao se

desvencilhar da carruagem, torcido o pé; e, logo sentindo a distensão, foi obrigado em poucos momentos a abreviar as repreensões ao cocheiro e suas congratulações à mulher e a si mesmo, e a sentar-se no barranco, incapaz de ficar de pé.

O Sr. Thomas Parker sendo despejado da sua carruagem e torcendo o pé é uma abertura perfeita. Aqui está o drama beirando a comédia de um acidente e um dos temas do romance — doença e médicos — é apresentado. A possível loucura das ações do Sr. Parker ao trabalhar com tanto afinco em Sanditon, a cidade à beira-mar que ele está tentando desenvolver, também é exposta. É um episódio escrito de maneira simples e poderia evocar junto aos leitores uma fábula ou uma parábola.

E aqui vemos Marianne sendo egocêntrica e rude no Capítulo 26 de *Razão e sensibilidade*, deixando Elinor para ser polida com a Sra. Jennings — que está assumindo um temperamento infalivelmente jovial e bem--intencionado — enquanto viajam para Londres.

Foram três dias de viagem, e o comportamento de Marianne enquanto viajavam havia sido uma amostra bem clara do que seriam sua futura delicadeza e companheirismo para com a Sra. Jennings. Permanecera sentada em silêncio durante quase todo o trajeto, mergulhada em profundas meditações e raramente falava por iniciativa própria, a não ser quando um detalhe de pitoresca beleza surgia diante de seus olhos; então, suas exclamações de encantamento eram dirigidas exclusivamente para a irmã. Para contrabalançar esse comportamento, Elinor assumira imediatamente o papel de companheira bem-educada que atribuíra a si mesma, dispensando toda a atenção possível à Sra. Jennings, conversando com ela, ouvindo-a sempre que dizia alguma coisa. Por sua vez, a Sra. Jennings tratava as duas com a maior bondade possível, era solícita a todo momento, a fim de proporcionar-lhes conforto e satisfação, preocupando-se apenas quando não conseguia fazê-las escolher o que gostariam de comer, nas estalagens onde paravam para jantar, nem obrigá-las a lhe dizer se preferiam salmão a bacalhau ou frango ensopado a costeletas de vitela.

Ao mesmo tempo em que adianta o enredo, você pode revelar muito de seus personagens ao mostrá-los em trânsito. Como se comportam? São grosseiros? Não gostam de estrada ou de aeroporto? Extraviam as passagens ou se perdem? A incerteza da viagem também lhe dá oportunidade para introduzir novos personagens ou enviar o enredo em novas direções de uma maneira plausível.

Em *A Abadia de Northanger*, quando Catherine Morland é levada de carruagem por Henry Tilney, ela e o leitor o comparam ao rústico John Thorpe, no Capítulo 20:

> Catherine ficou muito surpresa pela sugestão do general, que propôs que ela ocupasse seu lugar no faetonte de Henry até o final da viagem. Segundo ele, o dia estava lindo e ela devia ver o máximo que pudesse da paisagem.
>
> Catherine lembrou-se da opinião do Sr. Allen em relação a rapazes e carruagens abertas e corou ao ouvir tal sugestão. Pensou em recusar a oferta, mas achou que poderia confiar no julgamento do general Tilney. Afinal, ele jamais proporia algo que fosse impróprio para ela. Assim, dentro de alguns minutos viu-se ao lado de Henry no faetonte, sentindo-se a mais feliz das criaturas. Pouco tempo foi suficiente para convencê-la de que um faetonte era o veículo mais bonito do mundo. Uma carruagem puxada por quatro cavalos movia-se com majestade, decerto, mas era muito pesada e incômoda — e ela não iria esquecer facilmente a parada de duas horas em Petty France. Metade do tempo teria sido suficiente para o faetonte, e os cavalos corriam de forma tão ágil que, se o general não tivesse decidido que sua própria carruagem devia ir à frente do cortejo, o outro veículo poderia tê-la ultrapassado em meio minuto. Mas o mérito do faetonte não era todo dos cavalos. Henry dirigia tão bem! Tão silenciosamente, sem causar distúrbio algum, tentar se exibir ou falar palavrões. Que diferença do único outro cocheiro com quem Catherine

podia compará-lo! Além disso, seu chapéu lhe caía muito bem e as inúmeras camadas de sua pelerine faziam-no parecer tão belo e imponente! Passear de faetonte com ele, assim como dançar com ele, era sem dúvida a maior felicidade do mundo.

EXERCÍCIO: QUEM ESTÁ GUIANDO E O QUE SUA DIREÇÃO DIZ A SEU RESPEITO?

Escreva uma cena em que um de seus personagens esteja guiando. Como ele se comporta ao volante? Como é seu veículo? Ele ouve música? Distrai-se? Sua passageira poderia vê-lo como Catherine Morland viu Henry Tilney?

"PARA PEMBERLEY, PORTANTO, ELES IRIAM" — VIAGENS E ENREDOS

Em *The Creative Writing Coursebook*, Patricia Duncker distingue narrativas de cerco e narrativas de busca. Que tipo de história você está escrevendo? Emma Woodhouse fica em casa, mas *Emma* não é realmente uma narrativa de cerco porque é sobre a viagem de autodescoberta que ela faz. Apesar disso, o fato de que quase não vai a lugar algum é interessante; só no final ela vai deixar Highbury para uma viagem à beira-mar.

Viagens são a chave da narrativa em *Orgulho e preconceito*. Podemos imaginar como Jane Austen trabalhava o enredo, provavelmente tomando notas e consultando mapas, meticulosamente calculando horas e roteiros de viagem, como a que descreve quando Elizabeth e os Gardiner viajam para o norte, no Capítulo 42. Essa é outra narrativa de busca.

A descrição do caminho que leva a Pemberley por Jane Austen é evocativa, mas econômica. Lembre quando seu herói ou heroína deve partir e faça que ele (ou ela) chegue lá; não precisa mostrar tudo o que acontece ao longo do caminho. Você também terá de decidir se o seu personagem vai acabar voltando para casa. Experimente considerar sua narrativa como de busca, mas ela pode ser de "viagem e retorno".[3]

EXERCÍCIOS: VOLTANDO PARA CASA OU FICANDO EM CASA

1. Seu herói ou heroína tem de voltar para casa ou talvez encontrar uma nova casa? Escreva sobre voltar para casa ou encontrar uma casa. Sapatinhos de rubi são opcionais.
2. Escreva sobre um personagem que tem de ficar em casa enquanto outros partem em viagens. Muitas vezes penso sobre como Jane e Cassandra Austen ficaram à espera de notícias de Frank e Charles quando eles estavam no mar. Em *Mansfield Park*, Fanny Price estava na mesma situação quanto ao seu irmão William. O noivo de Cassandra, Thomas Fowle, era capelão de um navio e morreu de febre amarela nas Índias Ocidentais. E foram necessários vários meses para que a triste notícia chegasse à Inglaterra.

"Você sabe como é interessante a compra de um pão de ló para mim"[1]

Usando comidas e refeições em suas histórias

JANE AUSTEN fazia um uso inteligente da comida e das refeições em seus romances. Ela também comentava frequentemente em suas cartas sobre cardápios e o que se passava na cozinha. Dependendo de seus leitores potenciais, você terá muito espaço para fazer o mesmo. Existe alguma criança que não gostaria de se juntar a Ratinho e Toupeira no piquenique de *O vento nos salgueiros*, escrito por Kenneth Grahame?

Toupeira sacudiu os dedões de pura felicidade, estufou o peito com um suspiro cheio de contentamento e refestelou-se em estado de êxtase nas almofadas macias.

— QUE dia estou tendo! — disse ele. — Vamos começar imediatamente!

— Segure firme por um minuto, então! — disse Ratinho. Ele laçou a corda num aro em sua área de pouso, subiu até o seu buraco acima e depois de um curto intervalo reapareceu cambaleando debaixo de uma gorda cesta piquenique de vime.

— Empurre isso para debaixo dos seus pés — observou ele para Toupeira enquanto descia com a cesta para o barco. Então ele desamarrou a corda e pegou nos remos de novo.

— O que tem aí dentro? — perguntou Toupeira, contorcendo-se de curiosidade.

— Tem frango frio aqui dentro — respondeu sucintamente o Rato — língua fria presunto frio carne fria salada de picles pão francês sanduíches de agrião carne enlatada cerveja de gengibre limonada água com gás.

— Oh, pare, pare — gritou Toupeira, em êxtase. — É muita coisa!

— Acha mesmo? — perguntou o Rato, sério. — É só o que levo normalmente nessas pequenas excursões; e os outros animais sempre me dizem que sou uma fera cruel e carrego SÓ o necessário!

USANDO A COMIDA PARA ESTABELECER SUA OBRA NO ESPAÇO E NO TEMPO

Leia este texto escrito por Josh Sutton e publicado no *Guardian* em 18 de abril de 2012.[2]

Blyton escreveu vinte e um *livros dos Cinco*; o primeiro, *Os cinco na Ilha do Tesouro*, foi publicado em 1942. A Dra. Joan Ransley, palestrante honorária em Nutrição Humana na Universidade de Leeds, observou: "Os alimentos ingeridos nos livros ancoram os Cinco a um período definido na história alimentar. Durante e imediatamente após a Segunda Guerra Mundial, as crianças britânicas comiam bem, mas de maneira austera, e Blyton é fiel a isso." Em outras palavras, elas comiam de modo saudável, mas não com avidez. Bem mais de metade dos livros foi escrita durante o racionamento de alimentos. Talvez Blyton estivesse conscientemente tentando seus leitores com descrições elaboradas de alimentos que iam muito além das cadernetas de racionamento.

Naquele primeiro livro, uma simples porção de presunto, salada, bacon e ovos, ameixas e um bolo de gengibre levou à descoberta de lingotes de ouro na Ilha Kirrin. Mas ao longo dos anos a autora descobriu a importância da comida para se contar uma boa história: "Um enorme presunto estava sobre a mesa, e havia pães frescos e crocantes. Alfaces, orvalhadas e frios, e rabanetes vermelhos ficavam lado a lado numa grande tigela de vidro, com pedaços consideráveis de manteiga e jarras de leite cremoso" — técnicas de descrição simples, que deixavam os alimentos altamente desejáveis. Anotem isso, escritores de cardápios.

Jane Austen manda os personagens de *Emma* para um piquenique em Box Hill, mas, talvez por não estar escrevendo para crianças, não fala tanto da comida em si. No passeio, os criados são invisíveis, e é interessante especular sobre como o dia deve ter sido para eles.

Os personagens também saem para colher morangos na Abadia de Donwell. Piqueniques e eventos ao ar livre são maneiras excelentes de reunir personagens.

EXERCÍCIO: FAÇA UM PIQUENIQUE PARA SEUS PERSONAGENS

O evento pode ser romântico, engraçado, desastroso ou surreal. Quem leva a comida? O que leva? O que isso diz ao leitor?

COMIDA E PERSONALIDADE

Jane Austen adorava usar os alimentos como indicador de personalidade. O Sr. Woodhouse se aflige ao pensar que seus convidados em Hartfield, no Capítulo 3 de *Emma*, correm o risco de passar fome caso sua filha não intervenha.

> Estava tão absorta admirando aqueles meigos olhos azuis, falando e ouvindo, organizando mentalmente seus planos nos momentos mais tranquilos, que a noite voou de maneira surpreendente, e a mesa da ceia, que sempre encerrava essas reuniões, já se encontrava posta e servida diante da lareira quando se deu conta. Com um entusiasmo que ia além de seu habitual modo de agir — que, no entanto, sempre havia sido de inteira dedicação a fazer tudo com cuidado e atenção, com a sincera boa vontade de uma mente que se deliciava com as próprias ideias —, Emma fez todas as honras da ceia, serviu e recomendou o frango picado e as ostras cozidas com uma insistência que sabia aceitável no início da refeição e diante da bem-educada hesitação dos convidados.
>
> Nessas ocasiões, os sentimentos do pobre Sr. Woodhouse travavam uma triste batalha. Ele gostava de ver a mesa posta, porque era um hábito de sua juventude, mas a convicção de que determinadas comidas não eram saudáveis o fazia afligir-se ao mesmo tempo que sua hospitalidade o induzia a oferecer tudo aos convidados. A preocupação com a saúde deles o mortificava ao pensar no que estavam comendo.
>
> O único alimento que considerava digno de oferecer era um prato fundo de mingau ralo, como o dele próprio. Contudo, enquanto as senhoras consumiam animadamente as iguarias, via-se obrigado a dizer-lhes:
>
> — Sra. Bates, deixe-me insistir em que experimente um desses ovos. Um ovo cozido, bem macio, não é prejudicial à saúde. E Serle sabe cozinhar um ovo como ninguém! Não precisa ter medo... Eles são pequenos... está vendo? Um pequeno ovo como este não irá fazer-lhe mal. Sra. Bates, deixe que Emma lhe sirva um *pequeno* pedaço de torta... um pedaço *realmente*

pequeno. As nossas são tortas de maçã. Não precisa temer, são perfeitamente saudáveis. Não aconselho o creme. Sra. Goddard, o que acha de *meio* copo de vinho? Um *pequeno* meio copo... com algumas gotas de água? Não acredito que isso possa fazer mal à senhora.

Emma deixava o pai falar, porém servia os convidados de maneira sempre satisfatória, e, nessa noite, tinha um prazer especial em fazer com que fossem embora felizes. E a felicidade da Srta. Smith tinha sido obtida exatamente como Emma desejava. A Srta. Woodhouse era uma personalidade tão importante em Highbury que a perspectiva de ser apresentada a ela lhe causara mais pânico do que satisfação. Entretanto, a humilde, grata e pequena moça saiu de Hartfield com impressões maravilhosas, encantada com a afabilidade com que a Srta. Woodhouse a tratara durante toda a noite, até mesmo lhe apertando a mão ao despedir-se!

No Capítulo 48 de *Mansfield Park*, o Dr. Grant morre após exagerar — "o Dr. Grant foi levado à apoplexia e morte depois de três grandes jantares institucionais em uma semana" —, e a Sra. Norris é adepta de sugar e parasitar, enquanto o Sr. Hurst no Capítulo 8 de *Orgulho e preconceito* perde o interesse por Lizzy Bennet quando descobre que ela prefere molhos simples. Talvez Jane estivesse sendo patriótica aqui — Elizabeth está expressando uma preferência pela comida inglesa durante as Guerras Napoleônicas —, mas definitivamente está nos mostrando quanto o Sr. Hurst é voraz.

Às cinco horas, as duas senhoras deixaram o quarto para se arrumar e, às seis e meia, Elizabeth foi chamada para jantar. À torrente de amáveis perguntas, entre as quais ela teve o prazer de distinguir a grande solicitude do Sr. Bingley, ela não pôde dar uma resposta muito favorável. Jane não estava nada melhor. Ao ouvirem isso, as irmãs repetiram três ou quatro vezes que sentiam muito, que era bastante desagradável resfriar-se e que detestavam ficar doentes. Depois não pensaram mais no assunto; e a indiferença que demonstravam por Jane quando esta não estava presente restituiu a Elizabeth o prazer de detestá-las.

O irmão delas era, aliás, o único do grupo passível de alguma complacência. Seu cuidado com Jane era evidente, e a atenção que dedicava a Elizabeth, bastante agradável, além de tê-la impedido de sentir-se como a intrusa que, a seu ver, os outros a consideravam. O restante do grupo mal pareceu notá-la. A Srta. Bingley estava fascinada pelo Sr. Darcy; sua irmã, pouco menos do que ela; e, quanto ao Sr. Hurst, que Elizabeth tinha a seu lado, era um homem indolente, que vivia apenas para comer, beber e jogar cartas, e que, ao perceber que Elizabeth preferia um prato mais simples a um guisado, perdeu toda a vontade de conversar com ela.

Em *A bela Cassandra*, escrito quando Jane Austen era muito jovem, sua heroína rebelde devora seis sorvetes, recusa-se a pagar por eles e escapa.

Mesmo quando sua própria saúde se tornou frágil, Austen conseguia fazer graça de situações espalhafatosas e exageradas. Aqui está uma noite com os Parker em *Sanditon*.

— Se eu fosse bilioso — ele continuou —, você sabe, o vinho não combinaria comigo, mas ele me faz bem. Quanto mais vinho bebo, com moderação, melhor fico. Sempre me sinto melhor à noite. Se você me visse hoje antes do jantar, teria pensado que eu era uma criatura deveras miserável.

Charlotte acreditava naquilo. No entanto, manteve sua expressão e disse:

— Pelo que conheço de problemas nervosos, tenho uma boa ideia da eficácia do ar e de exercícios contra elas: exercícios diários e regulares; e devo recomendar que você as coloque em prática com uma frequência maior do que tem como hábito.

— Oh, tenho grande apreciação por exercícios — respondeu ele — e tenho a intenção de caminhar bastante enquanto estiver aqui, caso o clima esteja ameno. Hei de sair todas as manhãs antes do café e darei inúmeras voltas no pátio, e você me verá com frequência na Casa Trafalgar.

— Mas você não considera uma caminhada à Casa Trafalgar exercício demais, certo?

— Não em termos de mera distância, mas a ladeira é tão íngreme! Subir aquela ladeira, no meio do dia, me faria transpirar em abundância! Você me veria todo encharcado quando eu chegasse lá! Sou bastante suscetível à transpiração e não existe sinal maior de nervosismo.

Eles agora se aprofundavam tanto na física que Charlotte viu a entrada da criada com os elementos do chá como uma interrupção bastante apropriada. O efeito foi uma grande e imediata mudança. A atenção do rapaz se perdeu temporariamente. Ele tirou seu próprio cacau da bandeja, que parecia fornida com quase o mesmo número de chaleiras que o de pessoas os acompanhando — a Srta. Parker bebendo uma espécie de chá de ervas e a Srta. Diana outro — e se virou completamente para o fogo, sentado, aquecendo-o e cozinhando-o ao seu próprio gosto e torrando algumas fatias de pão, já preparadas no suporte para torradas; e, até que tudo estivesse pronto, ela não ouviu mais a voz dele, a não ser pelo murmúrio de algumas poucas frases incompletas de autoaprovação e sucesso.

Quando seus afazeres foram encerrados, no entanto, ele reposicionou sua cadeira da maneira mais galante possível e provou que não estava trabalhando só para si, conforme demonstrou por meio do convite sincero para que ela pegasse tanto o cacau quanto a torrada. Já haviam servido chá a ela, o que o deixou surpreso, de tão completamente absorto que se encontrava.

— Pensei que faria tudo a tempo — disse ele —, mas o cacau leva um bom tempo fervendo.

— Eu lhe agradeço muito — respondeu Charlotte. — Mas prefiro chá.

— Então irei me servir — disse ele. — Uma xícara grande de cacau bem fraco toda noite me satisfaz mais do que qualquer outra coisa.

Ela ficou intrigada, entretanto, ao ver que à medida que ele servia seu cacau bem fraco o líquido descia num fluxo bastante fino e escuro; e na mesma hora as irmãs dele começaram a gritar:

— Oh, Arthur, a cada noite você deixa seu cacau mais forte — com a resposta de certa forma consciente de Arthur, dizendo: Está bem mais forte do que deveria esta noite.

Convenceram-na de que Arthur, em hipótese alguma, planejava passar fome conforme elas podiam desejar ou quanto ele próprio achava adequado. Ele certamente se mostrou bastante feliz em direcionar o assunto para torrada seca e não ouvir mais nada das irmãs.

— Espero que coma um pouco de torrada — disse ele. — Considero a mim mesmo um ótimo torradeiro. Jamais queimo minhas torradas, nunca as coloco próximo ao fogo de início. E, ainda assim, veja, não há um só canto que não esteja bem assado. Espero que goste de torrada seca.

— Com uma quantidade razoável de manteiga passada sobre ela, gosto bastante — disse Charlotte —, mas não de outra maneira.

— Nem eu — disse ele, excessivamente satisfeito. — Somos bem parecidos em relação a isso. Longe de ser saudável, considero a torrada seca algo ruim para o estômago. Sem um pouco de manteiga para amaciá-la, machuca o revestimento do estômago. Estou certo de que o faz. Terei o prazer de passar um pouco de manteiga para você diretamente e depois disso passarei um pouco para mim. Faz muito mal mesmo ao revestimento do estômago, mas não tem como convencer certas pessoas. Irrita e age como um ralado de noz-moscada.

No entanto, ele não conseguiu exercer controle sobre a manteiga sem certo esforço; suas irmãs o acusavam de comer demais e declaravam que ele não era digno de confiança, ao passo que ele sustentava que comia apenas para proteger o revestimento do estômago e, além disso, só as queria agora para a Sra. Heywood.

Tal apelo prevaleceu. Ele pegou a manteiga e a passou no pão para ela com uma precisão de julgamento que pelo menos deixou a si próprio encantado.

Mas, quando a torrada dela ficou pronta e ele pegou a sua na mão, Charlotte mal conseguiu se conter ao vê-lo observando as irmãs enquanto raspava escrupulosamente quase tanta manteiga quanto colocava e depois aproveitava para acrescentar um bom naco pouco antes de colocá-lo na boca. Certamente a avaliação do Sr. Arthur Park quanto à convalescença era bem diferente da de suas irmãs — de maneira alguma tão espiritualizada. Uma boa quantidade das impurezas terrenas o acometia. Charlotte não pôde deixar de desconfiar de que ele adotava aquela linha de vida principalmente para a indulgência de um temperamento indolente e para que não houvesse qualquer tipo de confusão, a não ser aquelas exigidas por cômodos quentes e boa alimentação.

Num particular, entretanto, ela logo descobriu que ele havia visto alguma coisa nelas.

— O quê! — disse ele. — Vocês se aventuram em duas xícaras de chá-verde forte numa noite? Que nervos devem ter! Como eu as invejo! Agora, se eu resolvesse engolir uma só xícara, qual efeito vocês acham que isso teria em mim?

— Talvez o mantivesse acordado por toda a noite — respondeu Charlotte, tentando abafar as tentativas de surpresa da parte dele por meio da grandeza de suas próprias concepções.

— Ah, se isso fosse tudo! — exclamou ele. — Não. Atua sobre mim como um veneno e traria completamente a utilização do meu lado direito antes que dessem cinco minutos desde a ingestão. Parece quase inacreditável, mas isso já me aconteceu tantas vezes que não posso duvidar. O uso do meu lado direito me é completamente subtraído por várias horas!

— Parece bem estranho, é verdade — respondeu Charlotte friamente —, mas ouso dizer que seria demonstrado que se trata da coisa mais simples do mundo por aqueles que estudaram lados direitos e chá-verde cientificamente e entendem todas as possibilidades das ações que um causaria no outro.

EXERCÍCIO

Escreva uma ou mais cenas em que a escolha alimentar de seus personagens expresse mais que um punhado de grãos de feijão para o leitor. Obviamente, nem todos podem escolher ou pagar pelo que realmente gostariam de comer.

COMIDA SIMBÓLICA

Jane Austen entendia muito bem a importância sensual e simbólica da comida. Em Pemberley, a timidez de Georgiana é demonstrada por sua falta de destreza com os elementos do chá, ao passo que frutas exóticas e da estação mostram a Lizzy como a vida com o Sr. Darcy poderia ser doce (Capítulo 45 de *Orgulho e preconceito*).

Convencida, como estava agora, de que a antipatia da Srta. Bingley era devida ao ciúme, Elizabeth não podia deixar de sentir que sua presença em Pemberley seria muito desagradável para ela e estava curiosa para saber com que grau de amabilidade da parte da Srta. Bingley suas relações seriam agora renovadas.

Ao chegarem à casa, foram conduzidas através do hall de entrada à sala de visitas, que, dando para o lado norte, era muito agradável no verão. Suas janelas abriam-se para o pátio, descortinando uma vista encantadora das altas colinas recobertas de árvores e dos belos carvalhos e castanheiras espalhados sobre o gramado próximo.

Nesse aposento, foram recebidas pela Srta. Darcy, que estava acompanhada pela Sra. Hurst, pela Srta. Bingley e pela senhora que morava com ela em Londres. Georgiana as recebeu com toda a amabilidade; embora em sua atitude transparecesse aquele embaraço derivado da timidez e do medo de errar, e que poderia facilmente ser tomado por orgulho e reserva pelas pessoas que se sentissem inferiores. A Sra. Gardiner e a sobrinha, no entanto, lhe faziam justiça e se compadeciam dela.

Pela Sra. Hurst e pela Srta. Bingley, foram recebidas com uma mera reverência; e, depois que se sentaram, uma pausa, constrangedora como sempre são essas pausas, persistiu por alguns instantes. Foi quebrada pela Sra. Annesley, uma senhora gentil e de aparência agradável, cuja tentativa para introduzir algum tipo de assunto dava provas de que tinha mais educação do que qualquer uma das outras; e entre ela e a Sra. Gardiner, com o apoio ocasional de Elizabeth, a conversa foi estabelecida. A Srta. Darcy parecia desejar apenas um pouco de coragem para se juntar a elas; e às vezes arriscava uma frase curta, quando parecia não haver muito perigo de ser ouvida.

Elizabeth percebeu, desde logo, que estava sendo atentamente observada pela Srta. Bingley e que não podia dizer uma só palavra, sobretudo para a Srta. Darcy, sem despertar sua atenção. Essa observação não a teria impedido de tentar conversar com a Srta. Darcy, se não estivessem sentadas a uma distância tão inconveniente, mas não lamentava ser poupada da necessidade de falar muito. Seus próprios pensamentos a absorviam. Esperava, a qualquer momento, que alguns dos cavalheiros entrassem na sala. Desejava e temia que o dono da casa estivesse entre eles e, se mais desejava ou mais temia, era incapaz de definir. Depois de permanecerem sentadas por quinze minutos sem ouvir a voz da Srta. Bingley, esta chamou a atenção de Elizabeth com uma fria pergunta sobre a saúde de sua família. Ela respondeu com iguais indiferença e concisão, e a outra nada mais disse.

O acontecimento seguinte foi a entrada de criados, que traziam travessas de carne fria, bolos e uma grande variedade das melhores frutas da estação; mas isso não aconteceu senão depois de muitos olhares significativos e sorrisos da Sra. Annesley, dirigidos à Srta. Darcy para que se lembrasse de sua posição. Havia agora ocupação suficiente para o grupo inteiro; pois, embora nem todas pudessem conversar, todas podiam comer; e as belas pirâmides de uvas, ameixas e pêssegos logo as reuniram em torno da mesa.

Assim ocupada, Elizabeth teve uma boa oportunidade para decidir se realmente temia o aparecimento do Sr. Darcy ou se o desejava, quando o próprio entrou na sala; e então, embora no momento anterior seu desejo tivesse predominado, começou a lamentar que ele estivesse ali.

Em *Emma*, Robert Martin oferece boas coisas a Harriet Smith e trabalha arduamente para obtê-las para ela, algo que Emma não aprecia (Capítulo 4).

Seguindo sua inspiradora intuição, Emma redobrou e aprofundou as perguntas, levando a jovem a falar especialmente mais do Sr. Martin. Ficou evidente que gostava dele. Harriet se prontificou de imediato a contar sobre a participação que ele tivera em passeios ao luar, nos alegres jogos do serão e falou bastante sobre como era bem-humorado e atencioso. Ele percorrera cinco quilômetros ao redor da casa da fazenda para conseguir algumas nozes só porque ela dissera que as adorava. E em tudo mais o Sr. Martin mostrava-se tão atencioso! Uma noite, ele levara o filho de seu pastor de ovelhas para a sala da casa a fim de que cantasse para ela, pois gostava muito de canto! E ele próprio sabia cantar um pouco.

Achava o Sr. Martin muito inteligente, e ele entendia de todas as coisas; produzia a lã mais fina do local — e, enquanto ela permanecera na fazenda, a sua produção de lã havia sido a maior no condado! Ela acreditava que todo mundo falava bem dele. A mãe e as irmãs o adoravam. A Sra. Martin um dia lhe dissera (e Harriet corou quando falou nisso) que era impossível que alguém fosse um filho melhor e que tinha absoluta certeza de que, quando ele se casasse, seria um bom marido. Não que *quisesse* que ele se casasse logo. Afinal, não havia nenhuma pressa.

EXERCÍCIO

Escreva uma cena em que utilize as qualidades simbólicas ou sensuais dos alimentos. Como um personagem pode usar alimentos em forma de presente? Será que o destinatário de tal presente o aceitaria?

CENA FIXA — MANEIRAS DE COLOCAR TODOS NO PALCO

Refeições e festas são muito úteis para os escritores. Você pode colocar muita gente no palco e fazer com que todos interajam de maneiras novas e inesperada com um potencial infinito para drama e comédia. Aqui está no Capítulo 13 de *Orgulho e preconceito*.

O Sr. Collins chegou pontualmente e foi recebido com grande cortesia por toda a família. O Sr. Bennet, na verdade, pouco falou, mas as senhoras foram mais comunicativas, e o Sr. Collins não parecia precisar de encorajamento, nem estava absolutamente disposto a ficar calado. Era um rapaz alto e corpulento, de vinte e cinco anos. Tinha um ar grave e imponente e maneiras cerimoniosas. Não tardou a cumprimentar a Sra. Bennet por ter filhas tão encantadoras, dizendo que muito ouvira falar da beleza delas, mas que naquele caso a fama ficara aquém da verdade; e acrescentou que não duvidava de que a Sra. Bennet as veria casadas dentro em pouco.

Esse galanteio não agradou muito a algumas das ouvintes, mas a Sra. Bennet, que não recusava elogios, respondeu prontamente:

— O senhor é muito gentil, com certeza, e espero de todo o coração que assim seja, pois, de outra maneira, elas se encontrariam em uma situação muito difícil. As coisas se arranjam de um modo tão estranho...

— A senhora alude, talvez, à sucessão desta propriedade?

— Ah, meu caro senhor, é isso mesmo. Deve admitir que é uma triste situação para minhas pobres filhas; não que eu culpe o *senhor* por isso, pois sei que essas coisas são uma questão de sorte.

— Sou muito sensível, minha senhora, às dificuldades de minhas primas, e muito poderia dizer sobre o assunto, mas temo parecer atrevido ou precipitado. Mas posso assegurar às jovens que vim disposto a admirá--las. No momento, não direi mais nada; talvez quando nos conhecermos melhor...

Foi interrompido pelo chamado para o jantar; e as meninas trocaram sorrisos. Elas não foram o único objeto da admiração do Sr. Collins. O saguão, a sala de jantar e todos os móveis foram examinados e louvados; e seus elogios teriam tocado o coração da Sra. Bennet, não fosse a mortificante suposição de que ele observava tudo aquilo com olhos de futuro proprietário. O jantar, por sua vez, também foi bastante apreciado; e o Sr. Collins desejou saber a qual das belas primas deveria atribuir a excelência dos pratos, mas foi corrigido pela Sra. Bennet, que respondeu um tanto asperamente que a família podia perfeitamente manter uma cozinheira, e que suas filhas nada tinham a fazer na cozinha. Ele rogou perdão por ter sido desagradável. Em um tom mais brando, ela declarou que não estava ofendida de modo algum, mas ele continuou a se desculpar por quinze minutos.

EXERCÍCIO

Este é um exercício para quando você já conhecer seus personagens. Escreva uma cena fixa, como um jantar de gala. A comida e a bebida são secundárias; concentre-se no diálogo, na comédia, no drama e em mostrar ao leitor como seus personagens e a trama estão se desenvolvendo.

Pernis de carneiro e doses de ruibarbo

Sobre a vida de escritor, não sobre comida

QUANDO VOCÊ se sentir desencorajado, o que acontecerá muitas vezes, lembre-se de que Jane Austen levava a sério seus textos e já trabalhava arduamente em seu ofício por cerca de vinte anos antes de *Razão e sensibilidade* ser publicado. Ela acreditava plenamente no que vinha fazendo desde muito jovem. Espero que este capítulo o ajude a seguir firme como escritor e que, ao usar os métodos práticos de Jane, você consiga se armar contra as adversidades e seja capaz de finalizar seus projetos e colocá-los no mundo.

Aqui está a defesa que Jane Austen fez do romance como forma de escrever, extraído do Capítulo 5 de *A Abadia de Nothanger.* Ela explica por que seguiu em frente e por que você também deveria fazê-lo. Escrever é difícil, mas vale a pena. Seja ambicioso; ainda que seus esforços não sejam reconhecidos com elogios e uma fortuna, você terá se tornado mais inteligente, terá criado algo e, caso faça parte de um bom grupo de escrita, terá o mesmo prazer e senso de pertencimento que os membros de um coral desfrutam.

> Não adotarei esse rude e mesquinho hábito, tão comum entre os escritores de romances, de degradar com censuras cheias de desprezo o tipo de obra que eles próprios produzem. Esses escritores se unem aos seus maiores inimigos, lançando os piores insultos a essas obras e quase nunca permitindo que sejam lidas por suas próprias heroínas, que, quando tocam em um romance, logo são vistas virando suas insípidas páginas com nojo. Que pena! Se a heroína de um romance não for tratada com condescendência pela heroína de outro, de quem ela poderá esperar proteção e carinho? Não posso aprovar tal maneira de agir. Deixemos que os críticos literários ofendam estas efusões da imaginação tanto quanto queiram e que, com as mesmas antigas fórmulas, lamentem-se do lixo que os faz gemer. Não vamos desertar uns aos outros. Pertencemos a uma profissão ultrajada. Embora nossas produções tenham oferecido prazer mais extenso e genuíno do que aquelas vindas de qualquer outra corporação literária no mundo, nenhum gênero de composição jamais foi tão depreciado. Devido ao orgulho, à ignorância ou apenas à moda, nossos inimigos são quase tão numerosos quanto nossos leitores. E, enquanto as habilidades da enésima pessoa a resumir a História da Inglaterra ou daquela que reúne em um volume algumas dúzias de linhas escritas por Milton, Pope e Prior, com um artigo do *Spectator* e um capítulo de Sterne, são louvadas por mil penas, parece haver um desejo quase generalizado de insultar a capacidade e menosprezar o trabalho do romancista, dando-se pouca importância a obras que contêm apenas inteligência, graça e bom gosto a recomendá-las. "Não sou um leitor de romances. Raramente leio romances. Não pense que eu sempre leia romances. Até que é bom para um romance." Isso é o que todos dizem. "O que você está lendo,

senhorita?". "Oh! É apenas um romance." Responde a jovem, largando o livro com fingida indiferença ou vergonha momentânea. É apenas *Cecilia, Camilla* ou *Belinda*, ou, em resumo, apenas uma obra em que os maiores poderes da mente são demonstrados, em que o mais profundo conhecimento da natureza humana, a mais feliz delineação de suas variedades, as mais vivazes demonstrações de graça e humor são levados ao público na linguagem mais cuidadosamente escolhida.

UMA PRIMEIRA INCURSÃO

Esta é provavelmente a primeira incursão de Jane no mundo das publicações: uma carta na *Loiterer* (uma revista administrada por seus irmãos em Oxford), de 28 de março de 1789. Jane tinha quatorze anos quando a carta foi publicada. Ela pode muito bem ter colaborado com Cassandra, mas parece uma Jane vintage — glorificada de absurdo. A autora tinha um quê de Lizzy Bennet — "Tolices e disparates, caprichos e inconsistências *de fato* me divertem, admito, e rio deles sempre que posso".[1] A autora da carta é alguém que gosta de ler e pensar sobre livros, publicações, público e gênero. Adoro a frase "Não conceber, em oito textos, nem uma só história sentimental sobre amor e honra, e tudo isso". E quem senão uma irmã encerraria com "Se acharem adequado atender a esta minha injunção, podem esperar ouvir de mim novamente, e talvez eu possa até lhes oferecer certa ajuda, mas, caso contrário, que o seu trabalho seja condenado à loja do confeiteiro e que vocês sejam condenados a ter uma irmã solteira cuidando da casa para vocês".

Os editores (seus irmãos) apresentaram a carta da seguinte maneira:

> A seguinte carta nos foi trazida na semana passada, enquanto deliberávamos sobre um tema adequado à Loiterer; e, como esta é a primeira benevolência desse tipo que recebemos do sexo frágil (ou seja, em nossa condição de autores), aproveitamos a oportunidade para colocá-la perante

nossos leitores, e esperamos que sua bela autora considere nossa presente vontade de atender às suas ordens como forma de compensar nossos descuidos passados, e não mais condenar nosso jornal como uma performance pedante ou rotular seus autores de velhos solteirões.

Ao AUTOR *da* LOITERER

Senhor,

Venho, por meio desta, informá-lo de que o senhor não se encontra mais em minhas graças e que, se não melhorar seus modos, logo hei de deixar de frequentá-lo. Como deve saber, sou uma assídua leitora, e, para não mencionar algumas centenas de volumes de Romances e Peças, nos últimos dois verões, li todos os textos dos nossos mais celebrados periodistas, do Tatler ao Spectator e ao Microcosm e o Olla Podrida. De fato, amo os textos periódicos mais que qualquer outra coisa, em especial aqueles em que se encontram muitas histórias sobre as quais os jornais não se delongam. Garanto-lhe que meu coração bateu de alegria quando fiquei sabendo de vossa publicação, a qual imediatamente ordenei que fossem buscar e desde então acolhi.

Entretanto, lamento dizer, meu senhor, mas na verdade acho esta a obra mais estúpida que já vi na vida: não que alguns dos textos não sejam bem escritos, só que alguns dos temas são tão mal escolhidos que nunca chegam a despertar o interesse. — Não conceber, em oito textos, nem uma só história sentimental sobre amor e honra, e tudo isso. — Nem um só conto oriental cheio de paxás e ermitões, pirâmides e mesquitas — não, nem mesmo uma alegoria ou sonho fez qualquer tipo de aparição na Loiterer. Por que, meu caro senhor — por que o senhor acredita que nos importamos com a maneira como os homens de Oxford gastam seu tempo e seu dinheiro — nós, que temos muito a fazer para gastar o nosso. De minha parte, nunca, se não por uma vez, estive em Oxford na minha vida, e estou certa de nunca mais querer voltar em tal lugar. Fui arrastada por tantas capelas funestas, bibliotecas empoeiradas e saguões sebosos que passei mal por dois dias. Já quanto ao seu último jornal, a história era boa o suficiente, mas não havia amor nem havia mulheres nela ou, pelo menos, não uma mulher jovem; e me pergunto como o senhor pode ser culpado de tal omissão, especialmente quando poderia ser evitada com tanta facilidade. Em vez de se instalar em Yorkshire, ele podia ter escapado para a França, e lá, o senhor sabe, o senhor podia tê-lo feito se apaixonar por uma Paysannne francesa, que poderia acabar se revelando uma ótima pessoa. Ou o senhor poderia fazê-lo atear fogo a um convento, e carregar para fora uma freira, a qual ele viria a converter posteriormente, ou algo do gênero, só para criar um alvoroço e deixar a história mais interessante. Para ser breve, o senhor ainda não dedicou um só número à diversão do nosso sexo, e não nos dedicou qualquer tipo de atenção, como se pensasse, como os turcos, que não somos dotadas de almas. Disso tudo, concluo que o senhor nada mais é do que algum velho Membro de uma Universidade que jamais viu algo do mundo além dos limites da Instituição e jamais conversou com uma mulher, a não ser pela sua arrumadeira e pela lavadeira. Por isso lhe dou este conselho que o senhor seguirá por valorizar nossa benevolência ou sua própria reputação. — Que não ouçamos mais falar de seus Diários de Oxford, de seus Homelys e Cockney; mande-os embora e encontre um novo grupo de correspondentes, dentre os jovens de ambos os sexos, mas principalmente do nosso; e nos faça ver algumas histórias interessantes e comoventes, relatando os infortúnios de dois amantes que morrem subitamente a caminho da igreja. Faça o amante ser morto em um duelo, ou se perder no mar, ou então o senhor pode fazer com que ele atire contra si mesmo, como o senhor bem entender; já com relação à donzela, esta obviamente irá à loucura. Ou então, caso assim o senhor deseje, poderá também matá-la e fazer com que seu amante enlouqueça; lembre-se apenas de que, faça o que fizer, seu herói e sua heroína devem ter uma boa dose de sentimentos e também nomes muito bonitos. Se acharem adequado atender a esta minha injunção, podem esperar ouvir de mim novamente e talvez eu possa até lhes oferecer certa ajuda, mas, caso contrário, que seu trabalho seja condenado à loja do confeiteiro e que vocês sejam condenados a ter uma irmã solteira cuidando da casa para vocês.

Cordialmente, enquanto o senhor se comportar,
SOPHIA SENTIMENT[2]

COMEÇANDO PEQUENO

Os primeiros romances de muitos escritores na verdade não são seus primeiros romances. Quase todos os autores têm algumas histórias inacabadas e outras completas, falsos começos e, com frequência, caixas de manuscritos empilhados em um canto. Isso certamente foi o que aconteceu com Jane Austen. Nem mesmo ela conseguiu se sair com *Razão e sensibilidade* ou *Orgulho e preconceito* logo na primeira tentativa. Espera-se que seu aprendizado como escritor leve tempo. As pessoas que se inscrevem em uma aula de arte para adultos não pedem ao professor informações sobre negociantes de arte e sobre as galerias de Londres em sua segunda semana de curso, mas, por algum motivo, o pensamento daqueles que apenas acabaram de começar a escrever se volta para contratos de publicação e prêmios.

Concentre-se, antes de mais nada, em finalizar algo, seja uma história curta, um microconto ou um poema. Não espere que a fama e a fortuna venham em seus primeiros esforços. As pessoas não falavam sobre microcontos no final do século XVIII, quando Jane começou a escrevê-los, mas, com suas 378 palavras, poderíamos aplicar o termo à *A bela Cassandra*, escrita para sua irmã e preservada junto a outras obras primordiais em Primeiro Volume, de Jane Austen:

A Bela Cassandra
Um Romance em Doze Capítulos
dedicado mediante permissão à Srta. Austen.

Dedicação:
Madame

Você é uma Fênix. Seu gosto é refinado, seus Sentimentos são nobres, e suas Virtudes, inumeráveis. Sua Pessoa é adorável, sua Figura, elegante, e sua Forma, majestosa. Seus modos são polidos, sua Conversa é racional e sua aparência, singular. Se, portanto, o seguinte Conto houver de lhe proporcionar um momento de diversão, todo desejo será saciado por parte de

Sua mais
obediente e humilde serva
A Autora

Capítulo Primeiro

Cassandra era a Filha e a única Filha de um célebre modista de Bond Street. Seu pai era de Berço nobre, sendo o irmão do Mordomo da Duquesa de —.

Capítulo Segundo

Ao alcançar seu 16º ano, Cassandra era adorável e simpática e, sob o risco de se apaixonar por uma elegante boina que sua Mãe acabara de terminar, encomendada pela Condessa de —, ela o colocou sobre sua delicada Cabeça e saiu da loja da Mãe para fazer sua Fortuna.

Capítulo Terceiro

A primeira pessoa que encontrou foi o Visconde de —, um jovem rapaz, não menos celebrado por seus Feitos & Virtudes que por sua Elegância & Beleza. Ela lhe fez uma reverência e seguiu em frente.

Capítulo Quarto

Ela então seguiu até uma confeitaria, onde devorou seis sorvetes, recusou-se a pagar por eles, derrubou o confeiteiro e foi embora.

Capítulo Quinto

Ela então subiu em uma carruagem e pediu para ser levada a Hampstead, onde, tendo apenas chegado, ordenou ao Cocheiro que desse meia-volta e a levasse ao ponto de onde partira.

Capítulo Sexto

Depois de levá-la ao mesmo ponto na mesma rua de onde partiram, o Cocheiro exigiu seu Pagamento.

Capítulo Sétimo

Ela revirou os bolsos uma vez após a outra, mas todas as buscas foram infrutíferas. Não encontrou dinheiro algum. O homem começou a se mostrar peremptório. Ela colocou sua boina na cabeça dele e saiu correndo.

Capítulo Oitavo

Por muitas ruas então ela passou, sem encontrar em qualquer uma delas a menor Aventura, até dobrar uma Esquina em Bloomsbury Square, onde encontrou Maria.

Capítulo Nono

Cassandra levou um susto, e Maria pareceu surpresa; as duas tremeram, coraram, empalideceram e passaram uma pela outra em um silêncio mútuo.

Capítulo Décimo

Em seguida, Cassandra foi abordada por sua amiga, a Viúva, que, apertando sua Cabecinha pela janela, perguntou como ela estava. Cassandra fez uma reverência e seguiu em frente.

Capítulo Décimo Primeiro

Um quarto de milha a levou ao seu teto paterno em Bond Street, do qual estivera ausente por quase sete horas.

Capítulo Décimo Segundo

Ela entrou em casa e foi apertada contra o peito da Mãe por aquela valorosa Mulher. Cassandra sorriu & sussurrou para si mesma: "Este foi um dia bem gasto."

Finis

EXERCÍCIO

Escreva uma história no espírito de *A bela Cassandra* de apenas uma página. Se quiser, tome emprestada a estrutura circular — seu personagem parte, algumas coisas acontecem e depois ele volta para casa. Você pode basear seu personagem em alguém que conhece, embora seja melhor não contar isso a ninguém caso o faça. *A bela Cassandra* é o presente tolo e afetuoso de uma irmã a outra, mas os personagens e o cenário são estabelecidos, coisas ocorrem, há diálogo e ação, há piadas e, no fim, temos a sensação de que se trata de uma história completa na qual a personagem central e o que compreendemos sobre ela foram mudados.

Você pode escrever sua história sobre uma pessoa que deseja e rouba algo "sob o risco de se apaixonar por uma elegante boina que sua Mãe acabara de terminar, encomendada pela Condessa de —, ela o colocou sobre sua delicada Cabeça e saiu da loja da Mãe para fazer sua Fortuna". O que farão com o artigo roubado? Ou alguém que satisfaz um desejo: "Ela então seguiu até uma confeitaria, onde devorou seis sorvetes, recusou-se a pagar por eles, derrubou o confeiteiro e foi embora." Ou alguém que não revela como passou o dia. Quando a bela Cassandra chega em casa, é "apertada contra o peito da Mãe por aquela valorosa Mulher", mas não menciona o que andou fazendo: "Cassandra sorriu & sussurrou para si mesma: 'Este foi um dia bem gasto.'"

Não se preocupe caso sua história pareça boba ou inconsequente. O mais importante é terminá-la. Por enquanto, atenha-se a uma página só; caso queria expandi-la depois, será possível fazê-lo.

EXPERIMENTANDO GÊNERO E TEMÁTICA

Alguns dos escritos juvenis de Jane Austen podem parecer um pouco impenetráveis de início. Esboços e fragmentos iniciais eram escritos geralmente para membros da família como reações ao que ela vinha lendo; algumas das anedotas, nós jamais entenderemos, enquanto outras são muito características da época. Vemos Jane experimentando e encontrando sua voz da maneira como todo escritor deve fazer, ainda que seja alguém dotado de genialidade. Em *Catharine* ou *O Caramanchão,* encontrado em *Volume Terceiro,* temos a abertura de um romance que é um precursor óbvio da obra da sua maturidade. Em outras palavras, ela escreve com liberdade e irreverência. *Volume Primeiro* e *Volume Segundo* são a obra de uma adolescente esperta no final do século XVIII; as anedotas e sensibilidades são muito comuns naquele período, em oposição ao mais contido século XIV.

Jane Austen percebia as mudanças que ocorriam na paisagem literária e em seus seis romances principais ela trabalha com o enredo do casamento, que havia se tornado popular. Claro que trouxe a ele seu próprio talento, iluminando a vida interior de seus personagens e enfrentando os grandes temas com humor, perspicácia e sutileza.

Quando se começa a carreira de escritor, é tentador querer partir logo para a sua obra-prima. Em vez disso, mais vale experimentar para descobrir o que você quer realmente escrever e onde residem seus talentos.

EXERCÍCIO: EXPERIMENTE!

1. Tente escrever algo sobre um personagem que definitivamente não seja você, mas alguém que se comporte de uma maneira como você jamais faria. Em *Amor e amizade*, Jane Austen criou dois personagens profundamente tolos e egoístas em uma história de loucas coincidências. Em *Lady Susan*, ela criou um personagem que hoje seria considerado um psicopata, alguém manipulador e insensível para com os sentimentos e o bem-estar dos outros. Ambas as histórias são contadas através de cartas.
2. Pense em algo que você adora ler, mesmo que não seja considerado alta literatura. Em *A Abadia de Northanger*, um romance engraçado e inteligente sobre romances, Jane Austen se refere não só a alguns de seus romances contemporâneos favoritos, como também a alguns que podemos adivinhar que ela teria apreciado, ainda que devesse julgar literatura barata. Pegue sua deixa com um livro de que tenha realmente gostado e comece a escrever. Talvez você queira iniciar com um personagem lendo o livro, e então partir daí.

PREPARE-SE PARA AS COISAS DEMORAREM MUITO

Jane Austen levava a sério escrever desde muito cedo. Em janeiro de 1796, ela escreveu a Cassandra, em tom de brincadeira: "Sinto-me muito lisonjeada com seu elogio à minha última carta, pois só escrevo pela fama e sem qualquer intenção de emolumento pecuniário." Era dedicada ao seu ofício e claramente entendia que era talentosa. As restrições da época significavam que ela não podia abordar diretamente os editores. Algumas romancistas da época eram figuras públicas, mas Jane, como filha de um clérigo e não desejando atrair atenção pública e possível reprovação, teve de depender do pai e depois do irmão, Henry, para agirem em seu nome. Como isso deve ter sido frustrante!

Sabemos que, em 1797, o pai de Jane tentou despertar o interesse dos editores Cadell e Davis em *First Impressions*, mas eles devolveram o manuscrito sem o terem aberto; não sabemos a quem mais o romance que se tornaria *Orgulho e preconceito* foi submetido. Ela já havia escrito *Lady Susan* e *Elinor and Marianne* (depois *Razão e sensibilidade*). Ao longo dos anos seguintes, Jane continuou trabalhando. Teve de deixar a casa familiar em Steventon, Hampshire, que amava, quando o pai decidiu se aposentar. Seu irmão James assumiu a casa e foi morar lá, um acontecimento do qual parecemos encontrar ecos na abertura de *Razão e sensibilidade*. Ela, a princípio, ficou horrorizada com a ideia de se mudar para Bath; talvez porque seus pais esperassem que ela e Cassandra (cujo noivo havia morrido) pudessem encontrar maridos ali. Sua aversão a Bath pode ser vista na atitude inicial de Anne Elliot em relação à cidade em *Persuasão* e na maneira como é criticada em *A Abadia de Northanger*.

O pai de Jane morreu subitamente em Bath, no início de 1805, e sua pensão morreu com ele. Jane, Cassandra e sua mãe começaram um período seminômade, fazendo longas visitas a parentes e trocando de apartamentos, cada um mais barato e menos agradável do que o anterior, até que, em 1807, elas se mudaram para Southampton, a fim de dividir uma casa com o irmão de Jane, Frank, e sua família. Embora não tenhamos detalhes exatos sobre em que ela trabalhava em Bath e em Southampton, sabemos que, em 1803, o manuscrito do que se tornaria *A Abadia de Northanger* foi vendido aos editores Crosby & Co. e que, nesse período, ela também começou *Os Watsons*, um de seus dois romances inacabados; portanto, ela nunca deixou de escrever, mesmo naqueles tempos difíceis.

Jane deve ter ficado bastante empolgada quando foi aceito o original de *A Abadia de Northanger* (então chamada *Susan*), porém, embora o romance tenha sido anunciado, não foi publicado. Ela não tinha ideia do motivo. Talvez Crosby & Co. achassem que satirizasse demais outras obras do seu catálogo ou talvez houvesse dificuldades e mudanças de pessoal na companhia. Jane teve de comprar o manuscrito de volta anos depois, quando finalmente tinha condições de fazê-lo. Podemos imaginar como se sentiu embaraçada e desapontada, mas continuou escrevendo. Só em 1811, *Razão e sensibilidade* foi finalmente publicado, e sua carreira finalmente decolou. Estava com trinta e seis anos e levara muito a sério a escrita durante os últimos vinte anos.

ENCONTRE PARA VOCÊ UMA MARTHA LLOYD OU UM BANDO DELAS

Martha e Cassandra foram apoiadoras e confidentes de Jane ao longo da vida. Essas amizades eram fundamentais para a felicidade de Jane. Aqui temos a jovem escrevendo para Cassandra em 9 de janeiro de 1799 sobre uma noite passada na casa de Martha: "Não voltei para casa naquela noite, nem na seguinte, pois Martha abriu espaço para mim em sua cama, que era a fechada no novo quarto das crianças. A ama-seca e a criança dormiram no chão; & lá estávamos todas em alguma confusão & grande conforto; a cama serviu esplendidamente para nós duas ficarmos acordadas e conversarmos até as duas da manhã & para dormir pelo resto da noite. Adoro Martha mais do que nunca." Espero que a ama-seca e a criança tenham ficado igualmente confortáveis.

Ela também se dava bem com os irmãos. Henry tentou ajudá-la em seu trabalho e recuperou o manuscrito do que viria a ser *A Abadia de Northanger* da horrenda Crosby & Co., encorajando-a e lhe dando uma base em Londres quando ela passou a trabalhar junto aos editores. Sabemos pelas cartas sobreviventes de Jane que ela enviava exemplares de seus livros para os irmãos assim que podia e registrava seus pensamentos. Sua relação com James, o mais velho, às vezes era problemática. Ela adorava os espetáculos teatrais que ele encenava quando ela era pequena e gostava do *Loiterer*. Presumindo que a carta assinada por Sophia Sentiment fosse de Jane (e é difícil acreditar que não fosse), ela mostra o calor de sua relação e como eles devem ter conversado e brincado sobre romances. Porém, umas poucas linhas em uma carta escrita de Southampton, em 9 de fevereiro de 1807, que escaparam às tesouras de Cassandra[3] mostram como às vezes Jane se sentia sobre James:

> Não ficaria surpresa se fôssemos visitadas por James de novo esta semana; ele nos deu todas as razões para o esperarmos em breve... fico triste & zangada que suas Visitas não nos deem mais prazer; a companhia de um Homem tão bom & tão esperto deveria ser gratificante, mas sua Conversa parece toda forçada, suas Opiniões sobre muitas questões, copiadas demais das de sua Esposa, & seu tempo aqui é gasto caminhando pela Casa & batendo as Portas ou soando a Campainha por um copo de Água.

Jane tinha outras amigas significativas. Anne Sharp, governanta dos filhos de seu irmão Edward, era também importante para ela. Parece típico de Jane que ela tenha formado laços íntimos com Anne Sharp, e não com Elizabeth Knight, a esposa de Edward. Depois que Jane morreu, Cassandra escreveu para Anne e lhe enviou um cacho dos cabelos de Jane. Mas Martha e Cassandra eram as amigas mais importantes de Jane. Cassandra executava bem mais do que sua parte nos deveres domésticos, a fim de dar tempo para Jane escrever; e as irmãs teriam decidido que, depois da morte do Sr. Austen, sua mãe sempre teria a assistência de uma delas. Jane e Cassandra, como solteironas, eram frequentemente chamadas para ajudar a cuidar de sobrinhos e sobrinhas. Jane claramente sentia falta da irmã e de tudo o que elas faziam quando Cassandra se ausentava. Temos provas reiteradas disso nas cartas de Jane a Cassandra, até a última que sobreviveu:

> Desfrutei muito da companhia de Edward, como disse antes, mas não fiquei triste quando a sexta-feira chegou. Foi uma semana ocupada, e eu queria uns dias de calma e isenção do pensamento e da agitação que qualquer tipo de companhia traz. Muitas vezes me pergunto como você consegue encontrar tempo para o que faz além dos cuidados com a casa; e como a boa Sra. West podia ter escrito tais livros e coletado tantas

obras apesar de todos os cuidados com sua família ainda. Essa é mais uma questão de espanto. Escrever me parece impossível com a cabeça cheia de pernis de carneiro e doses de ruibarbo.

Quanto a Martha, ela conhecia o trabalho de Jane tão bem que Jane brincava dizendo que ela seria capaz de publicá-lo de cor. Martha deve ter lido o manuscrito de *First Impressions* muitas vezes e até ter participado da busca por um editor. Aqui temos Jane escrevendo para Cassandra, em 11 de junho de 1799, sobre o conhecimento que Martha tinha do seu romance inédito: "Não deixarei Martha ler novamente *First Impressions* & fico muito feliz por não ter deixado o manuscrito em seu poder. Ela é muito astuciosa, mas enxergo a sua intenção: ela quer publicá-lo de memória & mais uma leitura lhe permitirá fazê-lo."

Isso é particularmente significativo, pois apenas aquelas pessoas mais próximas a Jane conheciam suas ambições. Até mesmo alguns dos seus sobrinhos e sobrinhas leram *Razão e sensibilidade* e *Orgulho e preconceito* sem saber quem era o autor anônimo do livro. Cultive sua própria Martha e Cassandra, e tente ser uma Martha ou Cassandra para seus amigos escritores. Escrever é uma atividade solitária, e todos nós precisamos de uma pequena ajuda.

CERTIFIQUE-SE DE QUE AQUELES MAIS PRÓXIMOS A VOCÊ ENTENDAM SUA COMPULSÃO

Embora Jane fosse bastante reservada em relação a suas ambições literárias, seus pais e irmãos sabiam quanto era séria em relação a escrever. Em 1794, o pai de Jane trouxe para ela uma adorável caixa de escrever portátil (o equivalente a um notebook), provavelmente como presente de aniversário. Está na British Library hoje, ao lado de seus óculos. O presente parece mostrar que seus pais entendiam as motivações de Jane e como escrever era importante para ela.

No entanto, eles ainda se preocupavam com o futuro dela. Dependia da família em matéria de dinheiro, e a pressão sobre as jovens no sentido de se casarem com um bom partido é algo que Austen explora repetidamente em sua obra. Jane era capaz de flertar e dançar muito bem, mas também era faiscante e determinada e talvez um tanto esquisita. Cassandra estava noiva, e Jane era uma jovem de vinte anos bastante casadoura, quando sua mãe escreveu para a futura mulher de James, Mary Lloyd, em 30 de novembro de 1796: "Antevejo você como um consolo real para minha velhice, quando Cassandra for para Shropshire e Jane — sabe Deus para onde."

ENCONTRE UM CHALÉ EM CHAWTON PARA VOCÊ — REAL OU MENTAL

Jane Austen achava seu lar da infância, a Reitoria de Steventon, muito propício ao trabalho e à criatividade; já os anos em Bath e depois em Southampton, e a incerteza de não ter um lar permanente, ela considerava muito menos favoráveis. Foi só quando soube que teria de novo um lar permanente, no campo de Hampshire, que ela parece ter voltado adequadamente ao trabalho. Pouco antes de deixar Southampton para Chawton, ela escreveu sua famosa carta M.A.D. ("Furiosa") a Crosby & Co. pedindo a devolução do manuscrito do que se tornaria *A Abadia de Northanger.* Ela realmente estava louca da vida com os editores.

5 de abril de 1809

Senhores

Na primavera do ano de 1803, o manuscrito de um romance em 2 vols. intitulado *Susan* foi vendido aos senhores por um cavalheiro chamado Seymour, e o dinheiro da aquisição da ordem de dez libras, recebido ao mesmo tempo. Seis anos se passaram, e esta obra, da qual sou a Autora, nunca, ao que eu saiba, foi impressa, embora uma publicação fosse estipulada para a mesma época da venda. Só posso atribuir circunstância tão extraordinária ao fato de que o manuscrito por algum desleixo se tenha perdido e, se esse for o caso, estou disposta a fornecer-lhes outra cópia se os senhores estiverem dispostos a recebê-la e se comprometerem a nenhum retardamento assim que chegue a suas mãos. Não tenho o poder, devido a circunstâncias particulares, de mandar essa cópia antes do mês de agosto, mas então, se aceitarem minha proposta, podem contar com seu recebimento. Queiram ter a bondade de me enviar uma resposta o mais cedo possível, uma vez que minha estada nesse endereço não excederá poucos dias. Caso nenhuma atenção seja dada a esse apelo, eu me sentirei em liberdade para providenciar a publicação procurando outros editores. Atenciosamente Senhores &c. &c.

M.A.D.*
Endereçar a Mrs. Ashton Denis*
Correios, Southampton

Parece que Jane sabia que, com paz e estabilidade, seria capaz de voltar a escrever a sério, e estava certa. O lar de Chawton dado a ela, a Cassandra, à Sra. Austen e a Martha Lloyd foi onde ela fez a revisão de *Razão e sensibilidade* e *Orgulho e preconceito* e os viu publicado, e onde também escreveu *Mansfield Park*, *Emma* e *Persuasão*. Só a doença forçou sua mudança para Winchester e a interrupção do trabalho em Sanditon. Ela escreveu uma carta versificada a Frank, em 26 de julho de 1809, poucas semanas depois de se terem mudado para Chawton.

* A escolha do nome forma as iniciais "mad", "furiosa" em inglês. [*N. do T.*]

Meu caríssimo Frank, felicidade
Pelo menino e pela saúde de Mary,
Nascido sem a menor dor,
Comparado com o de Mary Jane
[...]
Quanto a nós, estamos muito bem,
Como palavras simples o dirão.
A pena de Cassandra dará a nossa herdade
Os muitos confortos de que ela carece
Nosso lar em Chawton — quanta coisa aqui
Encontramos já, a nosso contento,
A nos convencer de que, completa,
Ela irá superar todas as demais casas
Já construídas ou reformadas,
Com quartos concisos ou quartos ampliados.
Você nos verá muito aconchegadas no ano que vem;
Talvez com Charles & Fanny próximos
Pois agora muitas vezes nos deleita
Imaginá-los quase logo na porta ao lado.

Infelizmente, não podemos todos viver em Chawton (até o escritor-residente de lá não passa a noite), mas podemos tentar criar espaços para nós mesmos, reais ou mentais. Coloque coisas bonitas e inspiradoras no lugar onde você trabalha para que tenha algo deslumbrante à sua frente quando erguer o olhar. Cartões-postais, fotos e mapas de lugares sobre os quais você está escrevendo ajudarão. (Não estou segura de como isso se aplica a escritores de romances policiais. Fotos de autópsias? Talvez fotos *noir* de seus cenários funcionassem melhor.) Artefatos também podem ajudar. Mantenha seu espaço de trabalho livre de coisas que o deprimam ou distraiam e que não tenham a ver com sua escrita. Não mantenha extratos bancários ou contas por perto do local onde você gosta de escrever; se mora em um quarto simples, ou em um espaço compartilhado, coloque-os em uma caixa onde não possa vê-los. Eu geralmente acendo uma vela aromática quando estou trabalhando. (Uma Muji de fogo de lareira nesse momento que cheira como uma fogueira. É outono.)

SAIBA QUE NENHUM ESFORÇO OU EXPERIMENTO É DESPERDIÇADO

Jane Austen abandonou *Os Watsons*, que fora iniciado em um período muito difícil. Talvez, como Edith Hubback especulou em sua introdução à sua continuação de *Os Watsons*,[4] mudar-se para a casa do irmão e da mulher em Southampton fez Jane Austen sentir que o romance estava próximo demais à sua situação corrente. Talvez Jane tenha decidido que não queria escrever sobre alguém em uma situação tão precária como Emma Watson. Talvez tenha se desgostado dos personagens, achando que suas outras ideias eram mais fortes. Escritores frequentemente têm partidas anuladas e ideias que não rendem frutos. Depois que Jane se mudou para Chawton, fez a revisão de *First Impressions* e *Elinor and Marianne* em vez de continuar com *Os Watsons* e então, no seu período de maior criatividade e produtividade, escreveu *Mansfield Park*, *Emma* e *Persuasão* em rápida sucessão. Imagino que as ideias que tinha para aqueles romances fossem bem mais atraentes do que as que tivera para *Os Watsons*, alguns anos antes.

Mas o esforço despendido em *Os Watsons* não foi desperdiçado. Todos nós aprendemos a partir de coisas que não dão certo. Talvez *Os Watsons* fizesse Jane sentir que devia situar seus romances em círculos mais elevados ou talvez ela quisesse mais comédia em sua obra. *Os Watsons* é realmente muito sombrio, e o manuscrito que sobreviveu mostra como ela trocou palavras para torná-lo ainda mais desolador. Ecos de temas e de personagens em *Os Watsons* podem ser vistos em outras obras: temos Emma Woodhouse no lugar de Emma Watson, mas elas possuem pais doentes e idosos. O tema de mulheres que precisam casar-se bem para assegurar seu futuro é explorado repetidas vezes, de maneiras diferentes. Jane Austen provavelmente pretendia voltar a *Os Watsons*. Acho significativo que ela o tenha conservado.

Não despreze ou descarte coisas que você não terminou; aprenda o que puder com elas e esteja ciente de que coisas podem ser recicladas.

O QUE NÃO ESCREVER

Até mesmo um gênio comete erros ocasionais; essa passagem de *Persuasão* beira o desagradável. A Sra. Musgrove ainda está de luto por seu filho imprestável que servira em um dos navios do Capitão Wentworth.

> Eles [Anne Elliot e o Capitão Wentworth] estavam no mesmo sofá, pois a Sra. Musgrove imediatamente abrira espaço para ele; estavam separados apenas pela Sra. Musgrove. Não era uma barreira insignificante, na verdade. A Sra. Musgrove era de um tamanho considerável, infinitamente mais adequado para expressar ânimo e bom humor do que ternura e sensibilidade; e, enquanto as agitações do corpo delgado e do rosto pensativo de Anne podiam ser consideradas completamente encobertas, o Capitão Wentworth deveria receber algum crédito pelo autocontrole diante dos generosos suspiros pelo destino de um filho que, em vida, não fora importante para ninguém.
>
> O tamanho físico e o sofrimento não são necessariamente proporcionais. Uma figura larga e volumosa tem o mesmo direito de demonstrar aflição que o corpo mais gracioso do mundo. Mas, sendo justo ou injusto, existem combinações inapropriadas que a razão tenta em vão perdoar, que o bom gosto não consegue tolerar, das quais o ridículo se apodera.

O Capitão Wentworth demonstra sua natureza caridosa mostrando-se gentil para com a Sra. Musgrove, travando conversação com ela, em voz baixa, sobre seu filho, fazendo isso com tanta simpatia e graça natural e mostrando grande consideração por tudo aquilo que era real e nada absurdo nos sentimentos da mãe. Jane Austen podia ter transmitido a postura do Capitão Wentworth sem ser depreciativa em relação às pessoas gordas, mas não encontrei outras passagens como esta em seus romances. Suas cartas são um caso diferente, mas nunca foram destinadas à publicação. Aqui um trecho de uma carta a Cassandra escrita na quinta-feira de 20 de novembro de 1800:

> Havia muito poucas beldades e, como tal, não havia também bonitões. A Srta. Iremonger não parecia bem, e a Sra. Blount era a única muito admirada. Ela aparecia exatamente como o fizera em setembro, com o mesmo rosto amplo, bandeau de diamante, sapatos brancos, marido rosado e pescoço grosso. As duas Srtas. Coxes estavam lá: encontrei em uma delas as sobras da garota vulgar de feições largas que dançou em Enham oito anos atrás; a outra refinou-se em uma garota agradável e bem-posta, como Catherine Brigg. Observei Sir Thomas Champney e pensei na coitada da Rosalie; olhei para sua filha e a achei parecida com um animal esquisito de pescoço branco. A Sra. Warren, fui constrangida a pensar, uma jovem muito excelente, o que eu lamento muito. Ela... dançou com grande atividade sem parecer de modo algum volumosa. Seu marido é bastante feio, mais feio do que seu primo John; mas não parece *tão* velho assim. As Srtas. Maitlands são ambas bonitinhas, muito parecidas com Anne, com pele morena, grandes olhos escuros e uma boa porção de nariz. O general sofre de gota, e a Sra. Maitland, de icterícia. A Srta. Debary, Susan e Sally, todas de preto, mas sem qualquer estatura, também compareceram e fui tão polida para com elas quanto me permitiu seu mau hálito.

Ela acrescenta à carta no dia seguinte: "Tive o consolo de descobrir na noite passada quem eram todas as garotas gordas de nariz comprido que me incomodaram no 1º baile H. São todas as Srtas. Atkinsons de En...".

Escrevendo para Cassandra de Steventon, em 23 de outubro de 1798, Jane é desagradável: "A Sra. Hall, de Sherbourne, foi posta de cama ontem, de uma criança morta ao nascer poucas semanas antes do esperado, em consequência de um susto. Acredito que ela, distraidamente, tenha olhado para o marido." E aqui a temos, em 1º de dezembro do mesmo ano, escrevendo a Cassandra sobre suas cunhadas.

> Estive em Deane ontem de manhã. Mary estava muito bem, mas não recupera força corporal muito rapidamente. Quando a vi tão robusta no terceiro e no sexto dia, esperava vê-la tão bem como sempre ao final de uma quinzena.
>
> [...] Mary não administra as coisas de maneira a ensejar que eu participe também. Não é muito cuidadosa com sua aparência; não tem um roupão para usar em casa; suas cortinas são finas demais e suas coisas não são cercadas daquele conforto e daquele estilo que criariam uma situação invejável. Elizabeth, sim, era realmente uma figura agradável, com sua bela touca limpa tão bem-ajeitada na cabeça e seu vestido tão uniformemente branco e asseado.

É um tanto injusto comparar Mary, a segunda mulher do seu irmão clérigo, James, a Elizabeth, a mulher de Edward, que vivia em meio a tanto luxo, na deslumbrante mansão dos Knight em Godmersham.

Poucas semanas depois, em 18 de dezembro, Jane escreve para Cassandra:

> Espero um baile muito estúpido; não haverá ninguém com quem valha a pena dançar e ninguém com quem valha a pena conversar, exceto Catherine, pois acredito que a Srta. Lefroy não estará lá. [...]
>
> As pessoas se tornam tão horrendamente pobres e econômicas nesta parte do mundo que não tenho muita paciência com elas. Kent é o único lugar para ser feliz; todo mundo lá é rico. Devo fazer justiça similar, no entanto, à vizinhança de Windsor. Fui forçada a deixar James e a Srta. Debary levarem duas folhas do seu papel de desenho.

Nesse período, as cartas de Jane assumem um tom malicioso. Ela parece entediada. Não admira que a maternidade tivesse pouco apelo para ela — suas cartas contêm frequentes menções a mulheres que perderam a vida no parto. Ela ainda não se recuperara de Tom Lefroy, por quem havia se apaixonado e de quem esperava uma proposta no inverno de 1795-6, e ninguém mais conquistou seu coração. Em 17 de novembro de 1798, ela escreve para Cassandra:

> A Sra. Lefroy [tia de Tom] veio na última quarta-feira e os Harwood também, mas com muita consideração fizeram sua visita antes da chegada da Sra. Lefroy, com quem, apesar das várias interrupções de meu pai e de James, fiquei tempo suficiente sozinha para ouvir tudo o que era interessante, o que você acreditará facilmente quando eu lhe disser que do sobrinho ela nada falou e da amiga[5] dela muito pouco. Não mencionou o nome dele sequer uma vez para mim, e eu fui orgulhosa demais para fazer quaisquer perguntas; mas, de meu pai depois, perguntando onde estava ele, eu soube que tinha voltado a Londres a caminho da Irlanda, onde foi convocado para o tribunal e pretende praticar.

Jane não esperava que ninguém mais além de Cassandra lesse seus comentários desagradáveis sobre as pessoas ou o que ela escrevia sobre Tom Lefroy ou o Reverendo Samuel Blackall. "Pegue a tesoura o mais rápido que puder por conta disso", diz a Cassandra em uma carta escrita na véspera do Natal de 1798, mas Cassandra conservou as cartas da irmã querida e só passou a tesoura naquelas que doaria muito tempo depois, às vezes deixando escapar coisas que Jane certamente não gostaria que outras pessoas lessem.

A razão pela qual reproduzo esses comentários é para mostrar a grande escritora que Jane era, ao assegurar que sua ficção estivesse bem distanciada das observações maliciosas que, com frequência, fazia em particular. Leitores frequentemente especulam se os personagens dela seriam retratos de pessoas que conhecia, mas, se o fossem, ela conseguia disfarçá-los tão bem que não eram reconhecíveis. Tomava também o cuidado de situar suas histórias em lugares onde não morava. Nenhum de seus romances se passa em Hampshire, o território que ela melhor conhecia. Ela faz excelente uso de Bath e de Londres, mas isso é muito diferente de usar vilarejos como Steventon ou Chawton. É provável que tenha aprendido a partir do mau exemplo do ex-vizinho dos Austen, Egerton Brydges, sobre cujo romance, *Arthur Fitz-Albini,* Jane escreve em uma carta para Cassandra em 25 de novembro de 1798:

> Estamos com "Fitz-Albini"; meu pai o comprou contra meus desejos privados, pois não chega a satisfazer meus sentimentos de que devêssemos adquirir a única das obras de Egerton da qual sua família se envergonha. Que estes escrúpulos, no entanto, não interfiram de modo algum com minha leitura do livro, você vai facilmente acreditar. Nenhum de nós terminou ainda o primeiro volume. Meu pai está desapontado — eu, não, pois não esperava nada melhor. Nunca um livro carregou mais provas internas do seu autor. Cada sentimento é Egerton puro. Existe pouca história e o que existe dela é contado de um modo estranho e desconexo. São muitos os personagens apresentados, aparentemente meramente para serem delineados. Não conseguimos reconhecer nenhum deles até agora, com exceção do Dr. E do Sr. Hey e do Sr. Oxenden, que não é tratado com muita ternura.

Para seu imenso crédito, a jovem Jane Austen fez tudo o que podia para garantir que seus romances não carregassem nenhuma "prova interna" do seu autor. São obras de ficção adequadas. O que ela fez foi aprender de suas leituras, tanto com os livros que admirava como com aqueles que não admirava, e utilizar suas experiências e as emoções que a leitura lhe trouxe. É fácil ver como seus remorsos em relação a Tom Lefroy e à maneira como ela deixou que seus sentimentos por ele fossem conhecidos puderam servir-lhe em *Razão e sensibilidade* e como a oposição da família dele ao casamento foi o grão dentro da pérola que é *Orgulho e preconceito.*

O estado de espírito nas primeiras cartas que sobreviveram de Jane a Cassandra, que datam de 1796, é muito diferente daquele das cartas que citei acima.

Steventon: Sábado, 9 de janeiro.

Em primeiro lugar espero que você viva outros vinte e três anos. O aniversário do Sr. Tom Lefroy foi ontem, de modo que vocês estão muito próximos em idade.

Depois do necessário preâmbulo, vou prosseguir para informar-lhe que tivemos um baile esplendidamente bom na noite passada. Você ralhou tanto comigo na bela e longa carta que acabei de receber de você que fico quase com medo de contar como meu amigo irlandês e eu nos comportamos. Imagine para si mesma tudo o que seja mais devasso e chocante em matéria de dançar e ficar sentados juntos. Posso me expor, no entanto, só uma vez mais, porque ele deixa o país pouco depois da próxima sexta-feira, dia em que teremos uma dança em Ashe, afinal. Ele é um jovem muito cavalheiresco, de boa aparência, agradável, posso lhe assegurar. Mas quanto a termos nos encontrado, excetuando os três últimos bailes, não posso dizer ao certo, pois riram tanto dele por minha causa em Ashe que ele tem vergonha de vir a Steventon e saiu correndo quando fomos visitar a Srta. Lefroy, poucos dias atrás [...]

Depois que escrevi o que está acima, recebemos uma visita do Sr. Tom Lefroy e de seu primo George. Este último está realmente bem comportado agora; e, quanto ao outro, só tem um defeito, que o tempo virá, eu confio, remover inteiramente — é que o seu casaco matutino é claro demais. Ele é um grande admirador de Tom Jones e, portanto, usa as roupas das mesmas cores, eu imagino, que usava quando foi ferido.

E da carta sobrevivente seguinte (Steventon, 16 de janeiro):

Nosso grupo que vai a Ashe amanhã consistirá de Edward Cooper, James (pois um baile não é nada sem ele), Buller, que agora está hospedado conosco, e eu o aguardo com grande impaciência, pois espero receber uma proposta do meu amigo no decorrer da noite. Eu o recusarei, porém, a não ser que se comprometa a abrir mão do seu casaco branco.

> Sinto-me muito lisonjeada por seu elogio à minha última carta, pois escrevo apenas pela fama e sem nenhuma vista a emolumento pecuniário.
>
> Diga a Mary que repasso a ela o Sr. Heartley e todos os seus bens para seu único uso e benefício no futuro, e não só ele, mas também todos os meus outros admiradores na barganha onde quer que ela possa encontra-los, até mesmo o beijo que C. Powlee queria me dar, uma vez que pretendo confirmar-me no futuro ao Sr. Tom Lefroy, pelo qual não ligo seis pence [...]
>
> Sexta-feira. — Finalmente chegou o dia em que vou ter meu último flerte com Tom Lefroy e, quando você receber esta, estará terminado. Minhas lágrimas correm enquanto escrevo diante da ideia melancólica. Wm. Chute esteve aqui ontem. Pergunto-me o que ele pretende sendo assim tão cortês.

Jane poderia ter desejado depois ter sido mais uma Elinor e menos uma Marianne. Talvez até mesmo se preocupasse com o fato de ter sido uma Lydia Bennet ou uma Anne Steele.

A lição aqui é que grande ficção pode ser escrita quando nos inspiramos em nossas próprias experiências e nas emoções que engendraram; não precisamos copiar nada da vida. Os melhores romances não são autobiografias.

MAS É TUDO MATERIAL

Você pode passar por períodos em que não consegue concluir muita coisa. Não se preocupe; continue fazendo suas anotações. Jane nunca quis se mudar para Bath e, quando a deixou, foi com "felizes sentimentos de libertação".[6] Ela pode não ter concluído muito enquanto morava na cidade, mas estava definitivamente observando e planejando. Vemos o conhecimento que Jane tem de Bath, as lojas e as ruas, os salões de festa e como as pessoas passavam seu tempo neles, o tempo e, acima de tudo, as pessoas e como se comportavam, tudo isso colocado em excelente uso em *A Abadia de Northanger* e *Persuasão*. Suas cartas de Bath mostram o que ela estava fazendo e observando. Aqui, ela escreve a Cassandra em 12 de maio de 1801 sobre uma saída noturna:

> Depois do chá, nós nos animamos; o fim de algumas festas privadas mandou mais uma porção de pessoas ao baile e, embora fossem chocante e desumanamente esparsas para este lugar, havia gente suficiente, suponho, para ter juntado umas cinco ou seis reuniões muito bonitas em Basingstoke.
>
> Então, tive o Sr. Evelyn com quem conversar e a Srta. T. para olhar; e estou orgulhosa de dizer que tenho um olho muito bom para uma adúltera, pois, embora repetidamente reassegurada de que outra no mesmo grupo era Ela, eu fixei o olhar na pessoa certa logo de início. Uma semelhança com a Sra. L. foi meu guia. Ela não é tão bela como eu esperava; seu rosto tem o mesmo efeito de aridez que o de suas irmãs e suas feições não são tão bonitas; tinha colocado rouge demais e parecia um tanto quieta e contentemente tola mais do que qualquer outra coisa.
>
> A Sra. B. e as duas jovens faziam parte do mesmo grupo, exceto quando a Sra. B. se sentia obrigada a deixá-las para correr atrás do seu marido embriagado. Sua fuga e a perseguição dela, com a provável intoxicação de ambos, formaram uma cena divertida.

E aqui está, ela em 5 de maio de 1801, escrevendo sobre o que vira da janela da carruagem quando chegou a Bath, uma lembrança que utilizou em *Persuasão*, com os sentimentos contrastantes de Anne Elliot e Lady Russell sobre a chegada à cidade. "A primeira visão de Bath em um belo tempo não correspondeu às minhas expectativas; acho que vejo mais distintamente através da chuva. O sol estava por trás de tudo, e a aparência do lugar do alto de Kingsdown era toda vapor, sombra, fumaça e confusão." Mais de duzentos anos depois, ainda podemos percorrer os caminhos que seus personagens tomavam, ver onde Catherine Morland quase foi atropelada pelo horroroso John Thorpe e onde ela dançou pela primeira vez com Henry Tilney e onde Anne Elliot caminhou de braços dados (finalmente!) com o Capitão Wentworth.

CONTINUE LENDO COISAS NOVAS — CRIE SUA PRÓPRIA SOCIEDADE DO LIVRO DE CHAWTON

Quando estiver entediado ou lutando para escrever, o conselho de Jane seria ler mais e ler algo novo. Veja o que ela escreveu para Cassandra, de Chawton, em 24 de janeiro de 1813, sobre um prazer inesperado: "Estamos bastante assoberbados de livros... Estou lendo um livreto do Clube, um 'Artigo sobre a Polícia Militar e Instituições do Império Britânico', de autoria do Capitão Pasley dos Engenheiros, um livro ao qual protestei a princípio, mas que depois achei muito bem escrito e muito divertido".

NÃO SE PERMITA FICAR ESTAGNADO

Depois de Fanny Price, Jane Austen criou Emma Woodhouse, dizendo: "Vou fazer uma heroína da qual ninguém, exceto eu, gostará muito." É interessante olhar para os romances de Jane Austen como uma progressão. Ela estava desafiando seus leitores, bem como a si mesma. Na ordem de publicação, ela foi da contida Elinor Dashwood à cintilante Elizabeth Bennet e, então, à Fanny Price, uma grande tímida em comparação; veio então Emma Woodhouse, bonita, rica e inteligente e, ao contrário de Fanny, sempre fazendo as coisas erradas. Anne Elliot é uma das favoritas de muita gente e, nela, Jane escolheu trabalhar com uma heroína mais velha, mais sábia e mais triste do que qualquer uma das outras. Devíamos levar em conta Catherine Morland, uma de suas primeiras criações, embora o romance só tenha sido publicado depois da morte de

Jane. Catherine é sincera e ingênua, muito diferente de Elinor e Lizzie, que ela precedeu; mesmo antes de Catherine, temos a anti-heroína de Jane, Lady Susan.

Seus romances podem ser sobre amor, casamento e dinheiro, mas Jane cria novos personagens e faz algo diferente em cada um deles. Sua morte aos quarenta e um anos roubou o mundo de muita coisa. Se ela tivesse vivido até a mesma idade que seu irmão Frank, que morreu em 1865, com noventa e um anos, com todas as suas faculdades, poderíamos ter romances de Jane Austen com heroínas que vivem nas cidades industriais, viajam de trem e são sujeitas a expectativas e regras sociais muito diferentes. Jane também estaria lendo e reagindo ao trabalho de um grupo muito diferente de autores e poetas. Em *Sanditon*, ela parecia estar se movendo em uma nova direção, com seu pano de fundo de um balneário em crescimento. Charlotte Heywood, a heroína de *Sanditon*, é uma aguçada observadora das pessoas e da sociedade; podemos especular, mas simplesmente não sabemos a direção que o romance tomaria.

Escritores muitas vezes sentem que estão escrevendo a mesma história repetidamente, mas, mesmo que seja o caso, podemos fazer a coisa de maneira diferente a cada vez.

EXPERIMENTE A LINGUAGEM, O ESTILO E A FORMA

Jane Austen trabalhava em sua arte inovando e avançando a cada romance. Os manuscritos originais não foram guardados; por isso, não podemos ver quanto ela evoluiu em sua escrita do final da década de 1790, antes de ser publicada, até a década de 1810. No entanto, podemos ver como, começando com seus escritos juvenis, seguindo até sua primeira obra publicada, e então a *Persuasão* e aos primeiros capítulos de *Sanditon*, ela experimentava a linguagem, o estilo e a forma. Segundo a tradição familiar, *Razão e sensibilidade* foi remodelada a partir de um romance através de cartas. Parece improvável, já que os personagens principais raramente estão separados; talvez fosse *Orgulho e preconceito* que só consistisse de cartas. Jane e Elizabeth Bennet estão frequentemente separadas, e Elizabeth podia também ter-se correspondido com a Sra. Gardiner e Charlotte Collins. É divertido imaginar o conteúdo das cartas entre o Sr. Darcy e Lady Catherine ou Caroline Bingley e Georgiana Darcy, ou de Kitty para Lydia (Lydia não teria se dado ao trabalho de escrever muito, em resposta). Aqui está ela partindo de Longbourn para Wickham no Capítulo 53 de *Orgulho e preconceito.*

> O dia da partida de Wickham e Lydia logo chegou, e a Sra. Bennet foi obrigada a submeter-se à separação, que, diante da recusa definitiva do marido em aderir ao plano de irem todos a Newcastle, era bem provável que durasse pelo menos um ano.
>
> — Oh! Minha querida Lydia — exclamou ela —, quando nos veremos novamente?
>
> — Oh! Deus! Não sei. Não nos próximos dois ou três anos, talvez.
>
> — Escreva sempre, minha querida.
>
> — Sempre que puder. Mas a senhora sabe que as mulheres casadas não têm muito tempo para escrever. Minhas irmãs podem escrever para mim. Elas não têm mais nada que fazer.

Jane deve ter apreciado como um romance epistolar do tipo de *Lady Susan* poderia ser divertido, levando os leitores a imaginarem, por si mesmos, os acontecimentos, mas essa forma limita a capacidade do autor de iluminar muitos aspectos da história, do cenário e dos personagens. Usar cartas ou anotações de diários significa que a proximidade de ver a história se desenrolar diante de nossos olhos é perdida.

Este inovador pequeno trecho no Capítulo 42 de *Emma* está em completo contraste com a narrativa epistolar. Capta exatamente a sensação de colher morangos no sol com a Sra. Elton no terreno da Abadia de Donwell. Jane Austen coloca o foco sobre a terrível Sra. Elton, que está dominando o acontecimento. Em vez de escrever a cena inteira, Jane nos entrega apenas o que precisamos saber. Não há nenhuma necessidade de nos contar o que, se alguma coisa, as pessoas poderiam dizer em resposta à Sra. Elton enquanto ela fala sem parar, contradizendo-se e nunca parando para tomar fôlego. Jane Austen poderia ter gastado algumas páginas nesta cena, mas só ganhamos um parágrafo de prosa que parece prefigurar o trabalho de escritores modernistas como Virginia Woolf. No final do trecho, podemos entender por que Emma quer correr para dentro para escapar e por que a pobre Jane Fairfax (que se encontra em uma situação terrível com Frank Churchill) tem tamanha dor de cabeça. Você pode ver como o ânimo da Sra. Elton se esvazia à medida que a cena vai progredindo, enquanto os nomes das variedades de morangos acrescentam veracidade.

> O grupo inteiro estava reunido, com exceção de Frank Churchill, que deveria chegar de Richmond a qualquer momento. A Sra. Elton, com todo seu aparato de felicidade, a touca com aba imensa e a cesta, achava-se pronta para liderar e indicar o caminho para que fossem colher morangos. O assunto do grupo, agora, era apenas morangos:
>
> "A melhor fruta da Inglaterra, a favorita de todos, sempre deliciosa... Aqueles eram os melhores canteiros com plantas da melhor espécie... Era delicioso colher morangos para si mesmo, era o único modo de realmente sentir o gosto delicioso... A manhã era decididamente a melhor hora... Não se sentia cansaço... Quase toda variedade boa... O morango Hautboy infinitamente superior, não havia comparação, os outros mal podiam ser comidos... Mas os Hautboys eram muito raros... O chileno era preferido, o whitewood tinha o melhor sabor de todos... Ah, mas o preço dos morangos em Londres... Eram muito abundantes em Bristol. Maple Grove... Cultivo... Quando os canteiros têm de ser renovados... os plantadores dizem o contrário... Não existe uma regra geral. Não se deve obrigar os plantadores a fazerem o que não querem... Fruta deliciosa, apenas saborosa demais para se comer

muito... inferior às cerejas... As groselhas eram mais refrescantes... A única objeção a colher-se morangos era ter de se abaixar... o sol forte... Um terrível cansaço. Não dava para aguentar mais... Era preciso sentar-se à sombra."

EXERCÍCIO: CONCISÃO E EXPERIMENTAÇÃO

Dê uma olhada no seu trabalho e encontre uma cena que, segundo você, seja muito arrastada ou possa ser melhorada. Agora a reescreva. Comece do zero, não apenas edite. Quão concisa você pode torná-la sem perder de vista o essencial? Você pode torná-la mais vigorosa sendo mais concisa? Mudar o foco para outro personagem ajudaria? Você é capaz de capturar uma ou todas as vozes mais convincentemente? É capaz de torná-la mais engraçada?

AGILIZE-SE E PERMANEÇA FLEXÍVEL

Embora Jane Austen explorasse temas similares no mesmo meio social em todos os seus romances, mudava sempre o jeito de fazer as coisas. Veja as diferentes maneiras como ela abre seus romances e apresenta seus personagens.

Experimente com aberturas e maneiras de introduzir personagens

Orgulho e preconceito abre *in media res* com um diálogo, e as pressuposições daquele mundo são dadas na famosa frase de abertura: "É uma verdade universalmente reconhecida que um homem solteiro, possuidor de boa fortuna, deve estar necessitado de uma esposa." Só descobrimos Elizabeth Bennet quando conhecemos seus pais e entendemos suas preocupações. Em *Mansfield Park*, Fanny Price é apresentada somente depois que ficamos sabendo a história de como sua mãe e suas tias se casaram e foram abandonadas. Vê-la como uma menina pequena e tímida removida do seu lar nos leva a simpatizarmos muito com ela. A abertura de *Razão e sensibilidade* nos mostra como o suntuoso tapete é puxado debaixo dos pés da Sra. Dashwood e de suas três filhas. O tema dinheiro, maldade e injustiça é lançado logo à primeira vista. Com *A Abadia de Northanger*, a autora se faz presente imediatamente, e o tom do livro e o caráter banal da heroína são estabelecidos desde a primeira frase. Em *Emma*, as apresentações são diretas.

Independentemente do método adotado por Jane Austen para abrir seus romances e apresentar seus personagens, sempre ficamos sabendo no início quais são suas dificuldades. Mesmo com Emma Woodhouse, cuja vida parece quase perfeita, sabemos que sua mãe morreu quando ela era muito jovem e que ela perdeu desde então a companhia da sua irmã e, mais recentemente, a de sua governanta e amiga, Srta. Taylor.

EXERCÍCIO

Faça uma análise crítica sobre uma abertura que você tenha escrito. Ela tem bastante substância para incitar as pessoas a mergulharem na leitura? Você está começando a história no lugar certo? Os leitores de hoje esperam que as coisas corram mais rápido do que os leitores esperavam do século XIX. Não estou dizendo que você deva colocar um monte de informação na primeira página, mas sugerindo que veja os diferentes métodos de Jane e pense no tom, no incidente mais adequado para iniciar a história e na melhor maneira para que os leitores descubram sobre seus personagens e sejam transportados para seus mundos. Pense em como seus temas serão apresentados. É pouco provável que você já escreva a abertura perfeita na primeira tentativa, mas, quando estiver chegando ao fim da sua história, a coisa que você planejava escrever já terá se transformado em outra coisa. Assim que terminar o primeiro rascunho, você deve voltar e escrever a abertura mais eficaz possível.

Experimente com a forma

Se uma história não estiver funcionando ou se você tiver uma nova ideia, não pense que deveria reverter para uma fórmula que já usou. Nem todas as boas ideias são certas para romances, pois, mesmo que sua ideia seja o ponto de partida de um romance de sucesso, você deveria pensar na melhor forma de contar sua história. É importante experimentar e se manter aberto a novas maneiras de fazer as coisas. Mudar a forma de uma obra ou a estrutura de uma história transformará todo o jeito como o leitor a experimentará. Jane Austen conservou seu ar criativo e sua disposição de experimentar até o fim de sua vida. Sua produção juvenil inclui um livro de história em paródia, uma peça, muitos contos curtos e tentativas de romances. Ela escreveu rimas e poesias e as incluiu em cartas enviadas à família. Temos uma prece que ela escreveu e, poucos dias antes de morrer, ela compôs um poema. Cassandra o anotou e provavelmente mudou a rima na linha 14 de "dead" (que teria rimado com "said") para "gone". Pobre Cassandra, provavelmente não podia suportar escrever a palavra "morta" diante do fim tão próximo de sua querida irmã.

When Winchester races first took their beginning
It is said the good people forgot their old Saint
Not applying at all for the leave of Saint Swithin
And that William of Wykeham's approval was faint.

The races however were fixed and determined
The company came and the Weather was charming
The Lords and the Ladies were satine'd and ermined
And nobody saw any future alarming.—

But when the old Saint was informed of these doings
He made but one Spring from his Shrine to the Roof
Of the Palace which now lies so sadly in ruins
And then he addressed them all standing aloof.

'Oh! subjects rebellious! Oh Venta depraved
When once we are buried you think we are gone
But behold me immortal! By vice you're enslaved
You have sinned and must suffer, ten farther he said

These races and revels and dissolute measures
With which you're debasing a neighboring Plain
Let them stand —You shall meet with your curse in your pleasures
Set off for your course, I'll pursue with my rain.

Ye cannot but know my command o'er July
Henceforward I'll triumph in shewing my powers
Shift your race as you will it shall never be dry
The curse upon Venta is July in showers—'.*

Jane escreveu poemas e rimas sobre muitos temas, incluindo um em memória à sua amiga, Sra. Lefroy, que morrera no dia do aniversário de Jane, e outro para Frank, no dia do nascimento de seu filho, enquanto ele estava longe, no mar.

Esse poema, uma carta inteiramente versificada, conta a Frank como ela se sente feliz com sua nova casa em Chawton. Existem ainda dois

* Quando as corridas em Winchester começaram/Falou-se que as pessoas esqueceram seu velho Santo/Não aceitando a saída de São Swithin/E que a aprovação de William de Wycheham foi fraca./Mas as corridas eram fixas e determinadas/As pessoas vieram e o tempo estava encantador/Cavalheiros e Damas vestiam cetins e arminhos/E ninguém via qualquer futuro alarmante./Mas, quando o velho Santo foi informado destas ocorrências/Ele deu um Salto sobre o Santuário do Telhado/ do Palácio que agora jaz em tão tristes ruínas/E dirigiu-se a todos eles de pé a distância./Oh! Súditos rebeldes! Oh, Venta depravada/Quando somos enterrados vocês nos dão por desaparecidos/Mas me vejam como imortal! Pelo vício estais escravizados/Pecastes e deveis sofrer, dez vezes mais, disse ele./Estas corridas e festins e medidas dissolutas/Com as quais estais aviltando uma campina vizinha/Que assim seja — encontrareis vossa maldição em vosso prazeres/Segui vosso caminho eu os perseguirei com minha chuva./Não podeis ignorar meu comando sobre julho/A partir de agora, triunfarei exibindo meus poderes/Façais como fizeres vossa corrida, ela nunca será seca/A maldição sobre Venta está nos aguaceiros de julho.

poemas sobre dores de cabeça, sobre parentes e amigos partindo e chegando, sobre acontecimentos correntes e acompanhando presentes. Os poemas de Jane são em versos leves, mas a mostram capturando momentos e sentimentos; demonstram a alegria e o relaxamento que ela sentia ao colocar a pena sobre o papel.

Seja como Jane Austen e não espere que cada peça de escrita que você produza se torne algo significativo. Particularmente quando estiver escrevendo seu primeiro romance, não tente encaixar todas as suas boas anedotas e incluir tudo o que observou. Continue cortando coisas, escrevendo segundo caprichos bem como trabalhando em projetos maiores. Isso o ajudará a permanecer espirituoso e criativo e a não ser preciosista demais em relação ao seu trabalho. Nem tudo o que você escreve será grande arte. Seja como um artista em um estúdio — feliz em fazer pequenos esboços e em experimentar com diferentes materiais e tamanhos de telas.

EXERCÍCIOS

1. *Captando momentos.* Isso é algo que você deveria fazer regularmente, não um exercício esporádico. Mantenha um caderno de anotações que não tenha necessariamente a ver com qualquer grande projeto em que esteja trabalhando. Continue a colocar no papel ideias que você tenha para histórias ou poemas e coisas que mexam com você, mas sobre as quais não queira escrever, até porque provavelmente não se encaixarão no seu trabalho atual. Quando lhe der vontade, desenvolva uma delas. Agarrar o momento é a melhor coisa. É fácil imaginar como a carta em verso de Jane a Frank sobre o nascimento do seu filho evoluiu rapidamente a partir do que era a frase de abertura de uma carta: "Meu caríssimo Frank, desejo-lhe felicidade e saúde para Mary com um menino...".

2. *Experimente a forma.* Nem toda ideia que você tiver será adequada para um romance; de modo inverso, você pode ter uma ideia para um conto que evolui para um romance. Dê uma olhada numa história que você começou e não terminou ou outra que você tenha terminado, mas que não o satisfaça, ou pegue uma ideia inteiramente nova e experimente com estrutura e forma. Sua primeira ideia de como contar a história não será necessariamente a melhor. Se você escreveu um longo trabalho de prosa, tente refazê-lo de uma forma muito mais sucinta ou tente experimentar a estrutura alterando o ponto de vista ou brincando com a cronologia. Deixe-se inspirar pela variedade na obra de Jane Austen. Aqui está a abertura de *Lady Susan* — você pode ver como é diferente das outras obras de Jane:

Langford, dezembro

Meu querido irmão

Não posso me recusar o prazer de aproveitar seu gentil convite, quando nos despedimos da última vez, para passar algumas semanas com você em Churchill e, portanto, se for conveniente para você e para a Sra. Vernon me receberem agora, espero dentro de poucos dias ser apresentada a uma Irmã com quem há muito tempo desejava travar conhecimento. Meus generosos amigos aqui afetuosamente insistiram para que eu prolongasse minha estada, mas suas disposições hospitaleiras e animadoras os fazem mergulhar demais na sociedade para minha atual situação e estado de espírito; e eu impacientemente anseio pela hora em que serei admitida no seu deleitável retiro. Anseio por conhecer seus queridos pequenos filhos, em cujos corações gostaria muito de cativar algum interesse. Em breve, precisarei reunir toda a minha coragem, pois estou a ponto de me separar de minha própria filha.

A longa doença do seu querido pai me impediu de lhe dar aquela atenção que o Dever e o afeto igualmente ditavam, e eu tenho motivos de sobra para recear que a governanta a quem a confiei não estivesse à altura da responsabilidade. Resolvi, portanto, colocá-la numa das melhores Escolas Particulares da Cidade, onde terei a oportunidade de deixá-la a caminho de vocês. Estou determinada, como veem, a não ver negado meu acesso a Churchill. Causaria em mim a mais dolorosa das sensações saber que vocês não estariam em condições de me receber.

Sua mais agradecida e afetuosa irmã
S. VERNON

3. *Entre numa dimensão espiritual.* Jane Austen era filha de um clérigo, e seus irmãos James e Henry se tornaram clérigos também. Ela estava mergulhada nesse mundo — veja só *Mansfield Park* e seu herói quieto Edward Ferrars em *Razão e sensibilidade*. Há ainda o Sr. Collins. Aqui uma oração escrita por Jane. Era para ser falada provavelmente por uma só pessoa e seguida pelo Pai-Nosso.[7]

Dai-nos a vossa graça, Pai Todo-Poderoso, para orarmos, como para sermos ouvidos, para nos dirigirmos a vós com nossos Corações, assim como com nossos lábios. És onipresente, nenhum segredo pode ser de Ti ocultado. Possa o conhecimento disso nos ensinar a fixar nossos Pensamentos em Ti, com Reverência e Devoção, para que não tenhamos orado em vão.

Encarai com Misericórdia os pecados que nesse dia cometemos e em Misericórdia nos faça senti-los com profundidade, para que nosso Arrependimento possa ser sincero, e nossas resoluções, firmes e diligentes contra o cometimento de tais erros no futuro. Ensinai-nos a entender a pecaminosidade de nossos Corações e trazei a nosso conhecimento cada falha de Têmpera e cada Hábito maligno em que possamos ter recaído para o desconsolo de nossos irmãos e para o perigo de nossas Almas.

Que possamos saber e, a cada retorno da noite, considerar como o dia que passou foi vivido por nós, quais foram nossos Pensamentos, Palavras e Ações predominantes no decorrer dele e até onde pudemos nos eximir do Mal. Teremos pensado irreverentemente sobre Ti, teremos desobedecido a teus mandamentos, teremos negligenciado qualquer dever conhecido ou deliberadamente causado sofrimento a qualquer ser humano? Inclinai-nos a fazer a nossos Corações estas perguntas, Oh! Deus, e livrai-nos de nos enganarmos a nós mesmos por Orgulho ou Vaidade.

Dai-nos um sentimento agradecido das Bênçãos em que vivemos, dos muitos consolos da nossa raça; que não mereçamos perdê-los por Desgosto ou Indiferença.

Sê gracioso para com nossas necessidades e guardai-nos, e a tudo que amamos, do Mal esta noite. Possam os doentes e aflitos estar, agora e sempre, sob teus cuidados; e calorosamente oramos pela segurança de todos aqueles que viajam por Terra ou por Mar, pelo conforto e pela proteção do Órfão e da Viúva e que tua compaixão possa recair sobre os Cativos e Prisioneiros.

Acima de todas as outras bênçãos, Oh! Deus, por nós mesmos e por nossos irmãos, nós Te imploramos que aumente o sentimento de tua Mercê na redenção do Mundo, do Valor daquela Religião Sagrada na qual fomos criados e que não possamos, por nossa própria negligência, jogar fora a salvação que tu nos deste, nem sermos Cristãos apenas da boca para fora. Ouça-nos Deus Todo-Poderoso, em nome Daquele que nos redimiu e nos ensinou a orar assim.[8]

Agora, tente escrever uma oração, uma bênção, uma encantação, uma maldição ou rogue uma praga. Você poderia escrever a partir de seu próprio ponto de vista ou do ponto de vista de um de seus personagens. Expresse tudo aquilo que você desejar — saudade, remorso, alegria, um desejo de vingança... Enderece-o a quem você quiser ou a quem seu personagem escolheria. Pode ser Deus, ou um deus, um santo, a Deusa, o Homem Verde...

Esse exercício pode ser útil para tirar um peso do seu peito — às vezes precisamos fazer isso antes de iniciarmos um projeto maior — ou para captar e cristalizar como um personagem se sente sobre algo. A oração de Jane Austen pede pela "segurança de todos aqueles que viajam por Terra ou por Mar", e podemos imaginá-la pensando nos irmãos e no noivo de Cassandra, que havia morrido nas Índias Ocidentais. Ela também fala em sermos agradecidos — "Dai-nos um sentimento agradecido das Bênçãos em que vivemos, dos muitos consolos da nossa raça; que não mereçamos perdê-los por Desgosto ou Indiferença". Suponho que era difícil para ela não sentir desgosto quando tinha de depender tanto dos homens da família; sua própria posição e trajetória de vida devem ter-lhe parecido tão difícil, comparada com a de Edward. Isso não é, porém, uma oração privada. Imagine o que um de seus personagens poderia pedir ao orar em silêncio.

SEJA VERDADEIRO CONSIGO MESMO E SÓ ESCREVA O QUE QUISER ESCREVER

É importante aceitar a crítica construtiva, mas escritores devem também permanecer fieis a si mesmos. Não tem sentido procurar ser um escritor que você não é ou correr atrás de uma tendência — quando seu trabalho estiver terminado, a moda terá seguido adiante. Iniciantes muitas vezes se perguntam se a maneira de fazer fortuna é escrever algo comercial, em vez de algo em que acreditam, mas lembre-se de que os autores de romances, histórias de terror ou suspenses que vendem aos montões não estão escrevendo cinicamente. Como observou Rebecca West: "Ninguém é capaz de escrever um best-seller pegando pesado. O menor toque de insinceridade compromete o seu apelo. O autor que escreve cinicamente, que sabe que está escrevendo para idiotas e que, portanto, deve escrever como um idiota, nunca chegará ao sucesso amplo, maiúsculo, de meio milhão de exemplares. Isso só é conseguido a partir de um misto de sinceridade e vitalidade."[9]

Jane Austen sabia que precisava apegar-se ao que sabia fazer melhor e àquilo em que ela realmente acreditava e amava. Ela escreveu a James Stanier Clarke, o bibliotecário do Príncipe Regente, em 1º de abril de 1816:

> O senhor é muito generoso em suas sugestões quanto ao tipo de composição que poderia recomendar para mim no momento e estou muito consciente de que um romance histórico baseado na Casa de Saxe Coburgo[10] poderia estar muito mais a serviço de lucro ou popularidade do que tais imagens da vida doméstica em vilarejos do campo com que costumo lidar. Mas eu não seria capaz de escrever um romance mais do que um poema épico. Não seria capaz de me sentar para escrever um romance sério por nenhum outro motivo senão salvar minha vida; e, se fosse indispensável que eu fizesse o esforço e nunca relaxasse para rir de mim mesma e de outras pessoas, estou segura de que deveria ser enforcada antes de terminar o primeiro capítulo. Não, preciso me manter fiel ao meu próprio estilo e seguir meu próprio caminho; e, embora eu possa nunca mais ter sucesso de novo nisso, estou segura de que não devo totalmente fracassar em qualquer outro estilo.

SAIBA QUE HAVERÁ OCASIÕES EM QUE NÃO CONSEGUIRÁ TRABALHAR — ACEITE ISSO

Até mesmo uma escritora com a habilidade e a determinação de Jane Austen às vezes simplesmente não consegue escrever nada. Ela e Cassandra passavam uma semana ou mais na casa de parentes, geralmente quando um novo bebê nascia e alguma ajuda extra se fazia necessária, ou recebiam pessoas em sua casa. As cartas de Jane estão salpicadas de comentários sobre quem está chegando e quando, e onde todos dormiriam. Havia também a ronda social das visitas, cartas a escrever e tomar chá. As irmãs cuidavam da Sra. Austen depois que ela ficou viúva e, embora sua mãe tenha sobrevivido e plantado batatas no jardim do chalé de Chawton até uma idade bem avançada, estava claro que Jane frequentemente a achava cansativa. Em 18 de dezembro de 1798 (quando sua mãe ainda não era muito velha), Jane mantinha Cassandra atualizada: "Minha mãe continua bem-disposta, seu apetite e suas noites são muito bons, mas seus Intestinos ainda não estão inteiramente regulados e ela às vezes se queixa de uma Asma, de uma Hidropisia, Água no Peito e uma Desordem no Fígado." O tom aqui é cômico, mas os deveres familiares claramente exerciam um impacto sobre a capacidade de Jane de trabalhar.

Haverá ocasiões em que é difícil ou até mesmo impossível escrever. Jane Austen lidava com estes períodos jogando-se em qualquer coisa que tivesse de fazer. Aqui ela escreve para Cassandra, de Southampton em 24 de outubro de 1808, sobre estar cuidando de alguns sobrinhos que tinham acabado de perder a mãe: "Não nos falta diversão: bilboquê,[11] no qual George é infatigável; pega-varetas, navios de papel, enigmas, charadas e cartas, além de observar a maré subindo e baixando no rio e, de vez em quando, um passeio ao ar livre, tudo isso nos mantém bem ocupados." Mas o que você não deve fazer é usar as coisas como desculpas.

FORCE A SI MESMO A TRABALHAR

A não ser que esteja doente, enfrentando uma crise ou hospedando uma imensa gangue de parentes, não existe realmente nenhuma desculpa para não trabalhar. Jane Austen, como muitos escritores, tinha uma rotina. Acordava cedo, antes de toda a casa, para tocar seu piano. Estes momentos solitários devem ter sido essenciais para sua sanidade. Descrevia a si mesma e a sua melhor amiga Martha Lloyd como "caminhantes desesperadas"; só o pior dos tempos a prendia em casa. Jane às vezes conseguia escrever quando havia pessoas hospedadas em sua casa, mas era muito reservada em relação ao trabalho. Seus sobrinhos e sobrinhas só descobriram o que sua tia fazia naquela mesinha minúscula depois da publicação — pensavam que estava escrevendo cartas. Jane nem sempre estava "a fim" de escrever, mas sua solução era escrever até ficar "a fim": "não estou de modo algum com humor para escrever, mas preciso escrever até que o esteja".[12]

É possível que você tenha a cabeça cheia de pernis de carneiro (argh) e doses de ruibarbo, mas, se tiver tempo para sentar e trabalhar, acabará fazendo coisas. Escrever é a única profissão em que as pessoas falam sobre ficarem "bloqueadas". É uma sorte que os motoristas de ambulância não sejam subitamente acometidos por "bloqueio do paramédico". Você pode não estar a fim de escrever, e novas ideias podem não estar chegando a contento, mas ainda conseguirá editar e fazer anotações ou, se realmente não puder fazer nada disso, conseguirá ler ou pelo menos ouvir audiolivros.

SEJA PERFECCIONISTA — "UM ARTISTA NÃO PODE FAZER NADA DESLEIXADAMENTE"[13]

Jane Austen sabia que somente a perfeição basta se você quer ficar satisfeito com seu trabalho. Ela escrevia (e brincava) sobre algo que fizera para seu sobrinho quando disse isso, mas, ainda assim, falava sério. Você pode não estar escrevendo O Maior Romance de Todos os Tempos, mas precisa fazer com que sua obra seja tão boa que não possa haver mais qualquer melhoramento antes de expô-la ao mundo. O erro mais comum que os aspirantes fazem é mandar seu trabalho para agentes potenciais antes que ele esteja devidamente acabado. Obtenha opinião de leitores inteligentes e meticulosos e então melhore ainda mais sua obra antes de sequer *pensar* em mandá-la para alguém. Você *poderia* acabar agarrado demais ao seu trabalho, preocupado com a possibilidade de não estar acabado ou pronto, mas, em muitos anos de ensino e de workshops e de conversas com outros escritores, só encontrei uma pessoa assim.

FAÇA O QUE FIZER, NUNCA SE CASE COM HARRIS BIGG-WITHER

A vida de Jane Austen podia ter sido muito mais fácil. Em 1802, ela e Cassandra estavam hospedadas na casa de suas boas amigas, as Bigg, na bela Manydown House, quando Harris Bigg-Wither, o irmão mais moço das amigas, pediu Jane em casamento. Ele não era o tipo de Jane de modo algum — era descrito como esquisito e desajeitado, certamente nenhum Henry Tilney, Capitão Wentworth, Sr. Knightley ou Sr. Darcy —, mas era extremamente rico e parecia ser um sujeito de boa índole.

Casar com Harris teria resultado em completa segurança financeira para Jane e também para sua querida irmã. Elas viveriam confortavelmente pelo resto da vida, no mesmo estilo de seu irmão Edward e dos parentes ricos de sua mãe. Jane sabia disso e deve ter-se sentido tentada pela bela casa e pelo belo jardim que teria. Aceitou Harris, e ele e suas irmãs ficaram exultantes, mas, depois de uma noite presumivelmente sem dormir, ela teve que confessar que não conseguiria levar o casamento adiante. Ela e Cassandra fugiram. Coitado do Harris Bigg-Wither! Suas irmãs não guardaram rancor das Austen e elas permaneceram amigas.

Se Jane houvesse casado com Harris Bigg-Wither, é altamente provável que tivesse, como muitas mulheres da era georgiana, morrido de parto. Sabemos, pelas dimensões da sua peliça na Hampshire Museums Collection, que, embora ela tivesse a altura de 1,69m, era extremamente esguia, e isso certamente não teria ajudado. Até mesmo as mais robustas mulheres que haviam dado à luz muitos filhos frequentemente morriam durante o parto ou depois. Graças a Deus ela disse não. É difícil imaginar um mundo sem os seis brilhantes romances que trouxeram tanto prazer e modelaram nossas ideias do que é possível atingir através da forma, que nos ajudaram a entender as engrenagens do coração humano e influenciaram nossa maneira de sonhar e de nos apaixonar.

Jane Austen sabia, como suas heroínas sempre sabem, que a gente nunca deve "casar sem afeto" — e aconselhou sua sobrinha Fanny a nunca fazer isso.

A cena em *Orgulho e preconceito* em que Lizzy confessa a Jane que ela e o Sr. Darcy estão apaixonados e noivos encontra ainda mais ressonância quando sabemos a respeito de Harris Bigg-Wither. Pena que não foi o Sr. Darcy a pedir a Jane Austen que casasse com ele.

À noite, abriu seu coração para Jane. Embora a suspeita estivesse muito distante dos costumes da Srta. Bennet, ela ficou absolutamente incrédula.

— Você está brincando, Lizzy. Não pode ser! Noiva do Sr. Darcy! Não, não, você não me engana! Sei que é impossível!

— Esse é mesmo um péssimo começo! Depositei todas as minhas esperanças em você; e estou certa de que ninguém mais vai acreditar em mim, se você não acredita. Mesmo assim, de fato eu falo seriamente. Digo apenas a verdade. Ele ainda me ama e estamos noivos.

Jane olhou para ela, incrédula.

— Oh, Lizzy, não pode ser! Bem sei quanto o detesta.

— Você não sabe coisa alguma. Aquilo está tudo esquecido. Talvez eu não o tenha amado tanto como agora, mas, em casos como este, uma boa memória é imperdoável. Esta é a última vez que recordo tais coisas.

A Srta. Bennet continuava atônita. Outra vez, e com mais seriedade, Elizabeth assegurou que estava falando a verdade.

— Meu Deus! Será possível? Mas agora tenho de acreditar no que diz — exclamou Jane. — Minha querida, querida Lizzy! Eu a felicito, mas você tem certeza disso? Perdoe minha pergunta, mas tem certeza de que pode ser feliz com ele?

— Quanto a isso, não pode haver a menor dúvida. Ficou decidido entre nós que seremos o casal mais feliz do mundo. Mas você está contente, Jane? Ficará feliz em tê-lo como irmão?

— Muito, muito mesmo. Nada poderia causar mais prazer a Bingley e a mim. Mas nós achávamos que seria impossível. E você realmente o ama? Oh, Lizzy! Prefira qualquer coisa a se casar sem afeição. Tem certeza de que sente o que deveria?

— Oh, sim! Você achará que eu sinto mais do que deveria quando eu lhe contar tudo.

— O que quer dizer?

— Ora, eu tenho de confessar que gosto mais dele do que de Bingley. Você vai ficar zangada?

— Minha querida irmã, agora fale sério. Quero conversar com você muito a sério. Conte logo tudo o que acha que eu devo saber. Há quanto tempo o ama?

— Aconteceu de forma tão gradual que eu nem sei como começou. Mas acredito que a minha afeição data da primeira vez em que vi o belo parque de Pemberley.

A segunda súplica para que ela falasse seriamente surtiu resultado; e Elizabeth deu à irmã garantias solenes de sua afeição por Darcy. Tranquilizada quanto a esse ponto, Jane ficou satisfeita.

O Sr. Bennet levanta as mesmas objeções que sua filha mais velha. Elizabeth não deveria casar-se a não ser que realmente amasse o Sr. Darcy.

Seu pai caminhava de um lado para outro na biblioteca, e sua expressão era grave e ansiosa.

— Lizzy — disse ele —, o que você está fazendo? Está fora de si para aceitar esse homem? Você não o odiava?

Como ela desejou naquele momento que suas opiniões tivessem sido mais razoáveis, e suas expressões, mais moderadas! Isso a teria poupado de explicações e declarações extremamente embaraçosas; mas agora estas eram necessárias, e ela assegurou ao pai, um tanto confusa, de sua ligação com o Sr. Darcy.

— Ou, em outras palavras, você está decidida a se casar com ele. Ele é rico, certamente, e você pode ter roupas e carruagens ainda melhores que as de Jane. Mas isso a fará feliz?

— O senhor tem outra objeção a não ser a suposição de minha indiferença?

— Nenhuma. Todos sabemos que ele é um homem orgulhoso e desagradável, mas isso não teria importância se você realmente gostasse dele.

— Eu gosto, eu realmente gosto dele — replicou Elizabeth, com lágrimas nos olhos —, eu o amo. Na verdade, ele não possui nenhum orgulho injustificado. É um homem muito bom. O senhor, na realidade, não o conhece; então não me magoe falando nesses termos a seu respeito.

First impressions foi concluído antes que Harris Bigg-Wither propusesse casamento a Jane Austen, e não sabemos como essa cena pode ter sido editada ou mudada para *Orgulho e preconceito*, mas não podemos duvidar da opinião de Austen sobre casar-se com uma pessoa que não se ama simplesmente por conveniência e segurança. Jane não se opunha à ideia do casamento para si mesma; simplesmente não encontrou a pessoa certa no momento certo. Poderia facilmente ter-se casado com Tom Lefroy se as finanças tivessem permitido, e ela teve de se preocupar com dinheiro até o fim da vida. Sabemos que teve romances e que houve provavelmente outros que não são mencionados em quaisquer cartas sobreviventes ou relatos da família. As lacunas nas cartas que sobreviveram podem dizer muito.

Jane Austen deixou-nos um exemplo de como a pessoa deve ser sincera consigo mesma. Você provavelmente não terá de rejeitar um Harris Bigg-Wither, mas dedicar-se à escrita implica seguir um caminho difícil. A escolha de se concentrar em escrever provavelmente significará que sua casa ficará mais empoeirada e mais desgastada do que a de outras pessoas; as pilhas de livros e de papéis o farão parecer um acumulador; você não poderá cortar os cabelos tão amiúde como seus amigos com carreiras "normais"; todo o seu tempo livre será gasto escrevendo e você deixará por fazer muitas coisas que deveriam ser feitas. Se tiver sorte o bastante para conseguir dias para se concentrar em escrever, você se sentirá como o personagem de Bill Murray em *Feitiço do tempo*, que diz que às vezes passa meses sem se olhar em um espelho. Vai ficar fuçando no fundo de sua bolsa uma passagem de ônibus enquanto amigos da universidade compram terrenos arborizados, mas valerá a pena.

LEMBRE-SE DE SE DIVERTIR

Jane escolheu o caminho difícil, embora talvez não fosse uma escolha, mas uma compulsão. Mas ser escritora não a impediu de desfrutar da vida. Ela se lançou a atividades com seus sobrinhos e sobrinhas; adorava caminhar, dançar, anedotas, estar com amigas e nadar no mar. "O Banho estava tão delicioso esta manhã & Molly tão interessada em que eu me divertisse que acredito que fiquei tempo demais na água".[14] Ela amava visitar Londres, hospedar-se com seu irmão Henry, ir ao teatro e às exposições e "desfilar por Londres em uma caleche... apreciei muito os cenários; e o passeio na carruagem, que era aberta, foi muito agradável. Gostei muito de minha elegância solitária e estava disposta a rir o tempo todo por me encontrar onde eu estava".[15]

NOTAS

PLANO DE UM ROMANCE

1. É possível olhar para o original e ver os nomes que ela escreveu na margem em http://www.janeausten.ac.uk/facsimile/pmplan/index.html. Essa fantástica página também possibilita que você veja os outros manuscritos sobreviventes de Jane Austen — muito interessantes, pelo panorama que nos oferecem em relação a seus métodos de composição e edição.
2. Isso fica no extremo oriente da Rússia, ou seja, muito, muito distante.
3. Carta a Anna, 23-4 de agosto de 1814.
4. Caroline Austen, *Minha tia Jane Austen: Uma biografia* (1867), em James Edward Austen-Leigh, K. Sutherland (ed.), (2008).
5. Aqui ela devia estar falando dos caderninhos de Anna que provavelmente eram os mesmos que ela usava.
6. Carta a Anna Austen, 10 de agosto de 1814.
7. Carta a Anna Austen, Chawton, 28 de setembro de 1814.
8. Carta a Cassandra, 17 de novembro de 1798.
9. Uma bela resposta à pergunta, "Uma máxima muito citada diz que só existem sete histórias na ficção e que todas as outras são baseadas nelas. Isso é verdade, e quais seriam estas sete histórias?", na coluna "Notas e Perguntas" do *Guardian* (http://www.theguardian.com/notesandqueries/query/0,,-1553,00.html), que pode ser lida em alguns minutos. O livro *As sete tramas básicas — Por que contamos histórias,* de Christopher Booker (Continuum, 2004), é bastante útil e um tanto mais longo.

10. Há uma excelente seção sobre enredo, na qual me baseei, em *Como escrever para crianças e ser publicado*, de Louise Jordan. Ela expõe o plano de enredo de Catherine MacPhail para seus livros infantis, o qual também pode ser aplicado em muitas obras para adultos.
11. *PROPAGANDA DA AUTORA PARA A ABADIA DE NORTHANGER*, de Jane Austen.
12. Bem típico da Sra. Norris pegar estes ovos de faisão com a intenção de fazer com que um dos empregados de Mansfield Park os colocasse sob uma galinha para que fossem chocados. Ela diz que, caso realmente sejam chocados, fará com que os pintinhos sejam levados para seu próprio quintal, mas que Lady Bertram também será beneficiada. "Farei com que a criada os coloque sob a primeira galinha disponível e, caso venham a chocar, posso levá-los para a minha própria casa e tomar emprestado um viveiro; e será com enorme deleite que, nas minhas horas vagas, cuidarei deles. E, se eu tiver sorte com isso, sua mãe pode ficar com alguns". Não consigo imaginar a Sra. Norris se ocupando de cuidar de faisões, mas ela provavelmente gostava de comê-los, e também seus ovos.
13. Ver http://www.southampton.ac.uk/music/research/projects/austen_family_music_books.page
14. Existem outras crianças Price, obviamente, mas o romance não fala muito delas.

PERSONAGENS INTRICADOS SÃO OS MAIS DIVERTIDOS

1. *Orgulho e preconceito*, Capítulo 13.
2. *Orgulho e preconceito*, Capítulo 1,
3. Deirdre Le Faye, *A "prima distante" de Jane Austen — Vida e cartas de Eliza de Feuillide*, The British Library, Londres (2002).
4. Este exercício foi desenvolvido a partir de "Pessoas do Passado: Personagens do Futuro", do indispensável *What if?*, de Anne Bernays e Pamela Painter, pela HarperCollins, Nova York (2005), um de meus livros prediletos sobre textos criativos.
5. *Oito regras*, de Kurt Vonnegut, apareceu no prefácio de sua coleção de contos, *Bagombo Snuff Box*. Ver também https://www.brainpickings.org/index.php/2012/04/03/kurt-vonnegut-on-writing-stories/ e http://www.youtube.com/ watch?v=nmVcIhnvSx8

6. Emma Thompson interpreta lindamente este papel no filme de 1995. O público vivencia a enorme liberação de tensão que Elinor sentiu, e testemunha a alegria que vem em seguida. É claro que seu ponto de partida deve ser o romance, mas esse filme é minha adaptação favorita. Ele também se vale astutamente das cartas de Jane Austen, algo que não consigo deixar de mencionar.
7. *Persuasão*, Capítulo 9.

CONSTRUINDO O VILAREJO DE SUA HISTÓRIA

1. Carta a Anna Austen (posteriormente Lefroy), Chawton, 9 de setembro de 1814.
2. R. I. M. Dunbar, "Tamanho de neocórtex ajuda a restringir o tamanho dos grupos nos primatas", *Journal of Human Evolution 22* (1992), pág. 6.
3. Muitos dos exercícios deste capítulo foram criados junto às minhas amigas Carole Burns e Judith Heneghan para nossa apresentação na conferência da Associação Nacional de Autores Didáticos de 2014. Favor consultar nosso artigo conjunto no periódico da ANAD, *Writing in Education — Vol. 65 — NAWE Conference Collection 2014*, http://www.nawe.co.uk/DB/current--wie-edition/editions/nawe-conference-collection-2014
4. Inga Moore, *Six Dinner Sid*, Hodder Children's Books (2004).
5. Carta a Cassandra, Godmersham, 24 de Agosto de 1805.
6. Carta a Cassandra, 29 de janeiro de 1813.
7. Carta a Martha Lloyd, 16 de fevereiro de 1813.

UM BELO PAR DE OLHOS

1. Julia Bell e Paul Magrs (eds), *The Creative Writing Coursebook*, Macmillan, Londres (2001).
2. Este exercício foi inspirado por outro, sugerido por Maureen Freely, em seu capítulo "Punto de Vista", em *The Creative Writing Coursebook*.
3. Para mais informações e ideias sobre como utilizar objetos de museus, consultar a proveitosa seção do Victoria and Albert Museum sobre textos criativos: http://www.vam.ac.uk/content/articles/c/creative-writing-looking/

LEVE, VIVO E BRILHANTE

1. *Emma*, Capítulo 9.

SEGREDOS E SUSPENSE

1. Esta é uma maneira proveitosa de se verem os enredos, destacada por Patricia Duncker em Bell and Magrs, *The Creative Writing Course-Book*.
2. *Razão e sensibilidade*, Capítulo 37.
3. Itálicos meus.

NA BOLSA DE JANE AUSTEN

1. Ela está grávida.
2. De *Doctor Who*, "Blink", roteiro de Stephen Moffat, direção de Hettie Macdonald, terceira temporada, episódio 10, transmitido pela primeira vez em 9 de junho de 2007.
3. A carruagem.
4. Para um exemplo mais longo, ver o episódio no início de *Howards End*, de E.M. Forster, em que os personagens vão ouvir a Quinta Sinfonia de Beethoven.

"E O QUE SÃO OITENTA QUILÔMETROS DE ESTRADA BOA?"

1. Uma proveitosa discussão e um sumário com diferentes tipos de enredo podem ser encontrados em Bell e Magrs, *The Creative Writing Course- Book*.
2. Para informações sobre lugares reais e imaginários na obra de Jane Austen: http://www.pemberley.com/jasites/jasites.html e http://pemberley.com/?page_id=5599
3. Booker, As sete tramas básicas.

"VOCÊ SABE COMO É INTERESSANTE A COMPRA DE UM PÃO DE LÓ PARA MIM"

1. Carta a Cassandra, Godmersham, 15 de junho de 1808.
2. https://www.theguardian.com/lifeandstyle/2012/apr/18/ famous-five-perfect-austerity-diet

PERNIS DE CARNEIRO E DOSES DE RUIBARBO

1. *Orgulho e preconceito*, Capítulo 11.
2. Para mais informações, ver http://www.bl.uk/collection-items/the-loiterer--periodical-written-and-edited-by-jane-austens-brothers
3. Após a morte de Jane, Cassandra destruiu algumas cartas e partes de outras. As cartas seriam passadas adiante para suas sobrinhas e sobrinhos. Parece-me tanto normal como certo que irmãs mantenham os segredos umas das outas e não permitam que comentários maldosos feitos em relação a outros membros familiares sejam revelados. Obviamente, Cassandra não tinha a menor ideia de que as cartas que guardou seriam publicadas cerca de duzentos anos depois. Quem não encerra alguns e-mails com "Apague isso"?
4. Essa continuação encantadora e segura utiliza ideias passadas pela família Austen sobre como Jane planejava encerrar seu romance. Seus *Susan Price ou resolução* e *Margaret Dashwood ou interferência* são ainda mais fascinantes, embora eu deva admitir ser tendenciosa pelo fato de Edith ser minha bisavó.
5. Esse amigo da Sra. Lefroy era o Reverendo Samuel Blackall, que havia expressado interesse em Jane. Não deu em nada. A Sra. Lefroy provavelmente via com bons olhos promover tal aliança, depois de ver quanto Jane ficara desapontada pelo que aconteceu com seu sobrinho.
6. Carta a Cassandra, Godmersham, 30 de junho de 1808.
7. http://www.pemberley.com/janeinfo/ausprayr.html
8. É possível ver como o final desta oração levaria ao Pai-Nosso.
9. Rebecca West, em uma crítica de *Charles Rex*, de Ethel M. Dell, em *New Statesman* (16 de setembro de 1922). A crítica foi republicada em *The Strange Necessity*, de West — Jonathan Cape (1928) — como "O cavalo Tosh". Ethel Dell escreveu dezenas de livros românticos altamente populares.
10. Ele sugeriu isso por saber que agradaria à família real.
11. Bilbocatch é bilboquê. O conjunto que supostamente pertenceu a Jane está em exibição na Casa-Museu de Jane Austen.
12. Carta a Cassandra, Godmersham, 26 de outubro de 1813.
13. Carta a Cassandra, 17 de novembro de 1798.
14. Carta a Cassandra, Lyme, setembro de 1804.
15. Carta a Cassandra, Londres, 24 de maio de 1813.

AGRADECIMENTOS

Eu gostaria de agradecer a Alexandra Pringle, Angelique Tran Van Sang, Lucy Clayton, Francesca Sturiale, Madeleine Feeny e seus colegas na Bloomsbury de Londres, Lea Beresford e seus colegas na Bloomsbury de Nova York, Sarah J. Coleman pelas belas ilustrações, Sarah Lutyens e Susannah Godman da Lutyens & Rubinstein, à equipe, aos voluntários e aos curadores (do presente e do passado) da Casa-Museu de Jane Austen, em Chawton, e em particular a Olive Drakes, Madelaine Smith e Annalie Talent, pela ajuda na organização e execução das oficinas de escrita; A Carole Burns e Judith Heneghan pelos exercícios em "Construindo o vilarejo da sua história", Hugh Davis por seus excelentes serviços de copidesque, Sarah-Jane Forder, por seus olhos de águia na revisão, e Stephen Smith, por tantas outras coisas.

A VIDA DE JANE AUSTEN:
UMA LINHA DO TEMPO

As datas foram tiradas de *Jane Austen, Um registro familiar*, de Deirdre Le Faye, Cambridge University Press, Cambridge (2004).

1764

26 de abril	Os pais de Jane, o Reverendo George Austen e Cassandra Leigh, se casam.

1765

13 de fevereiro	Nasce James, irmão de Jane, em Deane, Hampshire.

1766

26 de agosto	Nasce George, irmão de Jane.

1767

7 de outubro	Nasce Edward, irmão de Jane.

1768

Verão	Os Austen se mudam para Steventon, Hampshire.

1771

7 de junho	Nasce Henry Thomas, irmão de Jane.

1773

	Os Austen suplementam a renda oferecendo alojamento a estudantes em Steventon, o que continuará até 1796.
9 de janeiro	Nasce a única irmã de Jane, Cassandra Elizabeth.
23 de março	O Reverendo Austen se torna reitor de Deane, além de Steventon.

1774

23 de abril	Nasce Francis William (Frank), irmão de Jane.

1775

16 de dezembro	Nasce Jane Austen.

1779

23 de junho	Nasce Charles John, irmão de Jane.

1783

	Edward é adotado pelos Cavaleiros de Godmersham, Kent.
Primavera	Jane, Cassandra e sua prima Jane Cooper vão estudar em Oxford. No mesmo ano, a escola se muda para Southampton, e as meninas adoecem. Jane quase morre. Elas voltam para casa.

1785

Primavera	Jane e Cassandra vão estudar na Abbey School, em Reading.

1786

Dezembro	Jane e Cassandra deixam a Abbey School e, a partir de então, passam a ser educadas em casa.

1787

	Jane trabalha no início de sua juvenília. Estes textos aparecerão em *Volume Um*.

1791

27 de dezembro	Edward se casa com Elizabeth Bridges.

1792

	Cassandra fica noiva de Tom Fowle, um dos antigos pupilos do pai.
27 de março	James se casa com Anne Mathew.

1793

	Jane começa a escrever uma peça, Sir Charles Grandi--son, uma comédia.
23 de janeiro	Nasce Fanny, primeira filha de Edward. Ela se tornará uma das preferidas de Jane e Cassandra.
15 de abril	Nasce Anna, primeira filha de James.
3 de junho	Jane escreve sua última obra de juvenília.

1794

	Jane provavelmente está escrevendo *Lady Susan.*

1795

	Jane provavelmente está escrevendo *Elinor and Marianne.*
3 de maio	Morre a esposa de James. A pequena Anna vai morar com os avós e as tias, em Steventon, até janeiro de 1797.
Dezembro	Tem início o flerte de Jane com Tom Lefroy durante a vista deste a Ashe (terminando em janeiro de 1796).

1796

Janeiro	Tom Fowle viaja para as Índias Ocidentais, como capelão do navio.
Outubro	Jane começa a escrever *First Impressions*, que depois irá se tornar *Orgulho e preconceito.*

1797

17 de janeiro	James casa outra vez, agora com Mary Lloyd, irmã da amiga de Jane, Martha.
Fevereiro	Tom Fowle morre de febre amarela em Santo Domin--go e é sepultado no mar.
Agosto	Jane termina *First Impressions.*
1º de novembro	O Reverendo Austen oferece *First Impressions* ao editor Thomas Cadell. O manuscrito é devolvido lacrado.
Novembro	Jane começa a revisar *Elinor and Marianne,* que eventualmente se torna *Razão e sensibilidade.*
Inverno	O Reverendo Samuel Blackall visita Ashe e se interessa por Jane.
31 de dezembro	Henry se casa com Eliza de Feuillide.

1798

Agosto	Jane (provavelmente) começa a escrever *Susan,* que eventualmente se torna *A Abadia de Northanger.*

1799

Final de junho	Jane (provavelmente) conclui *Susan.*

1800

Dezembro	O Reverendo Austen se aposenta.

1801

Maio	O Reverendo e a Sra. Austen, junto com Cassandra e Jane, deixam Steventon e se mudam para Bath.
Final de maio	Jane, Cassandra e os pais passam férias no litoral, provavelmente em Sidmouth e Colyton. Jane provavelmente tem um romance passageiro com um jovem clérigo.

1802

25 de novembro	Jane e Cassandra visitam os Biggs.

2 de dezembro	Harris Bigg-Wither pede Jane em casamento. Ela aceita.
3 de dezembro	Jane encerra o noivado; as irmãs fogem para Steventon e depois voltam a Bath.
Inverno	Jane faz a revisão de *Susan*.
1803	
Primavera	Jane vende *Susan* à Crosby and Co. por 10 libras.
Verão	Novas viagens ao litoral, provavelmente a Charmouth, Uplyme e Pinny.
Novembro	Uma visita a Lyme Regis.
1804	
	Jane (provavelmente) começa *Os Watsons*.
25 de outubro	Retorno a Bath e mudança para Green Park Buildings East, 3.
16 de dezembro	A Sra. Anne Lefroy, de Ashe, amiga de Jane, morre em um acidente enquanto cavalgava no dia do aniversário de Jane.
1805	
21 de janeiro	O Reverendo Austen morre repentinamente em Bath. Sua pensão se extingue com ele.
25 de março	A Sra. Austen, Cassandra e Jane se mudam para o número 25 da Gay Street.
Verão	Jane possivelmente é cortejada por Edward Bridges. Martha Lloyd passa a viver no lar das Austens.
1806	
29 de janeiro	As Austen se mudam para uma acomodação ainda mais barata, na Trim Street, em Bath.
2 de julho	A Sra. Austen, Jane e Cassandra deixam Bath rumo a Adlestrop, passando por Clifton, e depois se hospedam com os Cooper em Hamstall Ridware.

24 de julho	Frank se casa com Mary Gibson.
Outubro	A Sra. Austen, Jane e Cassandra se mudam para Southampton para dividir uma casa com Frank e Mary.
1807	
Março	As Austen se mudam para Castle Square, Southampton.
19 de maio	Charles se casa com Fanny Palmer, em Bermuda.
Setembro	Edward organiza uma reunião familiar na Chawton Great House, seguida por outras reuniões familiares em Southampton.
1808	
10 de outubro	A esposa de Edward morre após dar à luz seu décimo primeiro filho. Jane cuida de algumas das crianças na fase de luto, em Southampton.
1809	
5 de abril	Jane escreve a famosa carta M.A.D. à Crosby and Co.
7 de julho	Jane, Cassandra, a Sra. Austen e Martha Lloyd se mudam para Chawton Cottage, em Hampshire.
1810	
Inverno	*Razão e sensibilidade* é aceito para ser publicado por Thomas Egerton.
1811	
Fevereiro	Jane começa a planejar *Mansfield Park*.
30 de outubro	*Razão e sensibilidade* "Por uma dama" é publicado.
Inverno	Jane faz a revisão de *First Impressions*.
1812	
Outono	Jane vende os direitos de *Orgulho e preconceito* a Egerton por 110 libras.

1813

28 de janeiro	*Orgulho e preconceito*, "da autora de *Razão e sensibilidade*", é publicado.
Abril	Jane vai a Londres para ajudar a cuidar de Eliza, esposa de Henry, que, mesmo assim, acaba falecendo. Jane retorna a Chawton, mas passa mais tempo com Henry em maio.
Verão	Jane termina *Mansfield Park*.
Novembro	As segundas edições de *Orgulho e preconceito* e *Razão e sensibilidade* são publicadas.

1814

21 de janeiro	Jane dá início a *Emma*.
9 de maio	*Mansfield Park* é publicado por Egerton.
6 de setembro	Fanny, esposa de Charles, morre após o parto.

1815

29 de março	Jane encerra *Emma*.
8 de agosto	Jane começa *Persuasão*.
4 de outubro	Jane vai a Londres para cuidar de Henry.
13 de novembro	Jane visita a biblioteca do Príncipe Regente na Carlton House. Ela é "convidada" a dedicar sua próxima obra a ele.
Final de dezembro	*Emma* é publicado por John Murray.

1816

Primavera	A saúde de Jane começa a falhar. Henry visita a Crosby and Co. e, com o dinheiro de Jane, compra de volta o manuscrito de *Susan*. Jane faz a revisão de *Susan* para ser publicado.
22 de maio – 15 de junho	Jane e Cassandra visitam Cheltenham em busca de uma cura para Jane.
6 de agosto	*Persuasão* é concluído.

1817

27 janeiro – 18 de março	Jane trabalha em *Sanditon* até abandoná-lo, doente demais para seguir em frente.
27 de abril	Jane redige seu testamento.
24 de maio	Jane e Cassandra mudam-se para Winchester para ficar mais perto do médico de Jane.
18 de julho	Jane morre aos quarenta e um anos.
24 de julho	Jane é enterrada na Catedral de Winchester.
Final de dezembro	*A Abadia de Northanger* e *Persuasão* são publicados simultaneamente por Murray com a "Nota biográfica da Autora" por Henry.

BIBLIOGRAFIA E FONTES

JANE AUSTEN

Austen, Caroline, *Reminiscences of Jane Austen's Niece*, apresentado por Deirdre Le Faye, Jane Austen Society, Chawton (2004)

Austen, Jane, *Razão e sensibilidade; Orgulho e preconceito; A Abadia de Northanger; Mansfield Park; Emma; Persuasão; Os Watsons, Lady Susan e Sanditon; Catherine e outras histórias*, Oxford University Press, edições World's Classics, Oxford e Penguin English Library, edições Penguin Classics e Penguin Popular Classics, Londres

Austen-Leigh, James Edward, *A Memoir of Jane Austen and Other Family Recollections*, edição de Kathryn Sutherland, Oxford World Classics, Oxford (2008)

Doody, Margaret, *Jane Austen's Names: Riddles, Persons, Places*, University of Chicago Press, Chicago e Londres (2015)

Hill, Constance, *Jane Austen — Her Homes and Her Friends*, John Lane, Londres (1902). Também disponível pela Elibron Classics Series e online.

Honan, Park, *Jane Austen — Her Life*, Phoenix, Orion Books, Londres (1997)

Hubback, J. H. e Edith C., *Jane Austen's Sailor Brothers*, John Lane, Londres (1906)

Le Faye, Deirdre, *Jane Austen's 'Outlandish Cousin' — The Life and Letters of Eliza de Feuillide*, British Library, Londres (2002)

Le Faye, Deirdre, *Jane Austen: A Family Record*, Cambridge University Press, Cambridge (2003)

Le Faye, Deirdre, *Jane Austen — The World of Her Novels*, Frances Lincoln Ltd, Londres (2003)

Le Faye, Deirdre, *Jane Austen's Letters*, Oxford University Press, Oxford (quarta edição, 2014)

Mullan, John, *What Matters in Jane Austen?: Twenty Crucial Puzzles Solved*, Bloomsbury Paperbacks, Londres (2013)

Ray, Joan Klingel, *Jane Austen For Dummies*,Wiley Publishing Inc., Indianapolis (2006)

Shields, Carol, *Jane Austen*, Phoenix, Orion Books, Londres (2001)

Smith, Rebecca, *Jane Austen's Guide to Modern Life's Dilemmas*, Ivy Press, Lewes (2012)

Sutherland, Kathryn, *Jane Austen's Textual Lives: From Aeschylus to Bollywood*, Oxford University Press, Oxford (2007)

Tomalin, Claire, *Jane Austen — A Life*, Penguin, Londres (2000)

Tucker, George Holbert, A Goodly Heritage: A History of Jane Austen's Family, Carcanet New Press, Manchester (1983)

MEUS LIVROS PREFERIDOS SOBRE ESCRITA CRIATIVA

Bell, Julia e Paul Magrs, *The Creative Writing Coursebook*, Macmillan, Londres (2001)

Bernays, Anne e Pamela Painter, *What If?: Writing Exercises for Fiction Writers*, HarperCollins, Londres (2005)

Cowan, Andrew, *The Art of Writing Fiction*, Routledge, Abingdon (2013)

Jordan, Louise, *How to Write for Children and Get Published*, Piatkus Books, Londres (2007)

Mittelmark, Howard e Sandra Newman, *How NOT to Write a Novel: 200 Mistakes To Avoid At All Costs if You Ever Want To Get Published*, Penguin, Londres (2009)

WEBSITES

Casa-Museu de Jane Austen, Chawton: jane-austens-house-museum.org.uk

Coleção digital dos manuscritos de ficção de Jane Austen: janeausten.ac.uk

Cartas de Jane Austen, primeira edição (1884): pemberley.com/janeinfo/brablets.html

República de Pemberley: pemberley.com
Jane Austen Centre, Bath: janeausten.co.uk
Sociedade Jane Austen da América do Norte: jasna.org
Persuasions, periódico online da Sociedade Jane Austen da América do Norte: jasna.org/persuasions/on-line
Sociedade Jane Austen da Austrália: jasa.com.au
Sociedade Jane Austen do Brasil: janeaustenbrasil.com.br
Sociedade Jane Austen da República Tcheca: empirovyden.cz/p/englis.html
Sociedade Jane Austen da Holanda: janeaustensociety.nl
Sociedade Jane Austen do Reino Unido: janeaustensoci.freeuk.com
Coleção digital dos libretos musicais da família Austen: archive.org/details/austenfamilymusicbooks
Um guia de lugares associados a Jane Austen: seekingjaneausten.com
Biblioteca de Chawton House: chawtonhouse.org

BLOGS E PÁGINAS DE COMUNIDADES

austenonly.com
janeaustensworld.wordpress.com
thesecretunderstandingofthehearts.blogspot.co.uk
austenauthors.net/blog
austenprose.com
mollands.net
austenblog.com
pemberley.com

ÍNDICE

Impresso no Brasil pelo
Sistema Cameron da Divisão Gráfica da
DISTRIBUIDORA RECORD DE SERVIÇOS DE IMPRENSA S.A.
Rua Argentina, 171 – Rio de Janeiro, RJ – 20921-380 – Tel.: (21)2585-2000